Originario de Tepic, **Amado Nervo** (1870) estudia leyes y teología en el Seminario de Zamora. Esta es la base de la espiritualidad heterodoxa de su extensa obra en prosa y verso, iniciada en *El Correo de la Tarde* de Mazatlán. A partir de julio de 1894, colabora en los diarios capitalinos de mayor circulación; en breve publica *El bachiller*, primera de sus once novelas cortas, y sus poemarios iniciales.

En 1900 viaja a París como corresponsal de *El Imparcial*. Al año siguiente conoce a Cécile Louise Dailliez, la mítica musa de *La amada inmóvil*. En 1902 regresa a México, vuelve con intensidad al periodismo y comparte la dirección de la *Revista Moderna de México* (1903-1911).

Nervo se incorpora a la Legación de México en Madrid y Lisboa en 1905. Durante su estancia diplomática de trece años, publica novelas, cuentos, ensayos y poemarios. Por su amplio prestigio literario y periodístico en Latinoamérica, Venustiano Carranza lo nombra ministro plenipotenciario en Argentina, Uruguay y Paraguay. Tras una breve pero intensa labor periodística y frecuentes homenajes de escritores, el 24 de mayo de 1919 fallece en el Parque Hotel de Montevideo por una crisis de uremia.

Ensayista y editor, **Gustavo Jiménez Aguirre** obtuvo el doctorado en letras mexicanas en la Facultad de Filosofía y Letras de la UNAM. En 1995 ingresó al Instituto de Investigaciones Filológicas de esta Casa de Estudios, donde también es profesor del Posgrado en Letras. Pertenece al Sistema Nacional de Investigadores. Ha impartido cursos y conferencias y realizado estancias de investigación en España, Argentina y Francia. Coordina los proyectos de investigación y edición "Amado Nervo: lecturas de una obra en el tiempo" <http://amadonervo. net> y "La Novela Corta: una biblioteca virtual" <http://www. lanovelacorta.com/>.

AMADO NERVO

El bachiller,
El donador de almas, Mencía
y sus mejores cuentos

Selección, prólogo y cronología
GUSTAVO JIMÉNEZ AGUIRRE

Edición y notas
GUSTAVO JIMÉNEZ AGUIRRE,
JORGE PÉREZ MARTÍNEZ
Y SALVADOR TOVAR MENDOZA

Penguin
Random House
Grupo Editorial

Universidad Nacional
Autónoma de México

El papel utilizado para la impresión de este libro ha sido fabricado a partir de madera
procedente de bosques y plantaciones gestionadas con los más altos estándares ambientales,
garantizando una explotación de los recursos sostenible con el medio ambiente y beneficiosa para las personas.

El bachiller, El donador de almas, Mencía y sus mejores cuentos

Primera edición en Penguin Clásicos: junio de 2017
Fecha de término de edición: enero de 2017
Primera reimpresión: julio, 2023

D.R. © 2017, Universidad Nacional Autónoma de México
Ciudad Universitaria, delegación Coyoacán,
C. P. 04510, Ciudad de México,
Instituto de Investigaciones Filológicas
Circuito Mario de la Cueva s. n., Ciudad Universitaria
www.filologicas.unam.mx
Departamento de Publicaciones del iifl
Tel. 5622 7347 fax 5622 7349

D.R. © 2023, Penguin Random House Grupo Editorial S. A. de C. V.
Boulevard Miguel de Cervantes Saavedra 301, piso 1,
colonia Granada, delegación Miguel Hidalgo, C. P. 11520
Ciudad de México

penguinlibros.com

Belem Clark de Lara y Luz América Viveros Anaya,
coordinadoras de la colección

ISBN: 978-607-02-8687-2 (UNAM)
ISBN: 978-607-31-5007-1 (Penguin Random House)

Impreso en México — *Printed in Mexico*

ÍNDICE

Prólogo
AMADO NERVO:
LA TRANSMIGRACIÓN DEL PROSISTA

UN CADÁVER CON ALGO DE "CARNITA PARA RESUCITAR"

Amado Nervo falleció el 24 de mayo de 1919 en Montevideo. Tenía entonces 49 años de edad y escasos meses de representar al gobierno de Venustiano Carranza en Argentina, Uruguay y Paraguay. Era el escritor mexicano más conocido en su país y en el extranjero. "Él es nuestro as de ases", dijo Ramón López Velarde en tono de epitafio.

En febrero de aquel año había llegado a Buenos Aires con la misión de que los países suramericanos apoyaran el reconocimiento que Estados Unidos negaba al presidente Carranza. Hasta donde se lo permitió su salud, mermada durante un accidentado viaje de tres meses, Nervo cumplió aquel encargo diplomático con profesionalismo gracias a la experiencia de trece años en la embajada de Madrid. Debido a su trayectoria literaria de tres décadas, fue recibido con entusiasmo en las capitales de Argentina y Uruguay, donde Nervo gozaba del aprecio de Leopoldo Lugones, Alfonsina Storni, Juana de Ibarbourou y José Enrique Rodó, entre otros. Además era sumamente popular entre el público de diarios y revistas masivos como *La Nación* y *Caras y Caretas* de Buenos Aires, pues desde Madrid enviaba colaboraciones con frecuencia.

El fallecimiento imprevisto de Nervo despertó el interés de la prensa nacional y suramericana. Las imágenes de las multitudes de lectores y simpatizantes que asistieron a sus honras fúnebres en Montevideo se reprodujeron en las primeras planas de diarios y revistas continentales. Casi de inmediato se reeditaron en diversas capitales latinoamericanas varias de sus obras en prosa y verso; además se realizaron antologías de poesía y semblanzas biográficas. El cuerpo embalsamado de Nervo se trasladó a México, seis meses después de su deceso, en el buque de guerra Uruguay. Durante la trayectoria se sumaron cruceros de diversas nacionalidades americanas y se realizaron ceremonias luctuosas en distintos puertos del continente. Finalmente, la comitiva desembarcó en Veracruz el 10 de noviembre de 1919. Tres días después arribó a la capital. Los funerales resultaron apoteósicos. Carlos Monsiváis aseguró que el de Nervo es el entierro más grande del siglo XX en México, pues unas trecientas mil personas contemplaron el cortejo, cantidad superior a la que asistió a los sepelios de artistas mitológicos como Pedro Infante o Cantinflas.[1] Los restos de Amado Nervo fueron sepultados en la Rotonda de las Personas Ilustres del Panteón de Dolores el 14 de noviembre de 1919.

Para el numeroso público del escritor nayarita en España y Latinoamérica, a partir de 1920 Alfonso Reyes reunió las primeras *Obras completas* de Nervo. En total se publicaron 29 tomos en Madrid. Pese al empeño de otros editores —Al-

---

[1] Monsiváis, *Yo te bendigo…*, p. 117.

fonso y Gabriel Méndez Plancarte, Francisco González Guerrero y Ernesto Mejía Sánchez—, el prestigio del autor de *Serenidad* decayó entre las siguientes generaciones literarias, pero su nombre y parte de su obra se preservaron en la cultura popular y de masas. Con pasajes de su vida y algunos títulos de poemas se filmaron películas en Argentina y México. En una de ellas Jorge Negrete cantó "Gratia plena", versos popularísimos de *La amada inmóvil*. Carlos Gardel vendió millones de copias de *El día que me quieras*, tango escrito con versos del homónimo título de Nervo. En la radio y en discos de vinilo, su poesía era declamada y se reeditaba en antologías y libros escolares.

Misterios de la paternidad literaria: no es extraño que las obras escapen a las intenciones y afanes de editores y críticos, incluso a la voluntad de sus autores. Nervo es un caso singular, tal vez el de un cadáver con algo de "carnita para resucitar", como afirmó, irónicamente, Antonio Alatorre en 1999, cuando ya era un hecho el retorno del prosista y, en menor medida, del poeta.

La recuperación actual de la obra de Nervo —denostada con fuerza desde mediados del siglo XX por José Luis Martínez y Octavio Paz, aunque no sólo por ellos— debe mucho a dos lectores agudos e informados: Manuel Durán y José Emilio Pacheco. Sus afanes críticos en torno al cincuentenario del fallecimiento del nayarita orientaron lecturas posteriores de su narrativa, crónica y ensayos. Una valoración fundamental fue la de Durán en *Genio y figura de Amado Nervo* (1968), seguido de cerca por Pacheco en el ensayo "Amado Nervo o el desencanto profesional" (1969), en las notas críticas de *La poesía mexicana del siglo XIX* (1965) y la *Antología del modernismo* (1970). En junio de 1969, Pacheco reconoció las virtudes del libro inusitado de Durán y la dimensión del homenaje luctuoso en México y en distintas capitales latinoamericanas; en su opinión, Nervo había salido ya del "*purgatorio* que atraviesa todo autor que fue célebre", y era indispensable devolverle "críticamente el sitio que merece entre los poetas y los prosistas mexicanos". Pacheco insistió en el reconocimiento de un "poeta central" del modernismo mexicano, dueño de un léxico original y creador de formas poéticas y ritmos novedosos que expresan la sensibilidad y la cultura del novecientos, así como la conmoción de la Primera Guerra Mundial. También destacó la virtudes evidentes de su prosa: humor, ironía, brevedad, apuesta por la narrativa fantástica y de ciencia ficción, y desde luego: la relación fundamental entre creación y periodismo.[2]

Gracias a las lecturas de Pacheco y Durán, pero también a los estudios posteriores de Ramón Xirau, Antonio Alatorre, José Ricardo Chaves y a los reconocimientos tardíos de Monsiváis y José Joaquín Blanco, en nuestros días la prosa de Nervo encuentra nuevos lectores e incluso espacios de divulgación como el fanzine. En lo que va del siglo su narrativa se dispersó en la red. En 2005 la UNAM inauguró el portal Amado Nervo: Lecturas de una obra en el tiempo; vinculadas con este proyecto, al año siguiente, aparecieron los dos primeros volúmenes de las *Obras* en proceso del nayarita. Incluso, hoy podemos descargar algunos relatos en las voces de Rosa Beltrán y Juan Villoro, por mencionar a dos narradores que aprecian al autor de *El donador de almas*, quizá tanto como Vicente Leñero, Ignacio Solares, Carmen Boullosa, Vicente Quirarte, Aline Petterson, Bernardo Ruiz y Sandra Lorenza-

---

[2] Expongo con detalle este tema en "Avatares de un aristócrata en harapos", en Nervo, *El libro que...*, pp. 19-38.

no, sólo por mencionar a quienes han expresado algún testimonio público sobre la restitución de Nervo al canon de la narrativa mexicana.

En contraste con el interés editorial y crítico por la narrativa de Nervo, su poesía no ha despertado el mismo entusiasmo en esta centuria. Hay quien la encuentra "cursi" o "pasada de moda", tal vez por el desgaste de su enorme popularidad, o por el cambio radical en la manera de escribir poemas a partir de la segunda década del siglo pasado. Sorprende que el propio Nervo estuviera consciente de cómo se transformaría la percepción de la literatura de su tiempo. En los dimes y diretes de una polémica por el nombre y el sentido del término "modernismo", con el que tantos escritores fueron etiquetados en América y España, Nervo admitió en 1907: "dentro de veinte años, nuevos poetas, más sutilizados, tanto cuanto lo estarán las almas, los nervios y los sentidos de nuestros hijos, dirán y cantarán cosas junto a las cuales nuestros pobres 'modernismos' de ahora resultarán ingenua senectud".[3] ¿Cómo entendía Nervo "el modernismo"? La respuesta merece algo de contexto.

Con frecuentes discusiones en España e Hispanoamérica, durante las dos últimas décadas del siglo XIX y las dos primeras de la siguiente centuria, se desarrolló "una escuela, una tendencia, una modalidad literaria que se llama o a la que han dado en llamar 'modernismo'". Más irónico, en otros pasajes Nervo confirma su molestia por la incomprensión y la intolerancia de críticos y académicos: "Durante diez años [fui] agredido en mi país por una infinidad de señores [a quie-

---

[3] Nervo, "El modernismo", en *El libro que...*, pp. 57-59.

nes] el progreso altera la digestión". Es difícil asociar a este antisolemne polemista con las fotografías en pose de pensador o místico que se tomó en Madrid y que van de la mano con poemas como "En paz". Una interpretación sugerente es la de Vicente Leñero: "La clásica fotografía de Amado Nervo lo muestra como un hombre consciente de su propia importancia".[4] Independientemente del significado que le demos a las imágenes con las que promovió su fama pública (algo entendía de mercadotecnia), Nervo estaba convencido de que el poeta, "el ser más representativo, por excelencia, de la humanidad", cumplía una función social irreemplazable: actualizar el lenguaje para (re)nombrar el mundo o conocer "las fuerzas misteriosas que el hombre lleva en su interior". Las conclusiones de "el modernismo" son categóricas: "Para decir las nuevas cosas que vemos y sentimos no teníamos vocablos; los hemos buscado en todos los diccionarios, los hemos tomado, cuando los había, y cuando no, los hemos creado [...] La humanidad pensaba y hablaba con locuciones rituales, con frases hechas, que le distribuían en cada generación los académicos".

Con este arquetipo del poeta y el comentario de los versos de Nervo que Borges leía y memorizaba en su juventud, el autor de *Ficciones* declaró en un homenaje de 1969: "felizmente Amado Nervo buscó las palabras que no envejecen, buscó sobre todo en sus últimos libros, las palabras sencillas, las palabras que no parecen imágenes de las cosas, sino que forman, ya Platón lo sospechó, otro universo".[5]

En Nervo coexisten sin problema el poeta y el narrador. Con frecuencia el prosista también usa "palabras sencillas",

---

[4] Leñero, "Prólogo", en Nervo, *El ángel caído...*, p. 5.

[5] Borges, "Palabras sobre Amado Nervo", en *Proceso*, núm. 1190, 22 de agosto de 1999, pp. 65-67.

pero exactas, tanto para tratar asuntos cotidianos como para descubrir realidades ocultas del universo. Esta intención no es ajena a ciertos procedimientos de su poesía y se concreta a partir de *El donador de almas* (1899), su primera y muy lograda novela fantástica.

En contraste, antes de llegar a la Ciudad de México e iniciar la trayectoria internacional de su carrera periodística y diplomática, el joven narrador registra y describe el entorno campirano del Tepic natal y el conservadurismo social de Zamora. Por entonces creía que para escribir un cuento no era indispensable imaginar demasiado: bastaba con encontrar, aquí y allá, personajes dignos de un narrador naturalista. A partir de esta estética, a los veintidós años escribe *Pascual Aguilera*, novela corta de escenas costumbristas y personajes con estereotipos realistas que, no obstante, revelan ya los conflictos libidinales de las historias que Nervo profundizará en la capital porfirista. Sobre esa línea de una sexualidad conflictiva que deviene en sublimación del deseo por el ideal de un misticismo decadente y simbolista, publica en 1895 *El bachiller*. Esta segunda y ruidosa novela, promovida sagazmente por el autor en una edición inmediata que recoge los juicios críticos de varios contemporáneos, deja ver la formación religiosa adquirida en el seminario zamorano (1886-1891) y las lecturas románticas de Nervo que retrasaron su encuentro con las poéticas de Darío, Martí y Gutiérrez Nájera. Tampoco olvidemos que aquéllos pasaron también por el mismo rito de pasaje del modernismo, movimiento sincrético por excelencia. Recuérdese el decir de Darío: "¿Quién que es, no es romántico?". De cualquier forma, el desfase de la formación zamorana de Nervo sitúa estética y culturalmente los primeros cuentos escritos en Michoacán y el giro de su narrativa durante su iniciación modernista en Mazatlán (1892-1894).

A grandes rasgos, las etapas formativas del cuentista van del sentimentalismo y realismo de los relatos recogidos en *Tres estancias narrativas* (2006) a la exploración de formas y temas fantásticos de la muy lograda recopilación de *Almas que pasan* (1906). Esta trayectoria persiste en la etapa final de los *Cuentos misteriosos*, reunidos por Reyes a partir del título de una sección periodística de Nervo, si bien "El obstáculo" y "La serpiente que se muerde la cola" pueden considerarse auténticas minificciones. Durante poco más de dos décadas, Nervo supo incorporar a su oficio tres ingredientes esenciales en crónicas, cuentos y novelas: humor + brevedad + misterio… Del primero, decía con frecuencia: "es la sal de la vida y no conviene prescindir de ella". Sobre el segundo, el narrador se convenció de contar historias para quienes iban de prisa y compraban alguna de sus novelas en los quioscos de Madrid. Casi al final de su vida, declaró satisfecho: "Una novela mía se lee siempre en media hora, a lo sumo". En efecto, sus once novelas son breves y, con frecuencia, contienen algún enigma.

Las estrategias del novelista

En 1905, recién llegado a Madrid en calidad de primer secretario de la Legación de México, Amado Nervo se dio a conocer como narrador con *Otras vidas*. El volumen reúne *Pascual Aguilera, El bachiller* y *El donador de almas*. Inédita hasta entonces, la primera novela vio la luz con una breve advertencia sobre su escritura y estética de juventud; las otras contaban con impresiones previas en la Ciudad de México.

El bachiller, incluso, se había traducido al francés en 1901 como *Origène. Nouvelle mexicaine*. No pasó nada con aquel *Bachiller* galo ni con otras tentativas del nayarita para abrirse camino en París, metrópoli deslumbrante, pero inhóspita para los escritores hispanoamericanos del novecientos. Algo semejante ocurrió en España: *Otras vidas* despertó escaso interés. De ahí que intentara otra promoción para su narrativa con los cuentos de *Almas que pasan*; el siguiente recurso lo encontró en la novela corta.

Escrita en Madrid durante el invierno de 1906 y publicada el 26 de abril de 1907 en la colección madrileña de quiosco *El Cuento Semanal*, *Mencía* apareció originalmente con el título de *Un sueño*.[6] Me detengo en estas "minucias" de la historia textual de *Mencía* convencido de que la novela corta es indisociable del soporte y de las estrategias con que autores y editores conciben y promueven obras en determinados circuitos comerciales. De manera similar a *Mencía*, sus otras cuatro novelas "españolas" ilustran casos de libertad creativa en un marco de normas editoriales que tiende a estabilizar la escritura y la lectura del género.

Nervo es el primer mexicano que incursiona en colecciones populares de novela corta. Conocedor de cada espacio editorial donde participa, juega con las reglas del género y con el gusto del público para crear en libertad. Su pragmatismo y el sentido lúdico de su escritura venían de tiempo atrás. Desde la publicación de *El bachiller* y *El donador de al-*

---

[6] El facsímil se encuentra en http://www.amadonervo.net/narrativa/flash/mencia/mencia.html. En un ejemplar hallado por Reyes, Nervo realizó variantes significativas. Quizás el deseo de rendirle tributo póstumo a su compañera de once años, Cécile Louise Dailliez Largillier (1873-1912), movió la pluma Watermann de Nervo para reescribir *Mencía*. Nervo, *Discursos*, pp. 255-58.

mas, Nervo se asumió como el narrador que sabe para quién escribe.

Faltaría espacio aquí para analizar con detalle las características genéricas de sus novelas en colecciones madrileñas: *El diablo desinteresado* (1916), *El diamante de la inquietud* (1917), *Una mentira* (1917) y *Amnesia* (1918). Por brevedad, expongo un aspecto de *Mencía* extendido a toda la novelística del autor: las frecuentes apelaciones a los lectores, al género y al soporte. Abierta o subrepticiamente, Nervo comunica su propuesta de lectura, tan es así que la refuerza con la firma de sus textos preliminares. Unas veces utiliza el recurso de dirigir una carta a un amigo escritor (*La diablesa*, 1895); otras, aduce con humor que detesta los prólogos (*Pascual Aguilera*). La más lograda de estas argucias se inserta en la trama de *El diamante de la inquietud*:

> Conviene repasar una vida antes de dejarla. Yo estoy repasando la mía y en vez de escribir memorias, me gusta desgranarlas en narraciones e historias breves. ¿Quieres que te cuente una de esas historias?
>
> —Sí, con tal de que en ella figure una hermosa mujer […]
>
> —¿Qué nombre tenía entre los humanos?
>
> —Se llamaba Ana María…
>
> —Oye, pues, amigo, la historia de Ana María.

¿Quién es ese amigo que escucha y dialoga con el narrador del relato? ¿El personaje anónimo de la historia o el lector? Conforme avanza la novela, se refuerza la sensación de que el oyente es el lector, partícipe de un juego de ecos y reflejos escriturales.

Con antelación sorprendente, en *El donador de almas* se aprecia el talento y el oficio del novelista maduro que escucha y da voz a sus lectores. Publicada en cinco entregas en la revista *Cómico* de la Ciudad de México, *El donador* cuenta con humor y desenfado una historia fantástica, matizada con reflexiones ocultistas, teosóficas, astronómicas y psicológicas. La trama en torno a la transmigración del alma de sor Teresa se tensa y distiende a lo largo de 21 apartados y un apéndice. Aquí el narrador dialoga con un crítico intolerante. Eliminado incluso en varias ediciones canónicas, aquel anexo fija posiciones relevantes del autor frente a las expectativas del público. Con desenfado el narrador responde cada una de las preguntas de su interlocutor. El diálogo justifica el título de la novela, su apuesta por la brevedad, el lugar del creador en su obra, la situación del escritor en la sociedad mexicana y, probablemente, algunos cuestionamientos a la verosimilitud de la trama:

ZOILO. ¿Por qué calla usted siempre? Enmudecer es acatar.

ÉL. No callo, trabajo: no enmudezco, escribo. Creo en la labor y en el silencio: en la primera porque triunfa; en el segundo porque desdeña. […]

ZOILO. Pudo usted ahorrarse esta réplica, cumpliendo con su canon de silencio.

ÉL. Suponga usted que lo necesitaba para nutrir dos páginas más que completasen la última entrega, y que todo es asunto de Regente […]

ZOILO. Su libro de usted pudo desarrollarse más.

ÉL. Usted dice desarrollar; Flaubert dijo condensar. Prefiero a Flaubert. Nuestra época es la de la *nouvelle*. El tren vuela… y el viento hojea los libros. El cuento es la forma literaria del porvenir.

El donador de almas deja atrás la narrativa realista-psicológica de *Pascual Aguilera* y la simbolista-decadente de *El ba-*

chiller, esta novela inaugura la mejor etapa nerviana: aquella en la que sus fantasmas personales conviven promiscuamente con los intereses espirituales de su tiempo y el nuestro. Con razón Nervo pensaba que "nuestra época es la de la *nouvelle*".

LOS ARGUMENTOS DEL CUENTISTA

Como adelantamos, en 1899 Nervo se distanció del realismo y del costumbrismo con *El donador de almas*. Poco después, durante la estancia parisina de casi dos años, leyó las *nouvelles El rey de la máscara de oro* (1892) y *El libro de Monelle* (1894), así como las inclasificables *Vidas imaginarias* (1896). Gracias a estas obras de Marcel Schwob, nuevos aires de modernidad impulsaron la concepción de personajes, la estructura y ambientación de los relatos escritos por Nervo tras su regreso a la Ciudad de México en 1902.

Desde entonces, los cuentos de Nervo serán más breves e intergenéricos. Si pensamos en la estructura, los giros de la historia, la interacción social y los frecuentes reconocimientos de los protagonistas de Schwob, hay "cuentos" de *Almas que pasan* con visos de novela breve ("Los dos claveles. Historia vulgar"), relatos autobiográficos e historias de bandidos populares que admiten la ambigüedad genérica y la poética de *Vidas imaginarias* ("El viejecito", "El final de un idilio" y "La aventura de don Pascual").

En *Almas que pasan* encontramos dos relatos excéntricos: "La última guerra" y "Las Casas". Su presencia en esta antología merece un breve comentario. El primero destaca por la verosimilitud de una visión futurista de la humanidad, probablemente al borde de su batalla final como especie. La lectura de la historia es inversa en "Las Casas". En el vaivén temporal de la trama, un nutrido grupo de políticos e intelectuales del porfiriato, que escucha una conferencia, se encuentra con fray Bartolomé de las Casas durante el primer viaje del fraile a Santo Domingo en 1502. Espacio y tiempo oscilan en el discurso oratorio de Crisóstomo Solís, el reconocido historiador que rinde homenaje a la memoria del predicador en 1902. La anagnórisis definitiva ocurre en casa de Solís, cuando una voz interna le dice: "¡Tú fuiste el padre Las Casas!". El tratamiento fantástico de este relato, la transmigración de almas y la duplicidad de personalidades adquieren matices siniestros en un par de historias incluidas en este volumen: "Los mudos" y "El del espejo".

A propósito de la veta fantástica que ofrece esta antología a partir de *El donador* y seguidas de media docena de historias extraordinarias, Nervo afirma en "La literatura maravillosa": "Hemos querido matar al misterio, pero el misterio cada día nos envuelve, nos satura, nos penetra más".[7] Expresión de la crisis en torno a la mentalidad positivista que dominó en el siglo XIX, esta propuesta sugiere acercarnos a la literatura fantástica como quien escucha a un narrador oral para que nos cuente una historia de misterio o de miedo. Confiado en las virtudes de la imaginación, Nervo escribe: "la buena nodriza que se llama la Novela maravillosa" podrá decirnos el futuro de la humanidad. ¿Acaso —como se narra en "La última guerra", por medio de un fonotelerradiógrafo—, los animales se liberarán al fin del yugo del hombre y se enfrentarán ambas especies para dar paso a una nueva forma de dominio en la Tierra? Este relato es complementario de historias de experimentación científica como "Los

---

[7] Nervo, "La literatura maravillosa", en *El libro que...*, pp. 93-95.

congelados" y "El sexto sentido". Sobre todo en éste, el personaje se muestra dispuesto a experimentar otras formas de conocimiento de la realidad, convencido de que "el pasado, el presente y el futuro, existen de una manera simultánea en el mismo plano, en la misma dimensión". Para Nervo el ser humano es limitado, pero en constante evolución. En "De la corrección que debemos observar en nuestra actitud para con los fantasmas", el protagonista exclama: "La humanidad —ciertas clases sociales, en especial— se afina. Nuestros sentidos se aguzan. Hay ya resquicios entre la sombra, a través de los cuales adivinamos *la cuarta dimensión*". En un artículo, así titulado en 1917, Nervo trató con amplitud este tema. Como otros contemporáneos, creía que los poetas, esos seres privilegiados, eran los únicos que podían conocer o intuir realidades ajenas al común de los mortales.

Los dos últimos relatos de la antología dejan ver que la relación de Amado Nervo con las nodrizas, el misterio y lo maravilloso venían de tiempo atrás. En su infancia tuvo la suerte de escuchar historias que le pararon los pelos de punta. Las oyó en su natal Tepic, donde vivió hasta los catorce años. Para la sensibilidad del futuro poeta y narrador, las lecturas bíblicas, las ceremonias y los rituales de la fe católica fueron tan determinantes como las leyendas, los mitos populares y las hazañas de héroes y bandidos legendarios que saqueaban Tepic. Todo ojos y oídos —como él mismo gustaba recordarse en "El viejecito"—, el pequeño Nervo creció rodeado de murmullos espectrales. En boca de la gente del pueblo, algunos se colaban a la vieja casona de la numerosa familia Nervo Ordaz: "Allá como por el 28 de diciembre, mi nana empezaba a contarnos de un viejecito, muy viejecito, que se estaba muriendo". Otras aventuras ocurrían en el mismo caserón, poblado de amables fantasmas, por lo menos en la mente de una tía tan anciana que asistió a la coronación de Agustín de Iturbide: "Esta mi tía muy amada soñó una noche que se le aparecía cierto caballero de fines del siglo XVIII [...] Saludola, con grave y gentil cortesía, y díjole que en un ángulo del salón había enterrado un tesoro: un gran cofre de áureas peluconas". Por allá deben seguir enterradas aquellas monedas de oro, acuñadas por el monarca español Carlos IV, pues el escéptico padre de Amado se negó a echar abajo la casa para buscarlas, en contra de la voluntad y el desaliento de la abuela. Ella pretendía encontrar el tesoro con "Las varitas de virtud" que dan título a este cuento. Con los años, Nervo acabó dándole la razón a su abuela porque comprendió que el mito tenía la capacidad de encubrir la envoltura luminosa, "un poco fantástica de la verdad".

Al mezclar ficción y leyenda en relatos con evidente trasfondo biográfico, Nervo deja ver una precoz atracción por el misterio, modificada gradualmente por su educación religiosa en colegios michoacanos. "Como quiera —concluye Alfonso Reyes— este vivir en continuo trato con espíritus y reencarnaciones, con el más allá, con lo invisible [...] aligera el alma y comunica a los hombres un aire de misterio vivido de lo inefable, de lo desconocido".[8] Para la heterodoxa espiritualidad de Nervo fueron determinantes lecturas y prácticas espiritistas, teosóficas, ocultistas e hinduistas que difunde con amenidad en crónicas, artículos y narraciones de varia extensión, incluso en minificciones como "Fotografía espírita" y "El obstáculo".

La otra cara de la personalidad múltiple de Nervo es el escepticismo. Quizá porque en él domina la duda es frecuen-

---

[8] Reyes, "Prólogo", en *Antología...*, p. 21.

te que aborde asuntos "trascendentes" con humor y parodia. Así escribe relatos amenos e incisivos, con personajes mordaces que atenúan la gravedad de los temas. En "Fotografía espírita" la sonrisa y la sospecha nos hacen olvidar ese horror por la vida consciente que con crudeza desarrolla en relatos enigmáticos como "Ellos". Tal vez porque para Nervo la realidad es compleja, heterodoxa y hasta risible, hay varias maneras de abordarla en su narrativa. Si esta antología te anima a explorar otras facetas del autor y su obra, habrá cumplido su propósito central.

Nota editorial

La edición de esta antología se realizó a partir de las últimas versiones publicadas, autorizadas o reescritas por Amado Nervo. En el caso de las novelas, se proporciona aquí una breve historia de sus publicaciones. En cambio, debido a la diversidad de fuentes bibliográficas y hemerográficas de los cuentos, las referencias de las ediciones utilizadas se consignan en la primera nota de cada relato.

El bachiller se publicó en 1895 (México, Tipografía de *El Mundo*); la segunda, en 1896 (*El bachiller*, con algunos juicios críticos, México, Tipografía de *El Nacional*); la tercera, en 1905 (*Otras vidas*, volumen que incluye *Pascual Aguilera* y *El donador de almas*, Barcelona, J. Ballescá).

El donador de almas apareció en 1899 (suplemento de la revista *Cómico*, t. III, núms. 15 al 19, del 9 de abril al 7 de mayo de 1899, México, Tipografía de *El Mundo*); la segunda, en *Otras vidas* (1905).

La primera edición de *Mencía* formó parte de la colección *El Cuento Semanal* (año I, núm. 17, 26 de abril de 1907, Madrid) con el título *Un sueño*. La segunda en el tomo XIII (*El bachiller, Un sueño, Amnesia, El sexto sentido*, Madrid,

Biblioteca Nueva, 1920) de las *Obras completas* editadas por Alfonso Reyes. En el tomo XXVIII de esa misma colección (*Discursos. Conferencias*, 1928), Reyes advirtió que, después de publicado el tomo XIII, localizó un ejemplar de *El Cuento Semanal* con correcciones manuscritas de Nervo. Además de cambiar el título original por el de *Mencía*, el autor modificó el prólogo e introdujo diversas variantes que Reyes consignó en el apéndice del tomo XXVIII.

Novelas

El bachiller

Por tanto, si tu mano o tu pie te fuere
ocasión de caer, córtales y échalos de ti:
mejor te es entrar cojo o manco en la vida,
que teniendo dos manos o dos pies ser
echado en el fuego eterno.

Mateo 18:8

I

Nació enfermo, enfermo de esa sensibilidad excesiva y hereditaria que amargó los días de su madre. Precozmente reflexivo, ya en sus primeros años prestaba una atención extraña a todo lo exterior y todo lo exterior hería con inaudita viveza su imaginación. Una de esas augustas puestas de sol del otoño le ponía triste, silencioso y le inspiraba anhelos difíciles de explicar. Algo así como el deseo de ser nube, celaje, lampo y fundirse en el piélago escarlata del ocaso.

Las solemnes vibraciones del ángelus, llenábanle de místico pavor; la vista de una ruina argentada por la luna o de un sepulcro olvidado, cubría de lágrimas sus ojos. Algunas veces, sin causa alguna, lanzábase al cuello de su madre y con efusión incomparable la besaba y le decía:

—¡No quiero que te mueras!

Otras, permanecía en éxtasis ante un cuadro cualquiera.

Era huraño y, a la edad en que todos los niños buscan la zambra, procuraba el aislamiento.

A los trece años, habíase enamorado ya de tres mujeres, cuando menos, mayores todas que él; de ésta, porque la vio llorar; de aquélla, porque era triste; de la otra, porque cantaba una canción que extraordinariamente le conmovía.

Parecía su organismo fina cuerda tendida en el espacio, que vibra al menor golpe de aire.

De suerte que sus dolores eran intensos e intensos sus placeres, mas unos y otros silenciosos.

Murió su madre, y desde entonces su taciturnidad se volvió mayor.

Para sus amigos y para todos, era un enigma y causaba esa curiosidad que sienten, la mujer ante un sobre sellado, y el investigador ante una necrópolis egipcia, no violada aún.

¿Qué había ahí dentro? ¿Acaso un poema o una momia?

¡Ah… se iría a la tumba con su secreto!

La herencia materna, bien menguada, apenas bastó al joven para trasladarse a una ciudad lejana, donde un tío suyo, solterón, vivía y le llamaba ofreciéndole encargarse de su educación.

Tenía entonces catorce años.

Era aquella ciudad, llamada Pradela,[1] una de las pocas de su

---

[1] Con el nombre de Pradela, pequeña aldea leonesa situada en el noroeste de la península Ibérica, se encubren rasgos urbanos e históricos de Zamora, Michoacán. En 1886 y en calidad de alumno externo, Amado Nervo ingresó al Seminario zamorano para cursar las facultades menores: letras, ciencias y filosofía. Varios pasajes de esta novela recogen aquella experiencia escolar que se extendió hasta finales de 1891. En sus "Páginas autobiográficas" (1938), escritas a los diecinueve años, Nervo relata parte

género que existen aún en México. De fisonomía medieval, de costumbres patriarcales y, sobre todo, de ferviente religiosidad.

Influían en esto sin duda, el clima, el apartamiento de todos los centros, a que contribuían los pésimos caminos carreteros, el temperamento linfático de los habitantes y otros factores igualmente poderosos. Ello es que, salvo los religiosos ejercicios, nada había en Pradela que sacar pudiese de quicio a los moradores, dedicados en su mayor parte a la labranza.

Aquí y allá, en las tortuosas y húmedas calles, erguíanse caserones de heterogéneo estilo, que acusaban reparaciones diversas, con intervalos asaz prolongados; edificios bajos de adobe o de piedra, con pesados balcones cuyas maderas, a perpetuidad cerradas, nada dejaban adivinar de la silenciosa vida del interior.

Las iglesias, numerosas, sombrías, sin ningún encanto arquitectónico, como levantadas por una piedad sobria y desdeñosa de las formas, mostraban sus campanarios cúbicos, rematados por gruesas cruces de piedra.

Tenía la ciudad su obispo, varón docto en teología y cánones, y su seminario, inmensa casa que albergaba más de cien teólogos y donde la juventud de Pradela hacía sus estudios preparatorios y gran parte de ella los sacerdotales. Así, a ciertas horas del día, veía uno salir por la inmensa puerta principal del colegio, multitud de muchachos, de cuyos hombros pendía la grasienta capa de casimir gris: único distintivo que acusaba su cualidad de estudiantes de facultad menor.

La puerta del Clerical, departamento del colegio destinado a los teólogos, daba asimismo paso, los jueves y los

de su vida escolar y social en Zamora y sus alrededores. Nervo, *Obras* I, pp. 37-58.

domingos, a grupos enlutados de jóvenes, originarios de todos los pueblos del distrito, o bien miembros de las familias conocidas de la ciudad, que iban de paseo.

El observador más ligero habría notado en aquellas caras las procedencias más diversas: el indio puro, con su cabello lacio, su aguileña nariz, sus ojos negros de reflejos azulados, su parsimonioso y grave movimiento, el rubio pecoso y el rubio limpio, el moreno claro y todos los tipos que forman en México la híbrida población.

Éste venía de la sierra, aquél de la tierra caliente, éste de la región templada, aquél de la malsana costa, que el vasto distrito abrazaba zonas bien diversas; y, cada año, diez o doce de aquellos jóvenes, recibidas las órdenes sagradas, tornaban definitivamente a sus pueblos, ya de vicarios, ya de curas, permaneciendo uno que otro, los menos rudos, en la ciudad, con la perspectiva de una canonjía provechosa.

Cuando el reloj de la catedral sonaba las nueve y tres cuartos de la noche, dejábase oír el lento y sonoro toque de queda, cuyas tristes inflexiones llevaban a todos los hogares una sensación indefinible de melancolía y de temor. Prolongábase este toque hasta las diez y, tras breve intervalo de silencio, oíase de nuevo durante algunos minutos, recibiendo el toque segundo, la denominación de "queda grande".

Al escuchar el toque, el viejo médico dejaba su tertulia; la visita de confianza se despedía, y las calles, de suyo silenciosas durante el día, dejaban ver, a la luz de ictérico farolillo de aceite, a tal o cual transeúnte que presuroso se dirigía a su casa, oyéndose por largo tiempo el eco medroso de sus pasos.

Las jóvenes de la ciudad, porque las había a pesar de todo, pálidas por lo general y de fisonomía pensativa, salían a la calle arrebujadas siempre con negro tápalo de merino; oían diariamente su misa; confesábanse los viernes, teniendo cada una su director espiritual, y comulgaban el sábado, en honor de la Inmaculada, las fiestas de guardar y tal o cual día de elección.

Año por año, las aulas del seminario, vacías de gramáticos, filósofos y teólogos, que disfrutaban sus vacaciones, corridas de octubre a enero, hospedaban a aquellas jóvenes, por nueve días, destinados a la contemplación de las verdades eternas, conforme al método de san Ignacio.[2]

Los ejercicios efectuábanse por tandas, cada una de nueve días, y cuando ya, así las solteras como las casadas de Pradela, los habían recibido, tocaba su turno a los hombres, algunos de los cuales los esquivaban, verificándose en cambio entre los concurrentes tal o cual discreta conversión, que llevaba al elegido por la divina gracia, de una disipación disimulada y mediana a los claustros del seminario, donde trocaba el legendario traje charro por la sotana clerical.

¿Amores?, también florecían en aquella atmósfera pesada; mas, como la reina de la noche,[3] abrían su cáliz en el misterio, sin dejar por esto, semejantes a ella, de ser puros y sencillos. Vivían en silencio por breve tiempo y morían por

---

[2] El método de san Ignacio de Loyola (1491-1556) deriva del libro *Ejercicios espirituales* (1548), que el fundador de la Compañía de Jesús escribió en la ciudad catalana de Manresa entre 1522 y 1523, durante la recuperación de las heridas que sufrió en la batalla de Pamplona contra las tropas navarras, apoyadas por Francia en mayo de 1521. La práctica de los ejercicios puede reducirse a cuatro etapas sucesivas de diversa temporalidad.

[3] La reina de la noche (*Epiphyllum oxypetalum*) es una planta trepadora de la familia de las cactáceas, caracterizada por abrir sus olorosas flores al anochecer. Aunque es originaria de las zonas tropicales de México y Centroamérica, se ha extendido a otros países con nombres diversos: cactus trepador, pitahaya, flor de cáliz y tasajo. En su poesía de juventud (1886-1891), escrita en Zamora y recogida póstumamente en *Mañana del poeta* (1938) y *Ecos de una Arpa* (2003), Nervo escribió una serie de "Cantos a la naturaleza", entre los que se encuentra "La reina de la noche".

fin bajo el yugo matrimonial, dirigidos desde su alfa hasta su omega, por el prudente director espiritual de la doncella.

II

Tal era el medio en que debían desarrollarse las delicadas facultades de Felipe, quien, ávido de estudio, comenzó por dedicarse al del latín, que comprendía "mínimos", "medianos" y "mayores", y al cual debían seguir las matemáticas, la física y por último la lógica, coronamiento de la facultad menor y vestíbulo de las tres teologías: dogmática, moral y mística, y del derecho canónico, extenso y árido.

Su vida transcurrió desde entonces sin más agitaciones que las que su viciado carácter le proporcionaba; su fantasía, aguijoneada por el vigor naciente de la pubertad, iba perpetuamente, como hipogrifo sin freno, tras irrealizables y diversos fines. Atormentábale un deseo extraño de misterio, y mujer que a sus ojos mostrase la más leve apariencia de un enigma, convertíase en fantasma de sus días y sus noches.

Si pasaba frente a un caserón más silencioso que los otros y advertía en los balcones tiestos que revelaban cultivo o canarios que hablaban de mimos delicados, deteníase, e incrustándose en el marco de un zaguán, aguardaba las manos blancas, los ojos negros y el talle leve que necesariamente debían albergar aquellos muros. A veces, y era lo más común, en el rectángulo de luz que limitaban las maderas al abrirse, destacábanse, ya la quintañona de cofia, espejuelos y camándula pendiente del cordón de la Tercera Orden; ya el fornido amo, que salía en busca de aire y que con las manos en los bolsillos del ajustado pantalón miraba el cielo, donde una noche de verano encendían todos sus luceros; pero a veces también, trocábase en verdad el poético presentimiento, y la niña de ojos claros u oscuros, que esto no hacía mucho al caso, se dejaba ver, y al soslayo inspeccionaba las trazas del misterioso galán.

Ahí paraba todo, porque no faltaba un indiscreto que pusiese a Felipe al tanto de las generales de su Virginia, y con el misterio huía la ilusión, y nuestro héroe murmuraba como el poeta: "¡No era ella!".[4]

Y "ella" no llegaba nunca: era el rayo de luna eternamente perseguido por un Manrique de catorce años.[5]

A los cuales se añadieron cinco, sin que el soñador cambiase de procederes. La vagancia tras el estudio, a caza del ideal, y el estudio tras el ensueño, llenaron ese lustro, y el buen tío, más dado a observar la atmósfera por si había barruntos de lluvia o sequía, que los corazones que le rodeaban, jamás sofrenó con su prudencia de viejo los ímpetus de aquel espíritu enfermo de anhelos imposibles.

Hubo de llegar el día de la elección de carrera. Terminaban las vacaciones del año de lógica y Felipe se hallaba a la sazón en el campo, en una propiedad de su tío, en compañía de Asunción, la hija del administrador, rapaza montaraz que le era adicta como un perro. Ahí entreteníase en matar huilotas y ánsares y en hacer estrofas a las tardes tristes y a

---

[4] Este pasaje alude al personaje femenino de *Pablo y Virginia* (1788) de Bernardin de Saint-Pierre (1737-1814), escritor francés leído por Nervo en Zamora.

[5] Manrique es el protagonista de la leyenda soriana de Gustavo Adolfo Bécquer (1836-1870), "El rayo de luna". Durante un paseo por las orillas del Duero, Manrique percibe la imagen de una mujer que escapa a su desesperada búsqueda. Dos meses más tarde, "aquella cosa blanca, ligera, flotante había vuelto a brillar […] a sus pies, un instante, no más que un instante". Sin embargo, sólo se trataba de "un rayo de luna que penetraba a intervalos por entre la verde bóveda de los árboles cuando el viento movía sus ramas". Bécquer, *Leyendas*, pp. 158-159.

las mañanas seductoras, cuando fue interrogado por don Jerónimo (éste era el nombre del tío) acerca de tan importante asunto.

Quedose el joven silencioso durante algunos instantes, y por fin dijo:

—Lo pensaré.

La misma respuesta dio ocho días después.

Enero se acercaba, y pronto, caballeros en flacos rocines, empezarían a llegar a las puertas del colegio los gramáticos, los filósofos y los teólogos, ahítos de aire y de sol, de excursiones por las quebradas y de apetitosos almuerzos en el bohío, al pie del comal dorado, donde formaban ámpula las tortillas, esparciendo un olorcillo grato.

El tío repitió por tercera vez la pregunta. Había que comprar los textos y que sacar la matrícula. ¿En qué pensaba el buen Felipe?

El buen Felipe pensaba en algo raro sin duda, pues de algunos días a la fecha andaba más cabizbajo y paliducho que de costumbre, padeciendo frecuentes distracciones, de las cuales le despertaba el tío con vigorosos sacudimientos y esta exclamación:

—¡Pero canijo! ¿Dónde te hallas?

A la tercera pregunta, el estudiante respondió, empero, con voz apagada:

—Estudiaré teología.

No sorprendió al viejo la respuesta, que aun cuando el chico no era muy dado a ejercicios piadosos, no se distinguía tampoco por su disipación, y además, nadie en Pradela, venero de sacerdotes, podía asombrarse de una resolución semejante. Así, pues, limitose a decir:

—Mañana iremos a la ciudad a comprar los libros. ¡Quién quita y llegues a obispo!

Y dando al sobrino dos palmaditas en el hombro, se alejó arrastrando las espuelas, que iban siempre con sus burdos botines de becerro amarillo.

¿Qué pasaba por el alma del bachiller?

Algo grave. Aquel espíritu, sediento de ideal, desilusionable, tornadizo en extremo, había acabado por comprender que jamás saciaría su ansia de afectos en las criaturas, y como Lélia, la de George Sand,[6] sin estar muy convencido que digamos de las católicas verdades, buscaba refugio en el claustro. En el claustro, sí, porque no era el ministerio secular el que le atraía. El seminario debía ser sólo pasajera égida, para que no se enfriasen sus buenos propósitos.

La transformación que tal resolución suponía, había ido operándose en el alma del joven de una manera lenta pero segura. Ya en el curso de su vida, la fibra mística, esa fibra latente en todo el organismo moderno, habíase estremecido en el seno del silencio; pero aquella última estancia en el campo, aquella continua comunión con la soledad, aquella triste solemnidad de las tardes otoñales, habían concluido la obra, en consorcio con tales y cuales lecturas de santos, a las que, en medio de sus tedios frecuentes, acudiera.

Una idea capital flotaba sobre el báratro de contradictorios pensamientos que agitaban su cerebro. Tal idea podía formularse así: "Yo tengo un deseo inmenso de ser amado, amado de una manera exclusiva, absoluta, sin solución de continuidad, sin sombra de engaño, y necesito asimismo amar; pero de tal suerte que jamás la fatiga me debilite, que jamás el hastío me hiele, que jamás el desencanto opaque las bellezas del

---

[6] Protagonista de *Lélia* (1883), novela de George Sand, seudónimo de Aurore-Lucile Dupin (1804-1876). En la obra, Lélia se debate entre la entrega y la insatisfacción de sus afanes eróticos.

objeto amado. Es preciso que éste sea perennemente joven y perennemente bello, y que cuanto más me abisme en la consideración de sus perfecciones, más me parezca que se ensanchan y se ensanchan hasta el infinito".

Claro es que con tal excelso ideal, todo lo creado estaba de más, y el convento se dibujó en la imaginación de Felipe como playa lejana donde las olas mundanales iban a romper, murmurando no sé qué frases de despecho e impotencia.

Rancé sabía bien de esto;[7] las cartujas ruinosas donde "se oye el silencio", son testigos aún de la incurable enfermedad que se llama: ¡sed de misterio y de Dios!

III

Transcurrieron algunos días en que las tareas escolares, no metodizadas aún, efectuábanse de cualquier manera. Las aulas se henchían lentamente, y en los salones dormitorios, así del Clerical como del internado, armábanse diariamente dos o tres catres de fierro, propiedad de otros tantos internos o teólogos.

Una vez que en Pradela estuviesen de regreso de sus pueblos todos los estudiantes, empezarían para ellos los ejercicios de san Ignacio, obligatorios y distribuidos en los días de costumbre.

Felipe reservó para entonces su instalación en el Clerical, donde en calidad de teólogo debía residir en adelante.

---

[7] A los treinta y un años, Armand-Jean Le Bouthilier de Rancé (1626-1700) decide renunciar a la vida mundana y a las vastas posesiones de su familia, conservando sólo la abadía de La Trappe. Allí inicia en 1664 la reforma de las normas del clero regular, dirigida hacia la imposición de una mayor severidad moral, inspirada en los Padres del desierto, los antiguos Padres de la Iglesia, los fundadores de la Orden Cisterciense y san Bernardo de Claraval. Nervo dedica a Rancé el poema IX de *Místicas*.

El último día de ejercicios, llamado "de retiro", el obispo de la diócesis confería las órdenes menores a los que, concluido el bachillerato, las solicitaban, y entre los solicitantes esta vez encontrábase Felipe.

Así las cosas, y estando a 2 de febrero de l88…, inaugurose el piadoso periodo destinado a cumplimentar la máxima bíblica: "Piensa en tus novísimos y no pecarás".[8]

Los externos se habían acomodado ya en las salas destinadas a las cátedras, llevando a ellas cuantos utensilios les era dable, teniendo en cuenta el exiguo espacio de que disponían, y eran éstos, calentaderas de campaña, vasos, cubiertos, peines, cepillos de dientes y algo más que hiciese cómoda su estancia en el colegio durante nueve días.

Los cuales se consagraban respectivamente a las meditaciones siguientes: principio y fin del hombre, el pecado venial, el pecado mortal, el hijo pródigo, la muerte, el juicio, el infierno y la gloria, y pecador que maguer tamañas meditaciones saliese al mundo sin desempecatarse y propuesto con harta compunción de su ánima a llevar una santa vida, de seguro estaba dejado de la mano de Dios, que aquellos piadosos ejercicios, inspirados según la tradición por la Virgen misma al iluminado de Manresa,[9] urgen al corazón en modo tal a santificarse, que no se puede resistir a la gracia.

Apenas abiertos los tales, reinó en el grande y oscuro seminario un silencio, que ni el tan decantado de las necrópolis igualársele pudiera. Hacíase todo a son de campana y

---

[8] "En todas tus acciones ten presente tu fin, / y jamás cometerás pecado", Eclesiástico (7:36). Los novísimos, también llamados postrimerías, son cuatro: muerte, juicio, infierno y gloria. Para la escatología cristiana se trata de las etapas finales del hombre.

[9] San Ignacio de Loyola, llamado el Iluminado de Manresa, véase nota 2.

era la metálica voz de ésta la sola que se cernía en los ámbitos de los amplios claustros, y parecía decir a todos, altisonante y querellosa, las palabras del Sabio: "Vanidad de vanidades y todo vanidad, fuera de amar a Dios y servirle a Él solo".[10]

Desde el primer día, Felipe diose a la piedad con empeño tal, que edificaba y acusaba una completa conversión. Él era el primero en entrar a las distribuciones y el último en abandonar la capilla, y el pedazo de muro que a su sitial correspondía en ella, hubiera podido dar testimonio de su sed de penitencia, mostrando la sangre que lo salpicaba y que se renovaba a diario, cuando durante la distribución de la noche, apagadas las luces, los acólitos entonaban el "Miserere".

No hay manera de describir el horror sublime de tal hora. El predicador, tras un discurso que procuraba hacer elocuente, terminadas apenas las frases de exhortación a la penitencia, con la voz apagada por la emoción, iniciaba el doloroso salmo del Rey Profeta,[11] que con voz monótona cantaban los monacillos, y haciendo coro a los sollozos de compunción de los ejercitantes, oíase el chasquido de los azotes que, con fervor, descargaban ellos sobre sus carnes más o menos pecadoras.

El salmo duraba unos cinco minutos, que para los flacos

---

[10] Referencia a Salomón, segundo monarca de Israel y Judá. Se le atribuye la autoría del Libro de los Proverbios y el Libro del Eclesiastés. El segundo se caracteriza por la constante mención de la vanidad de la vida humana. En *Elevación* (1917) Nervo retoma al monarca con cierto distanciamiento irónico: "El amor es bostezo y el placer hace daño / (esto ya lo sabías ¡Oh buen rey Salomón!)". Nervo, *Poesía* II, p. 634.

[11] Salmo 51 (50), titulado "Miserere" en la *Nueva Biblia de Jerusalén* por la palabra inicial del texto latino. Los versículos 1 y 2 de la introducción del Salmo refieren esta historia: "Del maestro de coro. Salmo. De David. Cuando el profeta Natán le visitó después que aquél se había unido a Betsabé".

de celo que se esforzaban en atormentar de veras sus espaldas, eran tan largos como cinco siglos.

¡Oh!, y cómo recordaba Felipe aquellas solemnes escenas en que, presa el alma de una exaltación extraña, murmuraba: "Sáciate ahora, carne", y en que, con esfuerzo que subía de punto, sus manos agitaban sin compasión el flagelo, y éste, al chocar contra el muro, dejaba ahí pintadas cárdenas e irregulares líneas, salpicando la parte superior de la pared de innumerables puntos rojos.

No era él de esos pusilánimes que hacen las cosas a medias. Convencido ya de que a Cristo sólo se va por la inocencia o la penitencia, escogía el segundo camino, que en su concepto era el solo que le restaba, y atormentando al "jumentillo" (palabra con que un asceta designaba su cuerpo), purgaba así los desvaríos de su cerebro pletórico de sueños.

Pasado el "Miserere" y salidos todos los ejercitantes de la capilla, permanecía en ella largo rato, sin atender a la campana que le llamaba a la cena, y concluido el examen de conciencia, última etapa del día, aún se quedaba ahí, frente al altar que mal aclaraba la temblorosa luz de una lámpara de aceite, perpetuamente encendida ante el divino sacramento.

No quedaba sin recompensa por cierto, devoción tan sincera: Felipe gustaba al pie del altar esa miel que los neófitos encuentran siempre en el primer periodo de su conversión, miel tan deliciosa, que, paladeada una vez, quita el gusto por las otras dulzuras de la vida: el alma, con absoluto abandono de sí misma, reposa en los brazos de Dios, con la tranquila confianza del niño que duerme en el maternal regazo, y Dios le manda suavísimos consuelos. Vienen después ¡ay!, horas y aun días y a veces años de aridez espiritual que atormenta a los que escalan ya las altas cimas de la perfección; horas, días y años en que el gusto por la oración desaparece; en que Dios se esconde, y el alma, como la Esposa de los Cantares, pregunta en vano por Él;[12] y los escrúpulos y las inquietudes y los recelos, cual siniestro enjambre de moscardones, zumban en rededor de la mente abatida y desolada. Mas Felipe empezaba apenas a cruzar las floridas laderas del fervor, y pareciéndole que su unión con Dios era íntima y absoluta, anhelaba sólo que una sotana, negra como el desencanto de lo creado, y un claustro, fuerte como la fe, le velasen para siempre las pálidas perspectivas de un mundo odiado y miserable.

IV

Muy breves transcurrieron para él los nueve días, y hecha al cabo de ellos confesión general, dispúsose a recibir de manos del obispo la negra vestidura, distintivo de los siervos de Dios.

No decayó un momento su ánimo cuando el viejo prelado, cortando algunos de los castaños rizos que ornaban su juvenil cabeza, murmuró palabras misteriosas, y más tarde, cuando concluida ya la ceremonia de la tonsura, la afilada navaja del barbero dejó en su occipucio la huella de los esclavos de Cristo.

¡Por fin! ¡Ya era todo de Dios; ya había roto por segunda vez el pacto hecho con Satanás; ya podía, como Magdalena, "escoger la mejor parte",[13] acurrucándose a los pies del Maestro!...

---

[12] Al inicio del capítulo 3 de El Cantar de los Cantares, la Esposa busca y reencuentra en la ciudad al Amado de su alma. Nervo retoma este asunto en "El prisma roto" de *Poemas* (1901). La Musa de este poema en églogas reemplaza en algunos pasajes el lugar de la Esposa bíblica. Nervo, *Poesía* I, pp. 1364-1379.

[13] La frase hace alusión al pasaje bíblico donde Jesús reprende a Marta

Apenas recibidas las órdenes menores, nombráronle bibliotecario y desde entonces su vida transcurrió en la capilla, en la cátedra y en la biblioteca.

Era ésta un inmenso salón situado en la planta alta del edificio, con anchas ventanas que miraban al campo, con pesadas estanterías de roble y desgarbados atriles colocados aquí y allí.

El pergamino mostraba a cada paso su tez amarillenta, bajo la cual hallábanse, en el latín de la decadencia y la Edad Media, las extensas lucubraciones de los Santos Padres: el elocuente Crisóstomo, el profundo Agustino, el tierno Bernardo, el delicado Ambrosio, y los teólogos más modernos, descollando, en parte principal, la *Summa* del Sol de Aquino. También había clásicos latinos y españoles del Siglo de Oro.

¡Oh, cuántas veces, cómodamente instalado cerca de alguna de las grandes ventanas, con el infolio abierto sobre los muslos y sobre el infolio los codos y el rostro entre las manos, el bachiller seguía con vaga mirada el caprichoso giro de las nubes doradas, el vuelo irregular de las palomas que habían hecho nido en el vecino campanario, el zigzag de alguna golondrina, precursora de la bandada que venía en pos de la tibia primavera, o el tenue fulgurar del rayo de sol que, atravesando la vidriera, jugaba con el polvo secular de la biblioteca y acariciaba con beso anémico los dorsos enormes y quietos de los libros, momias de antiguas creencias y de muertos ideales!

Sentía entonces su espíritu, como en los días lejanos ya de la infancia, el deseo de fundirse en el lampo reverberante,

---

por quejarse de que su hermana, María, no le ayuda en los quehaceres cotidianos, a lo que Jesús responde: "Marta, Marta, te preocupas y te agitas por muchas cosas; y hay necesidad de pocas, o mejor, de una sola. María ha elegido la mejor parte, que no le será quitada". Lucas (10:38-42).

en el acre perfume de los cedros que bordaban la alameda cercana, en el aura vagarosa que agitaba débilmente los floridos ramajes del rosal del patio contiguo; sentía el anhelo, vago pero inmenso, de volar en medio de la radiosa serenidad de la tarde y escalar alturas desconocidas, y llegar por fin allá donde las últimas capas atmosféricas dejan ver sin velos de nubes la excelsitud de los espacios y la potente fulguración de los astros.

Cada día se rompía en su sentir uno de los ligeros lazos que, como tenues hilos de la Virgen, ataban su espíritu a la tierra; cada día suspiraba más por el aislamiento absoluto de lo creado y el ansia de perfección ahondaba en su alma de una manera prodigiosa.

Irritábanle las mezquindades que hallaba en su ser, y hubiera querido consumirlas, aniquilarlas con el fuego abrasador de la caridad; mas el confesor le iba a la mano, diciéndole:

—No se ganó Zamora en una hora, hijo mío.[14] Ese deseo irritado de ser perfecto desde luego, significa vanidad. Precávase de su miseria que siempre tiende a caer y pida humildemente alas para levantarse...

Una de las virtudes que más amaba el joven era la castidad.

En todos los libros piadosos que había a la mano, leíase que era ésta la virtud más grata a Dios, que los castos, en el día del juicio, estarían a la diestra del Cordero, vestidos con blanquísimas túnicas y llevando palmas en las manos, por ser sus

---

[14] Proverbio alusivo al prolongado cerco de Zamora, España (1072), por Sancho II de Castilla (1037-1072). Después de la muerte de su padre, Fernando I de Castilla y León (1072), Sancho II se propuso disputar los territorios heredados a sus hermanos menores por considerar que le correspondían en calidad de primogénito.

predilectos; que el evangelista, a su cualidad de virgen había debido apoyar su cabeza en el seno del Maestro; que muchos mártires habían preferido los más cruentos suplicios a la pérdida de virtud tan amada y que la misma María había rehusado la maternidad divina si debía ser con mengua de su pureza.

Y lo que al principio fue anhelo en el joven, convirtiose pronto en una obsesión. Esquivaba aun la mirada de una mujer y cada vez que algún ímpetu natural conmovía su organismo, acudía a las mortificaciones más terribles: ya hundiendo en su cintura las aceradas púas del cilicio, ya fustigando sus carnes con gruesas disciplinas, ya llevando la frugalidad hasta el exceso.

En general, no había género de mortificación que no conociese. Si su curiosidad llevábale a ver tal o cual cosa sencilla, apenas advertía este movimiento, tornaba los ojos a otra parte. Si su apetito hallaba sabroso alguno de los humildes manjares del colegio, dejaba al punto el platillo; si le venía el deseo de conversar, callaba como un muerto; si el sueño pesaba sobre sus párpados en las horas calurosas de la siesta, bañábase el rostro con agua fría y proseguía con más ánimo el estudio, la oración o la lectura piadosa.

Tal mortificación perpetua, hacía que su ánima se recogiera más y más en sí misma y que su sensibilidad se volviese más y más delicada y asustadiza.

¡Qué inmensos sobresaltos le producía la voz de una mujer! ¡Qué temores la menor forma que destacase en el vivo lienzo de su imaginación con las líneas armoniosas de una Eva!

Rehusaba ir a paseo con los demás, y cuando se veía obligado a salir a la calle, bajaba temeroso los ojos y, semejante a ciervo joven, al menor roce de faldas, temblaba y se estremecía.

En compensación de tan continuadas inquietudes, hallaba cada día más sabrosas sus pláticas con Dios, y a veces, presa de emociones desconocidas, sentíase vecino del éxtasis.

V

Una noche, sin embargo, había experimentado cosas tales y tan extrañas que creyó morir.

Como de costumbre se quedó en la capilla cuando todos salieron. El sacristán apagó las luces que ardían en el altar y salió a su vez, entornando la gran puerta, que rechinó lúgubremente al girar sobre sus ejes. La capilla quedó a oscuras, pues la débil lamparilla que ardía ante el sagrario, más servía para aumentar el misterio de la nave que para disipar las espesas sombras.

Felipe se había arrodillado sobre la grada más alta del altar, buscando la mayor aproximación posible a aquel "depósito" donde se hallaban todas sus delicias.

Ahí, con los ojos cerrados, los brazos en cruz sobre el pecho y la cabeza ligeramente inclinada, púsose a meditar en la Pasión, haciendo desfilar por su mente las dolorosas escenas inmortalizadas en el Evangelio.

A veces la versátil fantasía volaba hacia otra parte, mas con poderosos y continuados esfuerzos, él la volvía al camino deseado.

Largo rato llevaba ya en la misma postura y entregado a la contemplación, cuando un fluido frío empezó a recorrer sus miembros, haciéndolos estremecer, y un sudor abundoso cubrió su frente.

Apoderose de su espíritu un terror espantoso, ese terror pánico que paraliza el movimiento y casi, casi los latidos del corazón.

Quiso gritar y no pudo, quiso levantarse y permaneció clavado al granito de la grada.

No se atrevió a abrir los ojos, temeroso de morir, como el pueblo hebreo ante los relámpagos del Sinaí, y sin fuerzas para nada, aguardó el prodigio...

Entonces ocurrió una cosa excepcional.

Ante él se levantó, perfectamente determinada, perfectamente distinta, una figura; pero no la del Maestro; no era la radiante epifanía del Cristo con su amplia túnica púrpura, su corona de espinas, su rostro nobilísimo ensangrentado, y sus manos heridas por los clavos; era una mujer, una mujer muy hermosa, rubia, de aventajada estatura, de rostro virginal y delicadas y encantadoras formas de núbil, que tendían sus curvas castas bajo el peplo vaporoso y diáfano.

Y... ¡extraña coincidencia!, aquella cara él la había visto en alguna parte... ¿Dónde? La memoria se lo dijo al punto: en el campo, en la hacienda de su tío. Su compañera de infancia, la hija del administrador, Asunción.

¿Por qué surgía frente a él? Debía, es claro, cerrar los ojos ante la aparición, maligna sin duda, pero ¿cómo, si eran los del alma los que la veían?

Y su terror, desvaneciéndose lentamente, daba lugar a una sensación tibia y suave que llevaba el calor a los miembros rígidos y aceleraba los latidos del corazón.

La hermosa figura extendió las manos, las apoyó en la cabeza del bachiller y, murmurando algo, acercó lentamente, muy lentamente, sus labios...

Entonces, aquella conciencia inflexible, exigente, implacable, protestó, gritó: "¡Alerta!", y Felipe, exhalando un gemido de angustia, se puso en pie y tendió en derredor los ojos azorados: "¡Nada!".

Sacudió la cabeza, y con movimiento de niño que busca amparo, corrió hacia una virgen que, con Jesús en los brazos, se levantaba sobre un pilar de piedra, al lado del altar; pegose a ella y exclamó:

—¡Madre mía, socórreme! ¡No quiero, no quiero ser malo! ¡Por tu concepción inmaculada defiéndeme!...

Y pareciéndole que ante el mayor peligro, mayor había de ser igualmente su resolución de pureza, añadió con voz que era un sollozo:

—¡Te juro por tu divino Hijo, que está presente, conservarme limpio o morir!

"¡Morir!", repitió el eco de las amplias bóvedas y en la cripta abierta a los pies del altar las vibraciones sonoras dijeron también: "¡Morir!".

Pasados algunos momentos, Felipe dejó la capilla y salió al patio; sentía que se ahogaba.

La luna bañaba un ala del claustro, alargando sobre los pisos y los muros la sombra de los pilares jónicos.

En la gran fuente del patio, el chorro nítido saltaba, cayendo con monótono ruido sobre el agua donde cabrilleaba la luz.

Reinaba en derredor un casto misterio, una quietud que llenaba el alma de unción y la invitaba a elevarse a los cielos.

Felipe se apoyó en un pilar y fijando sus miradas en el azul inundado de plateadas olas, murmuró tristemente: "¡No quisiera vivir!".

¿Era que presentía la impotencia de la voluntad ante las grandes exigencias de la naturaleza, que tras largo adormecimiento recobraba en él sus bríos, y prefería la deserción a la lucha?

¿Acaso, microcosmos débil, sentía aletear en su rededor todas las fuerzas de la creación y estremecerlo y adivinaba la derrota de su resistencia flaca?

¡Quién sabe! Ello es que aquella alma exaltada, sintió hasta entonces cuán altas y cuán ásperas eran las cimas que pretendía escalar, y como ave cansada plegó las alas…

VI

Volaban los días sin que alterasen la monotonía de aquella vida, más que la lucha sorda mantenida con las bajas tendencias, las exaltaciones piadosas y los recelos del espíritu, ora atormentado por la duda, ora por el temor.

Felipe palidecía, enflaquecía, se debilitaba sin embargo; su faz, angulosa ahora, si antes oval, y sus manos largas, cuya piel dejaba ver el tejido sutil y azulado de las venas, asemejábanle a esos grandes ascetas que vemos en los lienzos de Ribera.

A la anemia íbase uniendo el reumatismo, que había invadido la pierna derecha y que amenazaba la izquierda. La inmovilidad, a que los estudios y la meditación le forzaban, eran gran parte a aumentar su mal, y tan visibles mostrábanse ya las huellas de éste, que el viejo labrador hubo de decir al bachiller, en una de sus visitas al colegio:

—¡Canijo!, hay que tomar las cosas con calma, si no quieres ir a hacer compañía a tu madre, que de Dios goce.

—No se apure usted, tío —respondió el bachiller— que cuanto más pronto me muera, menor será la cuenta que tenga de dar y menores los peligros a que me vea expuesto.

—¡Bonita gracia! ¡Eso no es cristiano! ¿Sabes tú si Dios te quiere para ornamento de su Iglesia y edificación de sus fieles? Y si con rigores de penitencia exagerados te matas, ¿no defraudas acaso la intención divina acerca de ti?

—Yo diré a usted, tío; ni creo que mi penitencia sea exagerada, ni mucho menos que desagrade a Dios, y si Él me quiere, como usted dice, para ornamento de su Iglesia

(¡pobre ornamento sería yo por cierto!), tócale conservarme, como conservó a muchos de sus siervos en medio de grandes penalidades, comparadas con las cuales las mías resultan mezquinas y baladíes.

—¡Ay, hijo! De todos modos, pienso que ahora más necesitas de aire puro y buena alimentación, que de penitencia, y así que acabes tu curso, te llevaré al rancho. ¡Ya verás qué lindo está aquello! Las milpas crecen que es un contento y la carretilla verdea tan lozana y tupida, que las vacas la miran de lejos con envidia. En la presa hay más patos que tules, y en los vallados, las garzas morenas y blancas se cuentan por docenas. ¡Y el monte! ¡Ahí te viera!; hay venados que es una bendición; tarde a tarde bajan al aguaje y se abrevan tan tranquilos... ¡como nadie los persigue! Yo he dicho a todos los peones: "Cuidado con matarme una res, que ha de venir el niño Felipe cansado del encierro y con ímpetus de retozar, y no dejará ociosa la escopeta". ¡Y aún no te he hablado de las lomas de la Trinidad!; te digo que está todo aquello alfombrado de tempranillas, color de pitahaya y de amapolas más rojas que esto. (Y el viejo mostraba su paliacate.) Vamos, que dan ganas de bendecir a Dios que hace cosas tan hermosas. El mes que entra, es la cosecha; y ya verás cuántas codornices hallas en el barbecho. El "combate" estará lucido. Nada, que apenas despunten las secas, te vienes conmigo. En ocho días, con la vista del campo, destierras la tiricia, y con la leche recién ordeñada, te pones más colorado que un cardenal.

Sonreía el bachiller ante aquella sugestiva pintura; pero, como vulgarmente se dice, no le entraban las razones del tío, y a pesar de su afición decidida a la bucólica, deseaba quedarse todas las vacaciones entre las cuatro paredes de la capilla o de la biblioteca, pues temía que le distrajesen demasiado de su fervor las correrías campestres.

Hubo, sin embargo, de acceder a las repetidas solicitudes del viejo, que no daba tregua a la carga, y, sobre todo, al mandato del médico del colegio que aprobó por completo el régimen curativo de aquél.

Así que, apenas llegado octubre, una mañana recién llovida, en que los campos olían a jarro nuevo de Guadalajara, tío y sobrino, caballeros en buenos caballos, emprendieron la marcha al rancho, el uno alegre como unas Pascuas y el otro, un sí es no es cabizbajo y receloso.

Una vez llegados al casco de la hacienda, multitud de peones llenó el portal para saludar al "padrecito", que por tal le tomaban ya, anticipándose al obispo, y se atropellaban: éste para besarle la mano, aquél para ofrendarle rico queso de siete leches, amasado en artesa limpiecita, por su mujer; el otro, para contarle que la vaca pinta, que había corrido con el toro suizo, acababa de parir un becerrito más gordo que un lechoncillo y más travieso que un duende. Felipe atendía a todos con la sonrisa en los labios, cuando de pronto notó que los rancheros abrían filas para dejar el paso libre al administrador que, llevando a su hija de la mano, se adelantaba a saludarle.

Saludáronle ambos, y la muchacha, más roja que la clavellina, púsole en las manos una bola de rica mantequilla envuelta en hojas de maíz, a tiempo que el administrador, hombre cuarentón, de fisonomía franca y expresiva, decía:

—Niño, ésta le trae ese regalo que ella misma preparó. Usted ha de dispensar. Yo le decía que no valía la pena, pero se empeñó en traérselo, pues dice que allá en Pradela no la ha de probar tan buena y gorda.

La muchacha, con los ojos bajos, añadió:

—Estuve recogiendo todos los días, desde hace una semana, la mejor nata de la olla y creo que la mantequilla salió buena. Me acordé que le gustaba mucho, y dije: pues manos a la obra, que me lo ha de agradecer.

Hablaba con naturalidad, aunque un poco cortada.

¡Y cómo había crecido! ¡Si parecía mentira que el día de Todos Santos cumpliese apenas dieciséis años! No era ya aquella muchacha zancona y descuidada que traveseaba todo el santo día en la casa y, jinete en briosos potros, ponía el Jesús en la boca con sus audacias a los rancheros.

Habíase vuelto muy aseñoradita y muy mona; se había estirado, cuando menos, cuatro dedos. Sus formas redondeábanse graciosamente, y la enagua de percal floreado, sobre la que caía albeante delantal de lino, dejaba ver el nacimiento de una pierna torneada y firme, y unos piececzuelos que, aunque burdamente calzados, hacían ostentación de su pequeñez y elegancia.

Una blusita de cambray, ornada de encajes, completaba el sencillo atavío, y sobre los hombros, redondos y carnosos, como lluvia de oro caía la luenga cabellera, mostrando aún las nítidas gotas de agua del reciente baño.

Como si quisiese completar estas observaciones que involuntariamente habían acudido a la mente del bachiller, quien hallaba exacto el parecido de la joven con su fantasma, don Cipriano, el administrador, dijo:

—Pero, ¿no la ve usted qué crecida? Ya no es la marimacho que usted conoció; no, no. ¡Si viera qué hacendosilla se me ha vuelto! Ella barre, ella cose, ella aplancha y aún le sobra tiempo para cuidar de sus canarios y cenzontles, a cual más cantador.

La muchacha, vuelta a ruborizarse con estas palabras, sonreía mostrando la fresca sarta de sus dientes, blancos y lucientes como el maíz tiernecito, y con el rabillo de los cerúleos ojos miraba al bachiller, que no las tenía todas consigo y que hizo observar que la sesión bajo el portal se prolongaba demasiado y que podían subir al comedor, donde todos estarían más cómodos.

Así lo hicieron, y acabada la comida de la que, como de costumbre, participaron don Cipriano y su hija, que no perdía ocasión de atender al joven, éste se retiró a su cuarto, sentose en el viejo sillón de cuero que fue testigo de sus sueños de adolescente, y con la mirada perdida en el pedazo de campo que dejaba ver la amplia ventana del fondo, púsose a pensar que había hecho mal en dejar su guarida y que apenas el reumatismo y la clorosis le dejasen un poco, tornaría a aquel colegio de sus amores, ¡donde nadie interrumpía sus pláticas con Cristo!

VII

No se realizaron del todo las previsiones de don Jerónimo, el tío de Felipe, relativas a la salud de éste.

El reuma, si bien le daba algún respiro, no era tanto que le permitiese alejarse mucho de la casa para tomar sol, y a veces ni aun podía el joven dejar su habitación, desde la cual se contentaba con ver el campo y las lejanas montañas, teniendo siempre sobre las rodillas un libro piadoso: la *Imitación de Cristo*,[15] las *Confesiones* de san Agustín o la *Introducción a la*

---

[15] Tratado de devoción católica atribuido al sacerdote alemán Tomás de Kempis (1380-1471). Después de la Biblia es la obra religiosa más leída en la Iglesia Católica. Nervo la cita con frecuencia en su poesía de juventud. En *Místicas* se encuentra uno de sus poemas más populares, "A Kempis": "Huyo de todo terreno laso, / ningún cariño mi mente alegra / y, con tu libro bajo del brazo, voy recorriendo la noche negra…". Nervo, *Poesía* I, p. 219.

vida devota, de san Francisco de Sales, obra que por suaves y floridas rampas, conduce a las altísimas cumbres de la perfección.

Jueves y domingos, del vecino pueblo iba a la hacienda un vicario, que decía misa y con el cual confesaba Felipe, acercándose, cuando sus males se lo permitían, a la sagrada mesa.

La anemia sí cedía un poco y las mejillas del bachiller iban adquiriendo el color de la vida.

Contra sus recelos y presunciones desconsoladoras, no se entibiaba en su alma el fervor que le dictara tantos santos propósitos, antes bien crecía, y su amor a la pureza sobre todo, agrandábase en proporciones tales que nada bastaba a amenguarlo o aniquilarlo.

No obstante, aquella impresión que la rubia muchacha de su éxtasis le produjera, mezcla inexplicable de contradictorios sentimientos, no moría, y si su excesivo pudor daba nuevos rumbos al pensamiento cada vez que hacia Asunción iba y le impedía aún contar nada al confesor, por miedo de que la narración avivase el anhelo, no por eso éste variaba, y encerrado en el ánfora inviolable de aquel corazón casto, como el perfume en el frasco herméticamente cerrado, pugnaba por dejar su cárcel y difundirse en el exterior.

Por parte de la muchacha, la conducta, para un observador, hubiera sido extraña, si no lo era para don Jerónimo y don Cipriano.

Sus solicitudes para con Felipe iban en auge y presentábanse a veces bajo formas tan delicadas, que necesariamente movían la gratitud del bachiller.

Mañana tras mañana, a las siete en punto, herían el oído de Felipe, ya despierto, discretísimos toques dados a la puerta y se escuchaba al propio tiempo la voz fresca y argentina de la moza que preguntaba:

—¿Se puede?

—¡Adelante! —respondía el joven.

Y Asunción entraba llevando en las manos ancha bandeja donde humeaba una rica taza con soconusco del mejor, rodeada de sabrosos molletes doraditos y olorosos y junto a ella un gran vaso repleto de leche.

Colocaba la bandeja sobre el velador, y dando los buenos días al joven, iba a sentarse al viejo sillón de cuero e iniciaba un monólogo de golondrina, vivo, sencillo y pintoresco:

"¡Qué deseos tenía de que escampara, por ver ese cielo tan limpio de octubre, que no parece sino que lo han fregado con estropajo!

"Cierto es que cuando se mete el sol en las tardes, no hay volcanes que parece que van a incendiar el cielo; pero en cambio aquella bola de fuego que se hunde, se ve hermosísima: son esas tardes muy majestuosas y se siente cierta tristecita agradable y dan ganas de suspirar. En cambio las mañanas alegran el alma; los borreguitos de la majada de Antón, según le ha dicho él, tiemblan de frío y por calentarse retozan, pero los animalitos son muy friolentos; no es para tanto. Ella se levanta apenas clarea un poco y baja al corral para ver cómo ordeñan los mozos y ella misma ordeña a la Uva, su vaca negra predilecta, que ya la conoce. Ahí aparta la leche para el niño (Felipe), de la más gorda, y después limpia las jaulas de los pájaros. La canaria copetona, que la quiere mucho, pía cuando ella se acerca y destapa su jaula, y el cenzontle más pequeño la saluda ya con gorjeos débiles."

Y Felipe seguía con la imaginación aquellas escenas llenas de colorido, y cuando terminaba su desayuno, la muchacha dejaba el sillón, tomaba la bandeja y salía, diciéndole, con una sonrisa y leves rubores en la frente:

—Hasta lueguito, niño.

En el día, volvíanse a ver con mucha frecuencia. Cuando el bachiller leía en el corredor, que era cuando se sentía mejor de sus achaques, ella se sentaba no lejos a coser, y de tarde en tarde, alzaba los ojos y quedábase viéndole con mirada húmeda, profunda y tierna.

Solía sorprender a Felipe esta mirada y estremecíase y buscaba refugio en la lectura fría, que le hablaba de mortificación continua, de negación absoluta de sí mismo, de abandono completo de las cosas de la tierra.

Pero el choque dejaba huella y su tranquilidad se iba y sus recelos aumentaban y el desaliento hacía de nuevo presa en su ánimo, y, cuando al caer la tarde, Asunción le decía:

—Niño, éntrese que ya cae sereno —y le ofrecía el mórbido brazo para que se apoyara, desfallecía de tal suerte que a no sostenerlo la robusta joven, cayera al suelo.

—¿Se pone malo? —preguntábale ella con interés—, y él respondía con voz opaca:

—No, es que estoy débil, y como permanezco tanto tiempo inmóvil…

Y ya en su cuarto, cuando ella, tras hacerle la cama, salía, daba rienda suelta a sus angustias y lloraba.

¡Vamos, era imposible seguir así, imposible! Diría al vicario lo que pasaba y volvería a su colegio. ¡Maldito corazón que se sublevaba a cada paso e iba, a pesar de todas las filosofías, en pos del amor terreno! ¡Levantisca entraña incapaz de contenerse… él la oprimiría, la marchitaría, la petrificaría, hasta que fuese una entraña muerta para otra cosa que para buscar a Dios!

Por desgracia, el vicario se puso enfermo, y dejó de ir a la hacienda, y don Jerónimo cuando oyó la proposición del bachiller, se encogió de hombros y le dijo:

—Lo que es yo no te dejo ir hasta que te alivies.

—¡Pero si no me he de aliviar aquí!

—¡Menos en Pradela! Sigue tomando tus medicinas y aguarda.

Fueron vanas las protestas. Felipe esperó al vicario y se encomendó a todos los santos.

Al día siguiente del breve diálogo, don Jerónimo entró con Asunción que, como de costumbre, llevaba el desayuno al bachiller, al cuarto de éste, y le dijo:

—Don Cipriano y yo nos vamos hoy al potrero de la Cruz a ver los herraderos de unas yeguas. Si estuvieras capaz de ir con nosotros, te divertirías, pero enfermo, ¡ni modo! No te apures, que ya te pasearemos. Hoy quédate leyendo y al cuidado de Asunción.

—¡Así me vayas a dar malas cuentas de él! —añadió volviéndose a la muchacha, y, sin esperar respuesta, salió haciendo sonar los acicates en el pavimento.

VIII

Por la amplia ventana del cuarto de Felipe entraban a raudales la luz del sol, que empezaba a declinar, y las auras perfumadas del campo, que mitigaban los ardores de la siesta.

El panorama era encantador.

El milpal, enhiesto, mostraba sus robustas y doradas panojas, cuya cubierta quebradiza hacía crepitar el viento. Más allá, a la falda de unas lomas, bajo la arboleda de jericós, unos arrieros sesteaban con sus recuas, cantando a coro salados cantarcillos, que los oídos del bachiller percibían claramente:

> Dices que me quieres mucho,
>
> no me subas tan arriba,
> que las hojas en el árbol
> no duran toda la vida...[16]

La vacada pacía en los agostaderos, azotándose los flancos con el rabo y, cerca del horizonte, las montañas oscuras recortaban el azul pálido del cielo con sus crestas irregulares.

Felipe, que tenía sobre las rodillas una entrega de una publicación intitulada *Historia de la Iglesia*, desfloraba lentamente, con aguda y filosa plegadera de acero, sus páginas, y miraba de vez en cuando el panorama del valle, embebecido en sus ordinarios pensamientos.

Desfloradas todas las hojas del cuaderno, abriolo al azar y se encontró con el principio de un capítulo denominado "Orígenes", el cual refería la historia de aquel padre de la Iglesia que se hizo célebre por haber sacrificado su virilidad en aras de su pureza,[17] profesando la peregrina teoría de que la castidad, sin este sacrificio, era imposible.

---

[16] Estrofa que aparece en canciones tradicionales como "Las copetonas", "Margarita", "El tejón" y "El venadito". Gabriel Zaid recogió estos versos entre las "Coplas de tipo tradicional" de su *Ómnibus de poesía mexicana*. Zaid, *Ómnibus*, p. 150.

[17] Orígenes (Alejandría, hacia 185-Tiro, 253), sacerdote, teólogo y uno de los primeros padres de la Iglesia católica de Oriente. No es un hecho probado que, poco después de la fundación de su primera escuela, frecuentada por mujeres, se castrara por interpretar literalmente el pasaje evangélico: "Y si tu mano te es ocasión de pecado [...] Y si tu pie te es ocasión de pecado [...] Y si tu ojo te es ocasión de pecado, sácatelo. Más vale que entres con un solo ojo en el reino de Dios que, con los dos ojos, ser arrojado a la gehenna, donde su gusano no muere y el fuego no se apaga". Marcos (9:43-48).

Felipe leyó todo el capítulo y se quedó más pensativo aún, con el cuaderno sobre las rodillas y la aguda plegadera en la diestra.

A la sazón entró al cuarto Asunción, preguntando:

—¿Cómo ha seguido?

Felipe, con un ligero estremecimiento, contestó:

—Lo mismo o peor; esta pierna —y señalaba la enferma—, me duele mucho. Apenas puedo moverla.

—¿Le doy la medicina?

—No, déjela, a la noche me curaré.

La muchacha púsose a cepillar la ropa del joven, que estaba sobre la cama, pues éste no había salido aquel día de la pieza, y con pereza de vestirse, limitose a echar sobre sus piernas un grueso poncho de pelo.

Terminada su tarea, Asunción salió y volvió a poco con sus útiles de costura; tomó una silla y fue a sentarse al lado de Felipe, poniéndose a trabajar.

Pero de pronto dejó el lienzo sobre sus faldas, hincó la aguja en la última puntada, y jugando maquinalmente con el dedal y clavando sus miradas llenas de ternura en el joven, le dijo:

—Niño, ¿por qué se ordena usted?

Ante pregunta tan rara, Felipe palideció, pero reponiéndose luego respondió:

—¡Qué quiere usted! ¡Yo no sirvo para otra cosa! Dios me llama por ese camino; es mi vocación…

—Poco entiendo yo de eso, niño, pero me parece que usted ha nacido para todo. Yo le he visto montar un potro de segunda silla, con mucho valor; le he visto matar una garza al vuelo y guiar por gusto una yunta, abriendo un surco más derecho que esto —y le mostraba su índice regordete y sonrosado—. Entonces usted ni se fijaba en mí; como que yo era un marimacho insufrible, que, según dice mi padre, sólo me entretenía en dar guerra… ¡Usted sirve para todo, es claro!, y yo he oído decir al vicario, que por cualquier parte se va a Roma, es decir, que hay muchos caminos para el cielo, y que el casado que cumple bien con sus deberes, sube derechito a la gloria. Usted es bueno y, ayudando a don Jerónimo, podía ser muy útil aquí entre nosotros sin ofender a Dios, antes haciendo bien a estas pobres gentes tan rudas, enseñándolas a vivir honradamente y socorriendo sus miserias. ¡Vamos, niño, no se ordene usted!

Felipe oía el discurso con signos de desaprobación, leve indicio de la tempestad que despertaba en su cerebro.

—Dice bien —cuchicheábale una voz allá dentro—, ¿por qué desertar de una vida donde tus energías pueden significar mucho en bien de tus semejantes? ¿No eres acaso una fuerza encaminada, como todas las creadas, a lograr un fin universal? ¿Por qué intentas, pues, defraudar a la naturaleza, que aguarda tu grano de arena? ¡Qué vas a hacer a un convento! ¡Qué hallarás ahí![18]

—¡Paz! —respondía mentalmente Felipe.

Y la voz íntima añadía:

—¡Mentira! ¡No la hallarás! La paz es el premio de la lucha y tú esquivas la lucha. La paz es la recompensa del deber cumplido y tu deber es permanecer en la liza.[19] Naciste para

---

[18] El monólogo de Felipe se reelabora en el poema "Obsesión" de *Místicas*: "Hay un fantasma que siempre viste / luctuosos paños y, con acento / crüel de Hamlet a Ofelia triste, / me dice: '¡Mira, vete a un convento!' ". Nervo, *Poesía* I, p. 200-201.

[19] De manera similar al conflicto interior del protagonista, en el poema "Incoherencias" de *Místicas*, Nervo enfrenta el ideal del poeta caballeresco con su derrota mundana y amorosa: "¡Y caigo, bien lo ves!, y ya no puedo / batallar

trabajar y amar. En el universo todo trabaja y ama. Desde la abeja que labra el panal, después de besar a la rosa, hasta el planeta que, tendiendo eternamente a acercarse al centro de su sistema, se perfecciona a través de los siglos. La atracción, en el espacio, es el amor de astro a astro, y en la Tierra el amor es la atracción necesaria que mantiene unidos a los seres. ¡Ay de ti si pretendes escapar a esa ley soberana! ¡Ser el rebelde cuando todo se doblega, el soldado que se aparte de la pelea cuando todos combaten y mueren o triunfan!...

Asunción había callado, esperando una respuesta, y Felipe, sacudiendo lentamente la cabeza, intentaba en vano oponer una idea a aquel enjambre caótico de ideas que revoloteaban en su mente y agitaban sus nervios y movían su corazón.

El Sol coronaba a la sazón, como una diadema de fuego, la cúspide de un monte; la brisa llegaba llena de perfumes rudos a la ventana y, ante la pompa de la naturaleza, y con los perfumes vigorosos de la llanada, Felipe se sentía ebrio de juventud, ebrio de vida.

La solemne belleza del campo había subyugado también a la muchacha, que, inconscientemente, se puso en pie y rodeó con su redondo brazo el cuello del bachiller.

Él quiso levantarse y no pudo; quiso decir algo y se anudó la voz en su garganta.

Ella se le acercaba más y más y hubieran podido oírse los latidos de ambos corazones agitados.

Había perdido la muchacha su natural timidez; además, no pensaba en aquellos momentos en algo que no fuese él, porque le amaba, sí, le amaba sin sospecharlo, hacía mucho

---

sin amor, sin fe serena / que ilumine mi ruta, y tengo miedo… / ¡Acógeme, por Dios! Levanta el dedo, / vestal, ¡que no me maten en la arena!". Nervo, *Poesía* I, p. 227-228.

tiempo, y por otra parte, la esplendidez de la tarde, las brisas olorosas, la aproximación a su dueño y el silencio de la estancia, la volvían insensata. Así es que, acariciando con su mano mal cuidada de campesina la cabeza de Felipe y comiéndoselo con los ojos, le dijo, bajito, muy bajito:

—No te ordenes, no te ordenes… ¡Te quiero!

Felipe había tenido un momento para reflexionar. Se veía al borde del abismo y todos sus tremendos temores místicos se levantaban, ahogando los contrarios pensamientos.

Hizo un supremo esfuerzo, y clavando con angustia sus ojos en los azules de Asunción:

—¡Vete! —le dijo—, ¡vete por piedad! Lo que pides es imposible. ¡Vete por la salvación de mi alma!

Ella no le atendió, no le oyó casi; estaba loca, loca de deseos, de amor, de ternura.

—¡Te quiero! —repitió—, ¡te quiero! ¡No te ordenes!

Y atrajo con fuerza a su pecho ardoroso aquella cabeza rebelde y la cubrió de besos cálidos, rápidos, indefinibles.

Felipe se sintió perdido; paseó la vista extraviada en rededor y quiso gritar: "¡Socorro!".

Había caído de sus rodillas, con sus ropas, el cuaderno que leía, y la palabra "Orígenes", título del capítulo consabido, se ofreció un punto a su mirada.

Una idea tremenda surgió entonces en su mente…

Era la única tabla salvadora…

Asunción estrechaba más el amoroso lazo y dejaba su alma en sus besos.

El bachiller afirmó con el puño crispado la plegadera, y la agitó durante algunos momentos, exhalando un gemido…

Asunción vio correr a torrentes la sangre; lanzó un grito, y aflojando los brazos, dio un salto hacia atrás, quedando en pie a dos pasos del herido, con los ojos inmensamente abiertos, y fijos en aquel rostro, que, contraído por el dolor, mostraba, sin embargo, una sonrisa de triunfo...

Allá, lejos, en un piélago de oro, se extinguía blandamente la tarde.

EL DONADOR DE ALMAS

A Josefina Tornel
Amica in gaudio, soror in tenebris.
[Amiga en el gozo, hermana en las tinieblas.]

Ten cuidado: jugando uno al fantasma,
se vuelve fantasma.

MÁXIMA DE CÁBALA

DIARIO DEL DOCTOR

El doctor abrió su diario, recorrió las páginas escritas, con mirada negligente: llegó a la última, sobre la cual su atención se posó un poco más, como queriendo coger el postrer eslabón a que debe soldarse uno nuevo, y en seguida tomó la pluma.

En el gabinete "se oía el silencio", un silencio dominical, un silencio de ciudad luterana en día de fiesta.

México se desbandaba hacia la Reforma, hacia los teatros, hacia los pueblecillos del Valle, y en Medinas todo era paz: una paz de calle aristocrática, turbada con raros intervalos por el monofónico rodar de un coche o por la bocanada de aire que arrojaba indistinto y melancólico a los hogares, un eco de banda lejana, un motivo de *Carmen* o de *Aida*.

El doctor —decíamos— tomó la pluma y escribió lo siguiente, a continuación de la última nota de su diario:

Domingo 14 de julio de 1886. Estoy triste y un poco soñador. Tengo la melancolía del atardecer dominical. La misma total ausencia de afectos… ¡Ni un afecto! ¡"Mi reino" por un afecto!…[1] ¡Mi gato, ese amigo taciturno de los célibes, me hastía. Mi cocinera ya no inventa y encalvece sobre sus guisos; los libros me fatigan; siempre la misma canción! ¡Un horizonte más o menos estrecho de casos! Sintomatologías adivinables, diagnósticos vagos, profilaxis. ¡Nada! "Sólo sé que no sé nada." Sabiamente afirma Newton que los conocimientos del hombre con relación a lo ignorado son como un grano de arena con relación al océano…

Y yo sé mucho menos que Newton supo. Sé sobre todo que no soy feliz… Vamos a ver: ¿qué deseo?, porque esto es lo esencial en la vida; saber lo que deseamos; determinarlo con precisión… ¿Deseo acaso "tener un deseo" como el viejo de los Goncourt? ¡No!, ese viejo, según ellos, "era la vejez" y yo soy un viejo de treinta años. ¿Deseo por ventura dinero? El dinero es una perenne novia; pero yo lo tengo y puedo aumentarlo y nadie desea aquello que tiene o puede tener con facilidad relativa. Deseo tal vez renombre… Eso es, renombre, un renombre

---

[1] Paráfrasis de "¡Mi reino por un caballo!". En el drama histórico *Ricardo III* (1513) de William Shakespeare (1564-1616), Ricardo, duque de Gloster, al perder su caballo en plena batalla, grita desesperado: "¡Esclavo, he puesto mi vida en la balanza / y quiero afrontar el azar de la muerte! / ¡Creo que hay seis Richmonds en el campo de batalla! / ¡Cinco he matado ya en su lugar! / ¡Un caballo! ¡Un caballo! ¡Mi reino por un caballo!". Shakespeare, *Ricardo III*, p. 249.

que traspase las lindes de mi país… *et quid inde?* como dicen los ergotistas o *à quoi bon?*, como dicen los franceses. Recuerdo que a los dieciséis años deseé tener 100 pesos para comprarme un caballo. Los tuve y compré un caballo, y vi que un caballo era muy poca cosa para volar; a los veinte deseé que una mujer guapa me quisiera, y advertí poco después que todas las mujeres guapas lo eran más que ella. A los veinticinco deseé viajar, "world is wide!", repetía con el proverbio sajón. Y viajé y me convencí de que el planeta es muy pequeño y de que si México es un pobre accidente geográfico en el mundo, el mundo es un pobre accidente cósmico en el espacio…

¿Qué deseo, pues, hoy?

Deseo tener un afecto diverso del de mi gato. Un alma diversa de la de mi cocinera, un alma que me quiera, un alma en la cual pueda imprimir mi sello, con la cual pueda dividir la enorme pesadumbre de mi Yo inquieto… Un alma… ¡"Mi reino" por un alma!

El doctor encendió un segundo cigarro —la sutil penetración del lector habrá adivinado sin duda que ya había encendido el primero— y empezó a fumar con desesperación, como para aprisionar en las volutas de humo azul a esa alma que sin duda aleteaba silenciosamente por los ámbitos de la pieza.

La tarde caía en medio de ignívoma conflagración de colores y una nube purpúrea proyectaba su rojo ardiente sobre la alfombra, a través de las vidrieras.

Chispeaban tristemente los instrumentos de cirugía alineados sobre una gran mesa como los aparatos de un inquisidor. Los libros dormían en sus gavetas de cartón con epitafios de oro. Una mosca ilusa revoloteaba cerca de los vidrios e iba a chocar obstinadamente contra ellos, loca de desesperación ante aquella resistente e incomprensible diafanidad.

De pronto, ¡tlin!, ¡tlin!, el timbre del vestíbulo sonaba.

Doña Corpus, el ama de llaves del doctor —cincuenta años y veinticinco llaves— entró al estudio.

—Buscan al señor…

—¿Quién? —bostezo de malhumorado—. ¿Quién es?

—El señor Esteves.

(Expresión de alegría.)

—¡Que pase!

Y el señor Esteves pasó.

La donación

—Doctor —dijo el señor Esteves, alto él, rubio él, pálido él, con veinticinco años a cuestas y a guisa de adorno dos hermosos ojos pardos, dos ojos de niebla de Londres estriados a las veces de sol tropical— vengo a darte una gran sorpresa.

—Muy bien pensado —replicó el doctor—; empezaba a fastidiarme.

—Ante todo, ¿crees que yo te quiero?

—¡Absolutamente!

—¿Que te quiero con un cariño excepcional, exclusivo?

—Más que si lo viese… pero siéntate.

El señor Esteves se sentó.

—¿Crees que a nadie en el mundo quiero como a ti? ¿Crees en eso?

—Como en la existencia de los microbios… ¿pero vienes a administrarme algún sacramento?, o ¿qué te propones haciéndome recitar tan repetidos actos de fe?

—Pretendo sencillamente dar valor a mi sorpresa.

—Muy bien, continúa.

—Todo lo que soy —y no soy poco—, te lo debo a ti.

—Se lo debes a tu talento.

—Sin ti, mi talento hubiera sido como esas flores aisladas que saturan de perfumes los vientos solitarios.

—Poesía tenemos.

—Todo hombre necesita un hombre…

—Y a veces una mujer.

—Tú fuiste mi hombre; tú creíste en mí, tú hiciste "que llegara mi día"; tú serviste de sol a esta pobre luna de mi espíritu; por ti soy conocido, amado; por ti vivo, por ti…

—Mira, capítulo de otra cosa, ¿no te parece?

—Repito que pretendo sencillamente dar valor a mi sorpresa.

—Pues supongamos que su valor es ya inapreciable… Oye, poeta, cierto es que yo te inventé, mas si no te hubiese inventado, otro lo habría hecho. Yo no creo en los talentos inéditos, como no creo en los soles inéditos. El talento verdadero siempre emerge; si el medio le es hostil lo vence; si es deficiente, crea un medio mejor… ¿Estamos? Si tú hubieras resultado al fin y al cabo una nulidad, arrepintiérame de haberte inventado, como dicen que le pasó a Dios con el mundo la víspera del diluvio. ¿Vales, brillas?, estoy recompensado por mi obra y orgulloso de ella. La gratitud es accidental. La acepto porque viene de ti, pero no la necesito para mi satisfacción y mi contento… Ahora sigue hablando.

—Pues bien. Hace un año; un año, ¿te enteras?; que pienso todos los días; todos los días, ¿te fijas?; en hacerte un regalo. —Aquí el doctor frunció el ceño—. Un regalo digno de ti y digno de mí; un regalo excepcional, y después de 364 días de perplejidades, de cavilaciones, de dudas... he encontrado hoy ese regalo. —Segundo fruncimiento de cejas del doctor—. Mejor dicho, no lo he encontrado, descubrí simplemente que lo poseía, como el escéptico del cuento descubrió que andaba.

—¿Y ese regalo?

—Vine a ofrecértelo.

Andrés se levantó como para dar mayor solemnidad a su donación, y con voz cuasi religiosa y conmovida, añadió:

—¡Doctor, vengo a regalarte un alma!

El doctor se levantó a su vez y clavó sus ojos negros —dos ojos muy negros y muy grandes que tenía el doctor: ¿no lo había dicho?— en los de su amigo, con mirada sorprendida e inquieta.

—¿Tomaste mucho café esta tarde, verdad? —preguntó—. No me haces caso y tu cerebro la paga. Eres un perpetuo hiperestesiado...

—Esta tarde me dieron un café que amarillecía de puro delgado —replicó el otro con sencillez—. Creo que existe un complot entre mi cocinera y tú... No hay, pues, tal hiperestesia. Lo que te digo es cierto como el descubrimiento de América, a menos que el descubrimiento de América sea sólo un símbolo; vengo a regalarte un alma.

—En ese caso explícate.

—Me parece que hablo con claridad, Rafael —el doctor se llamaba Rafael—: un alma es una entidad espiritual, sustantiva, indivisa, consciente e inmortal.

—O la resultante de las fuerzas que actúan en nuestro organismo, como tú quieras.

—No —dijo Andrés con vehemencia—, ¡eso es mentira! Un alma es un espíritu que informa un cuerpo, del cual no depende sino para las funciones vitales.

—No discutiremos ese punto. Concedido que es un espíritu, *et puis après?*

—Te hago, por tanto, la donación de un espíritu.

—¿Masculino o femenino?

—Los espíritus no tienen sexo.

—¿Singular o plural?

—Singularísimo.

—¿Independido de un organismo?

—Independido cuando tú lo quieras.

—Y ese organismo, si la pregunta no implica indiscreción, ¿es masculino o femenino?

—Femenino.

—¿Viejo o joven?

—Joven.

—¿Hermoso o feo?

—¿Y qué te importa, si yo no te regalo un cuerpo, sino un alma?

—Hombre, no está de sobra conocer a los vecinos…

—No debo decirte más. ¿Aceptas el regalo?

—Pero ¿hablas en serio, Andrés?

—Hablo en serio, Rafael.

—Mírame bien.

(Pausa durante la cual ambos "se miraron bien".)

—¿De veras no tomaste café cargado hoy?

—De veras.

—Bueno, pues, lo acepto; sólo que…

—No preguntes que no te responderé.

—En ese caso lo acepto sin preguntar; pero… ¿traerías por ventura esa alma en la cartera?

—No, esa alma será tuya mañana.

—¿Otro enigma?

—Otro enigma. Hasta luego, Rafael.

—Hombre, podríamos cenar juntos sin perjuicio de la donación.

—No, no podríamos. Tengo un quehacer urgente.

—¿Relativo al alma?

—Quizá. Hasta luego.

Y después de un cordialísimo apretón de manos los dos amigos se separaron.

La noche avanzaba con lentitud, ahogando en su marejada los últimos lampos en combustión del horizonte.

EL FIN DEL MUNDO

Diario del doctor:

Lunes 15 de julio. Esteves ha venido ayer a ofrecerme un alma. Me inspira gran inquietud ese muchacho. Tiene delirios lúcidos de un carácter raro. Hace cuatro años que pretende poseer una fuerza psíquica, especial para encadenar voluntades. Afirma que dentro de poco tiempo hará un maniquí sin más cogitaciones y voliciones que las que él tenga a bien comunicarle, de todo hombre a quien mire durante cinco minutos. ¡Es asombrosa la persistencia de su mirada! Sus hermosos ojos grises se clavan como dos alfileres en la médula de nuestro cerebro.

Tiene actitudes de hierofante, se torna a las veces sacerdotal. O está loco o es un capullo de maravilla futura ese poeta.

Abierta la ventana del consultorio, había entrado a la pieza un pedazo de día: de un día canicular, caldeado por el Sol.

Doña Corpus asomó por la puerta del fondo sus gafas y su nariz: una nariz que, como la de Cyrano, estaba en perpetua conversación con sus cejas, dos cejas grises bajo el calvario de una frente de marfil viejo.

—Han traído esta carta para usted —dijo.

Y añadió:

—¿Qué hacemos ahora de comer?

—Lo que usted quiera: estoy resuelto a todo.

—Como cada día le veo a usted más desganado.

—Precisamente por eso… Lo que usted quiera: inclusive sesos.

—No sé por qué odia usted los sesos…

—Se me figura que me como el pensamiento de las vacas.

—¡Qué cosas dice usted, señor! Bien se conoce que se va volviendo usted masón. Valía más que se acabara el mundo.

Doña Corpus estaba empeñada en que se acabara el mundo cuanto antes. Era su ideal, el ideal que iba y venía a través de su vida de quintañona sin objeto. Noche a noche, después del rosario, rezaba tres padrenuestros y tres avemarías porque llegara cuanto antes el juicio final. Y cuando le decían: "Muérase usted y le dará lo mismo", respondía invariablemente:

—No, sería mejor que muriésemos todos "de una vez".

Suplicamos al lector que no censure a doña Corpus en nombre de la libertad de ideas que constituye la presea más valiosa de nuestro moderno orden social.

El ama de llaves no conculcaba con su ideal ninguno de los artículos de la Constitución del 57; no vulneraba los derechos de tercero; su proyecto de ley —draconiana sin duda—, a ser legisladora, habríase reducido a esta cláusula:

"Acábese el mundo en el perentorio plazo de 48 horas."

Pero el mundo, maguer doña Corpus, continuaba rondando al Sol y el Sol continuaba rasgando el éter en pos de la Zeta de Hércules, sin mayor novedad.

Por lo que nadie puso coto jamás al ideal de doña Corpus.

El doctor rompió el sobre de la carta.

La carta era de mujer: una ardua red de patas de mosca un poco menos difícil de descifrarse que las primordiales escrituras cuneiformes.

Decía:

—Señor:

"Mi amo y dueño ha tenido a bien donarme a usted, y a mí sólo me toca obedecerle. Soy suya, y aquí me tiene, disponga de mí a su guisa. Y como es preciso que me dé un nombre, llámeme 'Alda'. Es mi nombre espiritual: el nombre que unas voces de ultra-mundo me dan en sueños y por el cual he olvidado el mío."

Sin firma.

EL REGALO DEL ELEFANTE

Hay un previo sobrecogimiento cuando nuestro espíritu va a cruzar el dintel de la maravilla.

Nuestro espíritu se dice como los israelitas ante los truenos y relámpagos del Sinaí: "Cubrámonos el rostro, no sea que muramos".[2]

El doctor experimentó este sobrecogimiento previo, porque "empezaba a creer" en el conjuro.

Así son todos los escépticos: capaces de admitir hasta la inmortalidad "retrospectiva" del cangrejo y la trisección de los ángulos y el mundo subjetivo de Kant.

---

[2] "Todo el pueblo percibía los truenos y relámpagos, el sonido de la trompeta y el monte humeante, y temblando de miedo se mantenía a distancia. Dijeron a Moisés: 'Háblanos tú y te entenderemos, pero que no nos hable Dios, no sea que muramos'", Éxodo (20:18-19). Pasaje que refiere la teofanía de Yahvé a Moisés en el monte Sinaí, donde Aquél se compromete a ser Dios de los israelitas siempre que éstos acaten los diez mandamientos.

No hay "cosa" más crédula que un filósofo.

No erraríamos si dijésemos que al doctor se le alteró la digestión que iba a hacer de los sesos condimentados por doña Corpus, la catasalsas más técnica que pueda darse…

Se le alteró "en potencia, virtualmente", intuitivamente… pero se le alteró.

"Bueno —se dijo— y ahora ¿qué hago yo con un alma?"

(El autor de esta historia preguntó en cierta ocasión a una tonta: "¿Quieres un sueño? ¿Me permites que te regale un sueño?". Y la tonta, la adorable tonta, le respondió con un *esprit* indigno de ella: "Amigo, ése es el regalo del elefante". Pues lo propio pensó el doctor: "Un alma, pero un alma es el regalo del elefante…")

"Veamos en qué puedo yo utilizar esta alma: ¿Le pediré un afecto, ese afecto exclusivo con que ayer deliraba? Pero si por lo mismo que es mía no puedo exigir de ella más que la sujeción absoluta, y la sujeción absoluta no es el afecto… Las odaliscas del sultán no aman al sultán… Una mujer no ama sino en tanto que es dueña de sí misma, que puede 'no amar', no entregarse. Su propia donación es un testimonio de su voluntad, influida si se quiere por una atracción poderosa, pero capaz, cuando menos en el orden de las teorías lógicas, de resistirla.

"A mí se me ha dado un espíritu, le llamaremos así, pero no se me ha dado un afecto."

Y el doctor cayó en la más parda de las cavilaciones.

"¡Oh! —añadió, porque hablaba solo. Ahora todo el mundo habla solo. Es preciso decirse las cosas en voz alta para que tengan sabor, como afirman algunos autodialogadores o autodialoguistas—. ¡Oh, si yo pudiese realizar con Alda el matrimonio cerebral soñado por Auguste Comte! No hay duda, éste es el solo connubio posible en el porvenir, cuando el maravilloso verso de Mallarmé sea el lema universal:

"'Helas! la chair est triste et j' ai lu tous les livres', '¡Ay de mí, la carne es triste y yo he leído todos los libros!'.[3]

"Un connubio así constituiría la felicidad suprema. ¿Por qué agoniza el amor en el matrimonio? Porque poseemos al objeto amado. No poseerlo por un acto generoso de nuestra voluntad, alta y purificada, he aquí la voluptuosidad por excelencia.

"¿Quién será aquel que haga deliberadamente de la mujer una estrella, que la coloque demasiado lejos de sus deseos, volviéndola así absolutamente adorable?

"¿Quién será? ¡Seré yo!… Pero, al obrar de tal suerte, ¿no obro forzado por un deber? Yo no poseo más que a Alda, dado que Alda exista… Si poseyese a la 'vecina' de Alda, es decir, a la mujer cuyo espíritu lleva ese extraño nombre, y con abnegada excelsitud la desdeñase para no acordarme más que de 'la otra', de la incorpórea, de la preternatural que me ha sido dada, mi sacrificio sería digno de mí…

"¡Ea, ensayaremos!"

Y el doctor pasó a su alcoba, no con el fin de "ensayar", sino con el de vestirse para hacer sus visitas.

ALDA LLEGA

Mi querido Rafael:

Supongo que Alda se habrá presentado ya, y que estarás contento de mi obsequio. Debo advertirte que bastará un simple acto de tu voluntad para que esa "alma" abandone el cuerpo que anima

---

[3] Primer verso del poema "Brise Marine" (1865) de Stéphane Mallarmé (1842-1898). Mallarmé, *Obra* I, p. 62.

y vaya a tu lado. Sus facultades adivinativas, maravillosamente desarrolladas, pueden serte de inmensa utilidad en tu profesión. Sólo una cosa te recomiendo: "que no retengas demasiado a Alda fuera de su cuerpo". Podría ser peligroso. En cuanto a que no procurarás ponerte en contacto con ese cuerpo que anima, seguro estoy de ello. Creer lo contrario sería ofenderte. Yo te he regalado un alma, sólo un alma, y me parece que ya es bastante.

Mañana salgo para Italia, y ésta será, por tanto, mi despedida. Volveré dentro de tres o cuatro años. Adiós. Sé que no te dejo solo, pues que te quedas con "ella".

Tuyo
Andrés Esteves

Apenas hubo el doctor leído esta carta, cuando encerrándose "a piedra y cal" en su consultorio, llamó a Alda.

Un instante después sintió que Alda estaba a su lado.

El diálogo que siguió fue del todo mental.

Alda saludó al doctor.

—¿Cómo has hecho para venir? —dijo éste.

—He caído en sueño hipnótico.

—¿Y qué explicación darás de él a los tuyos cuando despiertes?

—Vivo sola, sola absolutamente, la mayor parte del día.

—¿En dónde?

—En la celda de mi convento.

—Pues qué, ¿hay aún conventos en México?

—Muchos.

—¿Y cómo se adueñó de ti Andrés?

—Andrés posee facultades maravillosas de que no debo hablar.

—¿Eres la única alma poseída por él?

—Posee muchas.

—¿Y qué hace de ellas?

—Las emplea para ciertas investigaciones.

—¿De qué orden?

—De orden físico y metafísico. Algunas, obedeciendo a su voluntad, viajan por los espacios. Sé de cierta hermana mía que debe estar ahora en uno de los soles de la Vía Láctea; otra recorre en la actualidad los anillos de Saturno.

—¿Y tú has viajado?

—¡Mucho, mucho! He recorrido seiscientos planetas y dos mil soles.

—¿Y qué objeto se propone Andrés al imponeros esos viajes?

—Perfeccionarnos y perfeccionarse, adquiriendo una amplia noción del universo.

—Di, Alda —y la voz del incrédulo doctor temblaba—. ¿Has visto a Dios?

El alma se estremeció dolorosamente.

—Todavía no. Me he contentado con presentirle… Pero, dejemos estas cosas; ¿podrías utilizarme en algo?

—Tú misma debes sugerirme en qué.

—Es muy fácil, y Andrés ya te lo sugiere en su carta. Estando yo a tu lado no habrá dolencia que no diagnostiques con acierto, que no cures con habilidad, menos aquellas que fatalmente estén destinadas a matar.

—¿Tanto sabes, Alda?…

—Durante mi sueño hipnótico sí. En estado de vigilia soy una mujer ignorante.

—¿Hermosa o fea?

—No lo sé, porque jamás me he visto en un espejo y nadie me lo ha dicho.

—Pero… en la hipnosis te sería fácil saberlo.

—No quiero saberlo tampoco.

—Convengamos —pensó el doctor—, en que esta Alda es maravillosa. Una mujer que no se ha visto jamás en un espejo…

Y añadió, dirigiéndose a ella:

—Alda, los servicios que me ofreces son inapreciables. Merced a ellos podré hacerme célebre y millonario en poco tiempo… Pero hay una dicha que yo ansío más que la celebridad y los millones… Necesito un cariño: un cariño que hace quince años busco en vano por el mundo —la voz del doctor se conmovía sinceramente—. ¿Podrías amarme, Alda?

Algo como la sombra de un suspiro pasó por los oídos del doctor.

Hubo un instante de silencio.

Después de él, Alda respondió:

—¡Es imposible!

—¿Imposible?

—¡Imposible!

—¿Y por qué?

—Porque el amor radica en la voluntad y yo no tengo voluntad propia.

—Pero ¿si yo te ordeno que me ames?…

—¡Será en vano! Será lo único que no debas ordenarme… Durante mi estado hipnótico dependo de ti más que el azor de la mano de la castellana,[4] y por lo tanto mi voluntad es nula.

---

[4] Posible referencia a un pasaje del cuento "El caballero del azor" (1896) de Juan Valera (1824-1905), donde el protagonista recibe como obsequio un escudo que tiene grabado un azor, sujeto por la mano de una mujer. Además, el caballero lleva impreso en el hombro derecho dicha ave; esta marca le permitirá conocer su verdadero nombre. Valera, *Novelas*, pp. 1145-1149.

Durante mi vigilia soy otra, otra que sólo pertenece a Cristo…

—Pero ¿Cristo te permite subordinarte a mi voluntad?

—Sin duda… en sus designios inescrutables.

—¡Oh, ámame!

—¡Imposible!

El doctor sintió que empezaba a flotar en su espíritu una nube de angustia… ¡infinita, infinita, infinita!

—¡Alda! —añadió con voz profundamente triste—: ¡Alda! ¡Si tú me amaras, tu nombre sería tan dulce para mí como un elogio en la boca de un maestro; "como un vocablo del patrio idioma escuchado en suelo extranjero!"… Mas presiento que voy a adorarte locamente y que mi adoración será mi locura.

—¡Quién sabe! —murmuró Alda—… ¡quién sabe!

Los periódicos, etcétera

Recorte de un periódico de gran circulación, del año de 1886, año en el cual no había aún entre nosotros periódicos de gran circulación:

No se habla en la ciudad más que de las maravillosas curaciones realizadas por el doctor Rafael Antiga, una de nuestras eminencias médicas. Sus diagnósticos son de una admirable lucidez y sus fallos inapelables.

El doctor rehúsa encargarse de la curación de aquellos a quienes pronostica la muerte; mas no mediando tal pronóstico, el enfermo que pasa por sus manos sana "sin excepción".

El consultorio del doctor, calle de Medinas número… vasto como es, apenas alcanza a dar cabida al sinnúmero de enfermos de todas las clases sociales que lo invaden.

Hay quién afirma que nuestro galeno echa mano de agentes hipnóticos, hasta hoy desconocidos, para sus curaciones. Sea como fuere, sus pronósticos son inexplicables por su infalibilidad.

El doctor Antiga se hará millonario en breve tiempo, recorriendo el mundo para hacer curaciones en casos desesperados.

Sabemos que pronto saldrá para Europa.

—Alda, para los espíritus no hay distancias. ¿Podrías acudir a mí si te llamase desde París?

—Si me llamases desde Sirio acudiría con la misma rapidez...

—Alda, tú eres mi Dios, tú eres mi todo... ¡ámame!

—¡Imposible!

—Te adoro...

—¡Imposible!

—Padezco mucho...

—¡Imposible!

Traducción de un *entrefilet* aparecido en marzo de 1887 en *Le Journal* de París:

Hace una semana que llegó a la metrópoli, alojándose en el Grand Hotel, el facultativo mexicano *monsieur* Rafael Antique (error de caja en el apellido Antiga), el cual se ha hecho notar por sus diagnósticos precisos, infalibles y por lo acertado de sus procedimientos terapéuticos. El jueves último, en una sesión efectuada en la Salpêtrière, a la cual concurrieron varias eminencias médicas, diagnosticó más de veinte casos raros, que le fueron presentados al efecto, y prescribió tratamientos cuyos resultados han sido pasmosos por su rapidez.

El doctor Antique (Antiga) es un hombre de treinta años, alto, ligeramente moreno; lleva la barba "a lo príncipe de Gales"; viste con suma elegancia, "no obstante ser americano", y no trae los dedos cuajados de sortijas. Antes de diagnosticar un caso, se abstrae profundamente, como si dentro de sí mismo consultase a "alguien", y por sus hermosos ojos negros pasan infinitas vaguedades. Parece un faquir en éxtasis. Hay quien dice que es un judío poseedor de los secretos de Salomón; por supuesto que no es médico el que esto afirma... *cela va sans dire.*

El *entrefilet* continúa en tono de *blague:*

Doctor Antiga's Wonders.

Título de un *entrefilet* del *Times,* de Londres, en el cual se loa hasta la hipérbole (no reñida con la flema característica de John Bull) al "famous mexican doctor", por sus curaciones "Truly Wonderful..."

Y basta de prensa.

Así, los periódicos que ven la luz rojiza del sol boreal de seis meses —un sol enorme, que parece dar su mamila de fuego a la Luna—, como los que salen a la luz llameante del trópico; lo mismo los espirituales diarios latinos, que en cuatro páginas dicen cuanto hay que decir y "algo más", que los "protocolos" americanos, que en dieciséis páginas suelen no decir nada, se ocuparon durante los años de 1886 a 1890 del facultativo mexicano, honra de este país inédito, en particular, y de la América Latina —tierra clásica de los pronunciamientos—, en general.

En 1890, el lector, si le place, tornará a encontrar al doctor en las circunstancias que en seguida se expresan.

Rafael acababa de tratar un complicado caso de histeria en una gran dama de la corte moscovita, de apellido "erizado de efes" y, recluido en el gabinete de su villa —gran villa y gran gabinete—, a la luz de cuatro focos incandescentes que caricaturizaban al día y burlaban a la noche en la vasta estancia tapizada de seda verde nilo y amueblada suntuosamente, conversaba con Alda.

No hay hombre que no se familiarice con el prodigio, lo mismo Moisés que un sacristán de pueblo; y el doctor asistía ya sin pasmo, sin asombro, sin miedo, a la epifanía frecuente de aquella alma que de un hemisferio acudía al otro al simple llamado mental de su dueño.

Se empieza por retroceder ante el abismo y se acaba por "tutear al abismo". A fuerza de cabalgar en Alborack se pierde el miedo a Alborack.[5]

Rafael podía decir con verdad: "El prodigio y yo somos amigos íntimos".

Cuatro años de triunfo, cuatro años de exhibición, de teatralismo médico —el énfasis y el teatralismo son indispensables en el mundo aun a los verdaderos sabios—, habían hecho de él una celebridad universal.

Enloquecido y embriagado por los honores; deslumbrado por el halo de prestigio que coruscaba en su cabeza; seducido por las rojas bocas que dondequiera le sonreían, por las acariciadoras pupilas que encendían toda la pirotecnia de sus miradas para deslumbrarle; por los hombros blancos y

---

[5] Alborack. Cuadrúpedo alado con rostro humano. Mahoma lo cabalga en un viaje nocturno de revelación de La Meca hacia Jerusalén cruzando los siete cielos. El animal acepta ser montado a cambio de que Mahoma le conceda entrar al paraíso.

las manos blancas, azuleantes de sangre patricia, ¡cuán poco pensaba el hermoso galeno, en que allá, muy lejos, en la vieja ciudad de los reyes mexicas, en la celda desmantelada de un convento colonial, una mujer joven y… acaso bella, por su causa dormía luengas horas un sueño misterioso que en el convento se llamaba éxtasis y traía intrigados a la comunidad, a la superiora, al capellán, al arzobispo y a media docena de "damas distinguidas de México", que habían tomado bajo su protección a las "ovejitas de Dios", poniendo entre ellas y las Leyes de Reforma un misericordioso valladar de silencio y de disimulo!

La monja, que en religión se llamaba sor Teresa y en el siglo no tenía nombre, había aparecido un día en el locutorio de la casa, con una recomendación para la priora, suscrita por un padre de moda, y un bulto con humildes prendas de ropa bajo del brazo.

¿De dónde venía? No supo decirlo. Era casi idiota. Difícilmente enhebraba dos palabras; pero sus inmensos ojos oscuros hablaban por ella con miradas de una dulzura y de una extrañeza infinitas. Aquellas miradas no eran de este mundo, "venían de una patria lejana".

Las religiosas la amaron y procuraron instruirla en las cosas de Dios, pero aprendió poco de "esas cosas"; estaba "ida".

Clasificáronla con el brevete monástico de un sor seguido de un nombre: el de la fundadora de la orden, la maravillosa iluminada de Ávila —docta y alta mujer que floreció en un docto y alto siglo—, y dejaron que corriera en paz por el monótono cauce de la regla y de las liturgias aquella vida que no era vida.

Mas si sor Teresa no sabía hablar, sí sabía estar en éxtasis. Sus deliquios, al principio raros, hiciéronse frecuentes y llegaron a ser comunes desde el día en que Esteves donó al doctor el alma de la joven.

Las monjas estaban edificadas. Un viejo fraile que vegetaba en la sacristía de Santo Domingo, amortajado en su hábito de golondrina, fue consultado por la superiora; gran teólogo y experimentado en los secretos de la mística, era, y aseguró, tras laboriosa observación y técnico examen, que los éxtasis de aquella religiosa eran de carácter bueno y no diabólico: Dios los permitía para glorificación de su sierva y provecho de la comunidad y la comunidad debía holgarse de que Dios fuese glorificado en sor Teresa, y sor Teresa glorificada en Él y por Él.

La priora, oída esta definición ex cátedra, murmuró un jesuítico *ad majorem Dei gloriam*; la comunidad respondió amén y la religiosa continuó durmiendo su sueño en el sitial de roble y de vaqueta de su celda… pero adelgazando… adelgazando; palideciendo… palideciendo, en tanto que el doctor se coronaba de gloria y que el poeta Andrés Esteves recorría la tierra, seguido del cortejo de espíritus encadenados a su poder, como Orestes con su perenne séquito de Euménides.

Pero aquella noche el doctor estaba triste. Hallábase en uno de esos momentos de lucidez en que César se acuerda de que es mortal[6] y en que Salomón, vestido de pompa, murmura: "Todo es vanidad".[7]

---

[6] Debido a que la figura del emperador romano Julio César (100 a. C.-44 a. C.) se había divinizado, eran pocas las ocasiones en las que, en su vida cotidiana, dejaba a un lado el extremo lujo, la suntuosidad y los placeres sensuales. El emperador justificaba su comportamiento arguyendo un supuesto linaje divino.

[7] Durante su reinado, Salomón gozó de 700 esposas y 300 concubinas, algunas lo indujeron a la idolatría. Como consecuencia de su infidelidad

Ahora bien, cuando el doctor se acordaba de que "todo es vanidad", sentía la nostalgia de los "afectos". Se reputaba aislado en medio del infinito. Se sentía huérfano y abandonado a las sopas de sesos de doña Corpus, que le seguía por dondequiera con una legión de pinches de cocina a su servicio, cada día más contenta porque cada día se acercaba el fin del mundo y el subsecuente juicio final.

Aquella noche Alda había murmurado ya tres veces al oído de Rafael —decimos "al oído" para mayor claridad—: "Ya es tarde, es preciso que torne a mi celda".

Pero el doctor le había respondido:

—No, aguarda aún, aguarda.

Y Alda aguardaba.

—Dime —insinuó el doctor—, ¿no hay medio alguno de que me ames?

—No hay medio alguno.

—Pero... ¡ten piedad de mí! Me estoy volviendo loco. ¡Es horrible esta sujeción tuya, esta implacable sujeción tuya, sin "una gota" de amor! —para Rafael el amor, como los venenos medicinales, solía ser asunto de gotas.

—No puedo amarte... ¡bien lo sabes!

—Y sin embargo, es necesario que me ames, ¿lo oyes?, ¡es necesario!

—Es necesario e imposible, en ese caso.

—Alda —y el doctor agitaba sus brazos en el vacío como si quisiera asir a aquel espíritu rebelde al amor y dócil al mandato, que estaba siempre a su lado sin voluntad... y

---

religiosa, Dios advierte a Salomón que arrebatará su reino a su sucesor, 1 Reyes (11:1-4). El libro del Eclesiastés, atribuido a Salomón, comienza con la frase citada porque un tema importante del libro es la reflexión sobre la banalidad que rodea al hombre y la conciencia de éste sobre su nimiedad.

sin cariño—. Alda, pactemos esta noche… Yo renunciaré a mis riquezas y a mi fama. Daré las primeras a los pobres y confinaré la segunda en el refugio más distante y más discreto de la tierra. Dejaré mis sueños como se deja un harapo azul que ya no sirve. Haré lo que tú quieras… Renunciaré aun a ver jamás el cuerpo que te sirve de cárcel… Pero tú, en cambio, serás mía, vendrás a mí como la esposa acude al reclamo del esposo; te amaré cuando estés conmigo, en alta contemplación y en impecable ensueño; te buscaré cuando estés lejos, con la angustiosa perplejidad del personaje de Hoffmann que había perdido "su sombra".[8] Vendrás a mí cuando tú quieras y mi alma te dirá siempre "¡bienvenida!"… ¿Quieres? ¡Ah! ¡Quiérelo por el amor de Dios! ¡Quiérelo en nombre del destino enigmático que nos ha unido!… ¡Quiérelo y seré bueno!, ¡seré creyente!, ¡seré humilde!… ¡Te amo! ¡Te amo! ¡Te amo!

Y transfigurado por la angustia, que es el tabor de los espíritus, el doctor se había arrodillado sobre la gruesa moqueta de la estancia.

Alda "suspiró" una vez más y una vez más murmuró:

—¡Imposible!

El doctor entonces, merced a una transición muy explicable —el que esto escribe se la explica cuando menos—, se

---

[8] En el relato fantástico *La aventura de la noche de san Silvestre* (1815) de E. T. A. Hoffman (1776-1822), el protagonista, Erasmo Sphiker, entrega su imagen atrapada en un espejo a Julieta, una misteriosa mujer que lo seduce con su belleza. Esta anécdota se basa en *La historia maravillosa de Peter Schlemihl* (1814) del escritor alemán Adelbert von Chamisso (1781-1838). Al final del relato de Hoffman se lee: "Por el camino se encontró con un tal Peter Schlemihl, que había vendido su sombra; ambos se acompañaron mutuamente, de modo que Erasmo Sphiker diera la sombra necesaria y Peter Schlemihl reflejase la imagen en el espejo; pero la cosa no resultó". Hoffman, *Vampirismo*, p. 83.

puso en pie y con ademán y gesto de personaje de novela, dijo secamente a Alda:

—¡Vete!

Luego, roto, despedazado por la emoción —mala traducción de *brisé par l'motion*—, se dejó caer sobre un diván, exactamente como las mujeres que se desmayan.

Mas he aquí que tres minutos después "sintió" de nuevo la presencia de Alda, que "por primera vez" acudía sin ser llamada.

—¿A qué vienes? —preguntó Rafael.

—¡Sor Teresa ha muerto!

—¿Y quién es sor Teresa?

—Sor Teresa soy yo…

—¡Ha muerto!

—Recuerda que no debías retenerme mucho tiempo a tu lado y que hace veinticuatro horas que no te abandono…

—Pero… ¡esto no debe ser! Torna a ese cuerpo y anímalo.

—¡No puedo! Mi cuerpo ha sido sepultado…

—¡Sepultado! —clamó el doctor en el colmo de la estupefacción.

—Sepultado… y está desorganizándose ya.

—¿Y ahora…? —gimió Rafael.

—¡Y ahora…! —gimió Alda.

Y "ahora", el autor da remate al capítulo séptimo de esta "cosa" que va formando un libraco cualquiera.

¿Y AHORA…?

Alda y el doctor se encontraban en una situación análoga a la de dos niños que han roto un plato.

—¿Y ahora? —tornó a preguntar el segundo.

—¡Y ahora! —tornó a exclamar la primera.

La angustia y la perplejidad de aquel hombre y de aquella "mediamujer", crecían como el horror con la sombra.

Si doña Corpus se hubiera encontrado presente en tan inefable pena, habría murmurado:

"¡Valía más que se acabara el mundo!"

Pero doña Corpus mascullaba padrenuestros en su habitación, pidiéndole a Dios que la conservase en su gracia santificante, en medio de las tierras de herejes por donde el doctor la traía al garete como a una pobre barca desarbolada.

—Es preciso que yo encarne en alguien —dijo por fin Alda—, o que me marche resueltamente a la eternidad...

—Pero ¿en qué cuerpo voy yo a encarnarte ahora, mujer?

—En cualquiera, es preciso; ¿te imaginas que he de permanecer flotando en el vacío hasta que te plazca? Además, mi hora no ha llegado. Dios no me llama todavía. He muerto por un accidente imprevisto... No hay puesto para mí en el infinito...

—Pero yo no tengo manera de fabricarte un cuerpo... y en cuanto a los fabricados por la naturaleza, todos tienen alma...

—¡No lo creas! Busca una mujer hermosa, vana e idólatra de sí misma, y de seguro podré encarnar en ella.

—¡Magnífica idea! Mas ¿dónde hallarla?

—¡Eso abunda! ¡Vamos, búscala, luego, inmediatamente! ¡Tengo frío, el frío de ultratumba, el frío "de un gusano sobre un muerto"! ¡Ten piedad de mí! ¿No dices que me amas? Ahora yo también puedo amarte, como nadie te ha amado... sor Teresa ya no existe. Soy dueña de mi voluntad y por tanto de mis cariños. Te adoraré con la adoración que has soñado en tus años de soledad y de vacío moral… ¡Vamos, en nombre de ese amor de que estabas sediento, dame un cuerpo, un cuerpo que animar, o habré de abandonarte para siempre!

El doctor se rascaba la cabeza, ni más ni menos que todos los hombres que se encuentran en trances tan apretados como el suyo…

En aquellos momentos el gran péndulo de la pieza cantó las dos de la mañana con inflexiones robustas y solemnes.

—¡Las dos!… —murmuró Rafael—. Pero tú comprendes que a esta hora y con el frío que hace, invierno de Rusia, ¡es imposible que encuentre "una mujer hermosa, vana e idólatra de sí misma"! Todas duermen…

—Y sin embargo, es preciso que la encuentres… luego, luego, ¿lo oyes? Siento que se aproxima una gran sombra y que intenta envolverme en sus pliegues… ¡Ten lástima de mí!… ¡ah!

—¡Alda!

—¡Rafael! ¡Rafael!

—¡Alda!

—¡Es imposible!

—¡Es indispensable!

El viento se enredaba en los abetos lejanos, sollozando un *lied* del Norte.

Dormía todo envuelto en un silencio blanco…

De pronto:

—Oye, Rafael —sollozó Alda—, no hay tiempo que perder. La gran sombra se aproxima. Sólo un recurso me queda y voy a echar mano de él.

—¿Y ese recurso?

—No te lo diré. Mas es preciso que duermas.

—¡Que duerma!

—Que duermas… Es el solo medio de salvarme.

—¡Explícate!

—¡No debo! ¡Si me amas, duerme!

—¿Estás segura de que así te salvo?

—Plenamente segura.

—Pero…

—¡No repliques, por Dios! ¡Duerme! ¡Duerme!

El doctor fue a buscar un pomo de narcótico, puso algunas gotas en un vaso mediado de agua y bebió el contenido.

Momentos después se recostaba en el sofá y caía en un profundo letargo.

Lo que pasó entonces es breve y obvio de decir.

Alda, con una sutileza del todo espiritual, encarnó en el hemisferio izquierdo del cerebro del doctor, dejando confinado el espíritu de éste en el hemisferio derecho.

Y cuando Rafael despertó, ya entrado el día, merced a un caso único desde que el mundo es mundo, tenía dos almas…

Yo y yo

Desde el conde Xavier de Maistre hasta Lindau, y antes y después de ellos, muchos filósofos, han hablado de ese álter ego que forma con nuestro yo una dualidad extraña, que pugna con él a las vegadas y a las vegadas a él se une en maridaje íntimo; que ama con más frecuencia el debate que la armonía y que parece usufructuar alternativamente con la individualidad primitiva, las células del cerebro.

Todos sentimos en nuestra conciencia a esos dos "personajes" que se llaman "yo" y "el otro".

Todos escuchamos sus diálogos, sus controversias, sus querellas. Suelen besarse con efusión y suelen también, como los matrimonios mal avenidos y mal educados, "tirarse con los platos".

Pero de fijo ningún hombre ha sentido jamás con tanta precisión y de un modo tan abrumador la presencia de esos dos "principios pensantes" como el doctor al levantarse.

¡En su cerebro había algo inverosímil! Había dos "entendimientos" y dos "voluntades" al propio tiempo…

Recordando la escena de la noche anterior e inquieto por su desenlace, el "hemisferio derecho" de Rafael pensó:

—¿Y Alda?, ¿qué ha sido de Alda?

Y el "hemisferio izquierdo" respondió:

—Aquí estoy.

El "hemisferio derecho" se sobrecogió entonces de espanto, comprendiendo lo que había pasado… ¡Estaba perdido, perdido para siempre!

—¡Qué va a ser de mí! —dijo.

—Lo que Dios quiera —replicó el hemisferio izquierdo—. Por lo pronto, yo me siento feliz, "bien hallada".

—Bien "hallado", debieras decir —afirmó con retintín el hemisferio derecho.

—¡Y por qué!

—¡Porque pertenezco al género masculino!

—¡No, por cierto, pertenecerás a medias!

—¡Soy hombre!

—¡Soy mujer!

—Pero entonces —dijo con infinita desolación el hemisferio derecho—, ¡qué va a ser de nosotros! ¡Éste es un caso de hermafrodismo intelectual![9]

9 El mito del andrógino refiere la unión del sexo masculino y el femenino en un solo cuerpo que simboliza un estado de totalidad primigenia. Platón (h. 428 a. C.-h. 348 a. C.) define el amor como un íntimo anhelo

—Mejor que mejor… Mira, todos los dioses antiguos —y esto lo acabo de saber merced a los conocimientos que "nuestro cerebro" posee sobre el particular—, han comprendido el principio masculino y el femenino. Por su parte los poetas, que son los seres más semejantes a los dioses, tienen en sí ambos principios. La virilidad y la delicadeza se alternan y se hermanan en su espíritu.[10] ¿Por qué aman las mujeres a los poetas? Porque reconocen en los poetas "algo de ellas"… ¿De qué te lamentas, pues? Eras sabio, eras joven, eras bello, eras célebre y rico; hoy eres algo más: eres casi un Dios…

El doctor —o mejor dicho, su hemisferio derecho—, se sintió halagado y no replicó.

Hubo una pausa en el departimiento.

—Pero —insinuó después Rafael—, yo te amo y…

—¡Y qué!

—Al amarte va a ser inevitable que yo me ame a mí mismo.

—Cierto; mas ¿te disgusta, por ventura, esta forma del amor?

---

de restitución de la plenitud perdida, de reencuentro con la totalidad. Los practicantes de la cábala y la alquimia creían en el hermafrodismo de los primeros hombres, por ello se convirtió en deber religioso la reconstrucción universal de la armonía y de la unidad perdidas. Nervo escribió la crónica "Hermafrodita", Nervo, *Obras* I, p. 440, el ensayo "El ser neutro", Nervo, *Obras* II, pp. 713-714, y el poema "Andrógino", Nervo, *Obras* I, p. 274.

[10] En el *Corpus Hermeticum*, libro atribuido a Hermes Trismegisto, se menciona la creación del Hombre Primordial de quien se dice: "Ahora bien, el Nous, padre de todos los seres, siendo vida y espíritu, produjo un Hombre parecido a él, del que se prendó como su propio hijo. Pues el Hombre era muy hermoso, reproducía la imagen de su padre: verdaderamente Dios se enamoró de su propia forma, y le entregó todas sus formas". Hermes Trismegisto, *Obras* I, p. 6.

—Me parece rara simplemente.

—No lo creas… El hombre en realidad al amar a una mujer no ama en ella más que lo que él le da de ilusión, de belleza… Los iris de que la colora, la túnica de jacinto de que la viste, el segmento de luna de que la corona… Se ama, pues, a sí mismo amándola a ella, y deja de amarla cuando la ha desnudado de aquel atavío con que la embelleció primero… En cuanto a la mujer, ésa "se enamora del amor que inspira", esto es: de sí misma también. Conque ¿dónde está la extrañeza?…

—¡Bien discurres, Alda!

—Discurro con tu cerebro, Rafael. Ahora ya no sé más que lo que tú sabes… puesto que ya no floto en el infinito…

—¿Y me amas?

—Te adoro…

—¡Dame un beso!

—Tómalo.

Y el doctor "se dio" un beso… mental. (¿Cómo besarse de otra manera? ¡Sólo las mujeres saben besarse a sí mismas en los labios, a través del mar tranquilo del espejo!)

DIGRESIONES

Si Napoleón no hubiese vacilado una hora en Waterloo, no habría sido vencido.

Un solo instante de vacilación en los momentos solemnes de la vida, tiene resonancias formidables.

El doctor vaciló ese instante, cuando Alda le conjuraba a que buscase un cuerpo en que encarnarla, y las consecuencias fueron fatales.

Hay que decirlo, aun cuando el lector "pierda la ilusión" por el héroe. Rafael Antiga era un filósofo, lo peor que se puede ser en este mundo.

La naturaleza, que bien pudo darle una verruga o un lobanillo, tuvo a bien dotarle de una bien calibrada cavidad craneana, repleta de sesos de calidad, y ahí estuvo el mal.

De otra suerte el doctor habría poseído una noción exacta de la existencia; habría sido un hombre práctico; habría esquivado las relaciones con Andrés —el desequilibrado más genial que se haya visto en México—, y Alda no estaría donde estaba, ocupándole, sin pagar renta, la mitad del cerebro.

Pero Dios ordenó las cosas de distinto modo y Rafael, que pudo ser un hombre de provecho para la humanidad: abarrotero, *calicot*, prestamista, licenciado, empleado, *clubman* o algo por el estilo, desde muy temprano se engolfó en los libros, se vistió de teorías, viajó por Utopía, y cuando estaba al borde del abismo, Andrés le hundió en él, como Miguel a Satán.[11]

Andrés y Rafael fueron condiscípulos. Como eran los únicos cerebros destorrentados en la escuela, se comprendieron luego.

Andrés era pobre y Rafael era rico.

Andrés era poeta y Rafael era filósofo.

Andrés era rubio y Rafael era moreno.

¿Sorprenderá a alguien que se hayan amado?

Sin Rafael, Andrés se hubiera quedado por algún tiempo en la sombra, pero Rafael le hizo surgir a la luz. Le editó un libro que se intitulaba *El poema eterno*, y el cual fue traducido al francés, al inglés y al alemán, y se vendió en todas partes y en todas partes fue conocido, menos en México donde sirvió de hipódromo a las moscas en los escaparates

---

[11] Después de sonar la séptima trompeta, el arcángel Miguel evita que el Mesías sea devorado y combate con una bestia "de siete cabezas y diez cuernos" a quien vence y arroja al infierno. Apocalipsis (12:7-9).

de Bouret,[12] de Budin[13] y de Buxó[14] —las tres *bes* de donde, como de tres pares de argollas, se ase la pobre esperanza de lucro de nuestro autores.

No contento con esto, Rafael editó un segundo libro de Andrés: *El reino interior*, novela simbolista que Beston publicó —*according to the spanish edition*—, estereotipada y en tomos muy feos, pero que circularon por todo el orbe.

Pronto Andrés escribió en español, como escribe Armando Palacio Valdés: para dar pretexto a que lo tradujeran al inglés y al francés.

Los yanquis le pagaban a peso de oro —*american gold*—, sus cuentos, sus novelas, sus artículos, y fue célebre sin que México, que estaba muy ocupado en las obras del desagüe, se diese cuenta de ello.

Dice Bourget, tomándolo de no sé dónde, que por raro que sea un amor verdadero, es más rara aún una verdadera amistad.

La de Rafael y Andrés constituía una de estas rarezas.

---

[12] La familia de libreros Bouret llegó a México a principios del siglo XIX procedente de Francia. Su primera librería, Rosa y Bouret, ubicada entre el Portal de Mercaderes y el de Agustinos, abrió sus puertas a mediados de la centuria. En los años veinte, el gerente Raúl Mille decide cerrar la librería, ubicada en el número 45 de la calle 5 de Mayo, a causa de los estragos económicos producidos por la Primera Guerra Mundial. Zahar, *Historia,* pp. 74-77.

[13] En el *Anuario Estadístico de la República Mexicana 1895,* aparece consignado en la lista de editores el nombre de Budin N. como editor de un semanario de perfil político y literario. *Anuario,* p. 681.

[14] Los libreros españoles Juan Buxó y José Morales llegan a México en 1852 y establecen la librería Madrileña en la calle del Coliseo Viejo (hoy 16 de Septiembre) número 25, entre las actuales Motolinía y Bolívar. El éxito del negocio se debió "a la venta de novelas llegadas de España, novelones en cuya lectura consumía su tiempo la sociedad mexicana de mediados del siglo XIX". Zahar, *Historia,* pp. 51-52.

Andrés vivía dedicado a la literatura y al ocultismo —había nacido para el ocultismo como Huysmans, como Jules Bois, ¿como Péladan? ¡No, como Péladan, no![15] —y dizque obtenía resultados maravillosos. En algo se había de distraer el pobre en esta gran casa de vecindad que se llama México.

Rafael vivía dedicado a la "filosofía de la medicina" (?), a esperar un alma de mujer que no venía nunca —¡hasta que vino!— y a escribir en su diario periodos humorístico-pesimistas, salpicados de la consabida frase, parodia de la de Ricardo III en la derrota de Bosworth: "My Kingdom for a… soul". "Mi reino por un… alma".

¿No habían de comprenderse los dos?

Claro que sí.

Y se comprendieron.

Mas, como "quien bien te quiere te hará llorar", Andrés iba a hacer llorar a Rafael —o mejor dicho, al hemisferio derecho del cerebro de Rafael—, lágrimas de sangre, como verá quien siga leyendo.

---

[15] El decadentista francés Joris Karl Huysmans (1848-1907) fue iniciado en el ocultismo en 1889 por la amante de Remy de Gourmont (1858-1915), Berthe Courrière (1852-1916), y trabó amistad con Jules Bois (1868-1943). Después de la muerte del contradictorio clérigo Joseph-Antoine Boullan (1824-1893), Huysmans y Bois publican en la prensa francesa una serie de artículos contra los rosacruces Stanislas de Guaita (1861-1897), Joséphin Péladan (1858-1918) y Oswald Wirth (1860-1943), acusándolos de matar mediante magia a Boullan. Guaita contesta con la pluma y con las armas, retando a duelo a sus acusadores. Huysmans se retracta por escrito pero Bois acepta la afrenta. El día del enfrentamiento, los tres caballos del carruaje de Bois mueren en circunstancias extrañas. Aunque Huysmans se retiró a un monasterio benedictino en París, no dejó de tener contacto con el movimiento ocultista al que perteneció, al parecer, por miedo a represalias. Péladan se dedicó al estudio de las ciencias ocultas, y su interés por estos temas lo lleva a fundar en 1888, junto con Guaita, la orden cabalística de la Rosacruz.

Hay regalos que no se hacen impunemente. No se puede jugar con el rayo; no se puede bromear con el milagro...

Alda era un tremendo obsequio —"Aquella a quien jamás debe uno encontrar"—. Más tremendo que el fin del mundo, imaginado por doña Corpus...

Y basta de digresión.

LUNA DE MIEL

No hay manera de expresar el contentamiento y deleite de los dos hemisferios del cerebro del doctor.

¡Se amaban! ¡Y de qué suerte! ¡Como a nadie que no sea Dios le ha sido dado amarse en toda la extensión de los tiempos y en toda la infinidad del universo mundo!

¡El doctor era, en efecto, como un Dios! Se amaba de amor a sí mismo; con la placidez nipona con que Buda contempla su abdomen rotundo, así el doctor se contemplaba a pesar de no ser nipón.

Todo el universo estaba dentro de él, estaba en su cerebro. Su cerebro era un huerto cerrado, donde Adán y Eva — Rafael y Alda—, se besaban continuamente,[16] perdonando ustedes este antropomorfismo y otros en que ha incurrido y habrá de incurrir el autor.

¿Quién no es dichoso a raíz de matrimoniado?

---

[16] En la tradición oriental la unión del Yin y el Yang, en este caso masculino y femenino, simboliza la interacción de los opuestos sexuales donde "el círculo gira porque el núcleo de cada una de sus partes es de la misma naturaleza que el resto de la otra mitad e intenta reunirse con ella", Zolla, *Androginia*, p. 68. La unión espiritual consumada de los personajes los coloca en el estado original que relata el Génesis bíblico, restableciendo no sólo la relación entre sexos, sino también la relación armónica con Dios, y por lo tanto, con el universo: "Creó, pues, Dios al ser humano a imagen suya, a imagen de Dios lo creó, macho y hembra los creó". Génesis (1:27).

¡Ah, los poetas no soñaron jamás una fusión más íntima de dos seres!

¡Ser un mismo cuerpo con dos almas! ¡Tener en sí a la amada, en sí poseerla! ¡Acariciarla, acariciándose!… ¡Sonreírla, sonriéndose… glorificarla, glorificándose!…

Cierto, algunas veces, tales y cuales miserias fisiológicas ruborizaban al doctor por ministerio de su semicerebro.

—¡Qué pensará Alda de mí en estos momentos! —se decía.

Mas reflejaba para su consuelo que Alda también, en su primer vida mortal, habíase visto sujeta a tales miserias, triste patrimonio de la mezquindad humana; que aun ahora tomaba parte en ellas, y así el rubor se paliaba un poquillo.

Naturalmente, donde empezó el amante correspondido acabó el augur profesional. El doctor envió a paseo a las altezas serenísimas de apellidos "erizados de efes"; a las Teodorovnas, Alejandrovnas y demás "ovnas" eslavas; anunció oficialmente que no curaba más —¿y cómo hubiera podido curar si se había "comido" al oráculo? Alda en su cerebro ya no poseería, en adelante, más conocimientos que los en ese cerebro almacenados—, y confinó su vida en las cuatro paredes de su estudio, mientras que la primavera traía para su idilio más hermosos escenarios.

La primer semana de aquel extraño connubio se pasó en conjugar el verbo amar, y no sólo mentalmente, sino que también con los labios.

Para esto Alda y Rafael se alternaban en el uso de "su" boca.

—¡Te amo! —decía ésta movida por la mitad del cerebro que correspondía al doctor.

—¡Te adoro! —respondía la misma por orden y virtud del hemisferio izquierdo.

Y así "ambos" podían escuchar la inflexión acariciadora de sus "propias" frases.

Los primeros días era tal la vehemencia de sus protestas, juramentos y promesas, que solían uno y otro "arrebatarse la palabra", es decir, arrebatarse el órgano vocal que la emitía; pero después (¡ah, por muy breve tiempo!) los diálogos fueron más perfectos, más reposados, ganando en unción lo que perdían en ímpetu.

Cuando Alda hablaba sabía extraer de aquella garganta viril inflexiones musicales en que se revelaba la mujer; y era un encanto "oírse" entonces, sobre todo porque las locuciones de que ella echaba mano eran aquellas de que el doctor hubiese echado mano en "su" caso; las que él puso en sueños tantas veces en los labios de una mujer adorada.

El español surgía fluido y acariciador, con todas las melodías de los diminutivos mexicanos, con toda la expresión de los superlativos, con toda la opulencia de los verbos; y si resistimos a copiar uno de esos eróticos parlamentos, uno de esos tiernos paliques, es porque siempre hemos creído que los diálogos pasionales no deben escribirse sino con notas en el pentagrama, para que los digan los violines y las violas, las flautas y los oboes divinos, las maderas y los latones, en medio de la sinfónica pompa de los grandes motivos orquestales. ¡Lo demás es un escarnio y una profanación!

Hay un proloquio ruso que dice —lo citaremos ya que el doctor en Rusia vive—: "Llevar un gato en el corazón". ¿No has llevado alguna vez "un gato" en el corazón, lector pío y discreto? ¿Algo que te araña sin piedad día y noche todas las fibras delicadas de la más noble de las entrañas?

Pues, haz de cuenta que el doctor —las dos personas que había en el doctor—, llevaba en su corazón lo contrario de un gato.

—¿Un ratón?

—¡Ah, no!, algo muy hermoso... ¡vamos, llevaba un ave del paraíso, que podrá no ser lo contrario de un gato, pero que es un ave casi divina!

Lo único que lamentaba Rafael era que Alda no recordase nada de su vida terrestre, de su oscura y misteriosa adolescencia y de su retiro conventual, durante el cual pasó como un ensueño por la penumbra de sueño de los claustros. Tal fenómeno, muy explicable atendiendo a que la fantasía no es potencia del alma sino una facultad material que se queda en la tumba, impedía ciertas reminiscencias que hubieran dado una nota de tenue y simpática tristeza a aquel idilio "subjetivo". Alda no podía recordar sino con la memoria del doctor; mas esto que excluía el matiz melancólico de las reminiscencias de sor Teresa, excluía también los celos retrospectivos, que son los peores celos que pueden darse, y ¡váyase lo uno por lo otro!

Divagaciones interplanetarias

Pero si no recordaba ni su juventud ni su adolescencia en la Tierra, sí podía discurrir acerca de sus frecuentes y largos viajes por el cielo, y oírla hablar de estas cosas era imponderable embeleso e indecible solaz.

Refería su viaje a los mundos de nuestro sistema solar:

A Marte, donde la atmósfera es sutil y purísima, donde la leve densidad permite a los seres que lo habitan el divino privilegio del vuelo; donde la vegetación es roja y los mares de un lila prodigioso; donde existen maravillosas obras de canalización para comunicar los océanos y llevar el agua, proveniente del deshielo de los polos, por todo el haz del planeta; donde la humanidad, más hermosa y perfecta que la nuestra, ha resuelto ya todos los problemas sociales y religiosos que aquí nos preocupan y adora a Dios "en espíritu y en verdad".[17]

A Júpiter, donde la naturaleza apenas pasa por sus primeras crisis geológicas; donde los mares turbulentos, de que más tarde ha de surgir la vida, cuajan archipiélagos de algas que a poco desaparecen; y se encrespan y se agitan, furiosos de no hallar para lamerlos con caricia infinita ni los cantiles de una roca ni las arenas de una playa...

A Venus, donde es todo verde, un verde que abarca inmensa gama de matices; donde el hombre surge apenas, velludo y atleta, y labra el sílex a la sombra de las grandes cavernas hospitalarias, y pelea sin descanso con los monstruos primordiales...

A Neptuno, donde la humanidad es aún más civilizada que en Marte; donde el hombre ama al hombre "como a sí mismo" y Dios se manifiesta a sus criaturas por medio de signos de la más alta poesía y de la más sutil delicadeza.

A Saturno, donde el cuerpo, antes mortal, se ha simplificado y refinado hasta poderse contemplar, a través de sus carnes transparentes, el fuego lejano y tembloroso de las estrellas; donde las moradas son de aire sólido de un suave tono de turquesa; donde los poetas y sus amadas vagan a la luz de innumerables lunas y de varios halos concéntricos hechos de fluidos multicolores y que ostentan todos los tonos del iris; donde la luz ultravioleta es un agente acumulado en todas partes y encadenado al servicio de la civilización.

A Selene, donde la humanidad, después de alcanzar el máximum del perfeccionamiento a que estaba destinada, se

---

[17] Palabras de Jesús a una samaritana que se niega a compartir el agua del pozo de Jacob con él, debido a las diferencias entre samaritanos y judíos: Juan (4:23-24).

extinguió lenta y dulcemente, afocando en vano sus inmensos telescopios hacia la Tierra para enviarle un saludo que la Tierra —estremecida aún por gigantescas convulsiones plutónicas y ayuna de vida animada—, no podía ¡ay!, recibir...

Refería también sus excursiones maravillosas a través de los soles, como a través de un joyero, de indescriptibles piedras preciosas: a Andrómeda, donde una estrella rubia, gira en rededor de una estrella de esmeralda, alrededor de la cual gira a su vez un sol azul, un sol de ensueño; al Cisne, donde Albires muestra el milagro de dos soles, amarillo el uno, azul oscuro el otro; al Delfín, donde un sol color de topacio gira alrededor de un indefinible astro verde... A las estrellas de Hércules, hacia donde va nuestro sistema planetario... en pos de un misterioso destino... A los soles blancos, que son la juventud del cosmos; a los soles amarillos, que son la madurez; a los soles rojos, que son la ancianidad... a las nebulosas, que son la esperanza...[18]

Ya verán por lo dicho, aun los menos poetas de nuestros lectores, que los departimientos de Alda y el doctor, eran de aquellos que absorben, que subyugan, que arrebatan, sin dejar un instante para acordarse de las tristes miserias de la Tierra.

---

[18] El interés de Nervo por la astronomía se remonta a su estancia en el colegio San Luis Gonzaga de Jacona, Michoacán (1884-1886), donde sus profesores —los sacerdotes José Dolores Mora y del Río (1854-1928) y Francisco Plancarte y Navarrete (1856-1920)— lo "enseñaban a deletrear en el cielo encendido de estrellas el alfabeto de oro de las constelaciones", Nervo, *Obras* I, p. 1326. Con el tiempo adquirió un telescopio, se hizo fotografiar con él y cobró fama de aficionado culto. El 7 de septiembre y el 8 de octubre de 1904, en la Sociedad Astronómica de México, dictó la conferencia "La literatura lunar y la habitabilidad de los satélites". La primera parte del texto aborda la obra del escritor de ciencia ficción H. G. Wells (1866-1946). La segunda, basada en teorías científicas de la época, expone las funciones de los satélites que circundan Marte, Júpiter y la Tierra. Nervo, *Obras* II, p. 498.

San Pablo abordó el séptimo cielo y, según afirma, "ni el ojo vio ni el oído oyó",[19] ni es capaz la mente de aquilatar lo que en él se contiene para futura recompensa del justo.

Alda, más feliz que san Pablo, había recorrido seiscientos planetas de cuarenta sistemas… había bañado su plumaje invisible en las luces cambiantes de Sirio y en los fulgores rojos de Aldebarán, había empolvado sus alas en el polvo de oro de la Vía Láctea; había enviado un beso a cada una de las constelaciones geométricas que ruedan en el éter, arrancándole vibraciones de una música formidable y augusta…

Porque en el universo todo canta. Nada se desplaza sin producir una vibración en ese fluido imponderable que invade el espacio; ni el grano de arena que resbala del montículo levantado por la hormiga, ni el Sol que boga por la eterna línea de su órbita parabólica.

"Los cielos cantan la gloria de Jehovah" —dice el salmista.

Y esa gran sinfonía de los mundos, ese gigantesco orfeón del infinito, Alda lo había oído. Sentíase saturada aún de su armonía divina y llenaba de ella el espíritu de Rafael…

Y Rafael enloquecía de ventura.

DESCENSUS AVERNI

Hasta la hora y punto en que el lector ha contemplado —tal vez con ojeriza y con envidia—, el maravilloso idilio de Rafael, éste podía decir respecto de Alda, lo que en el libro

---

[19] San Pablo (h. 10-67) explica la diferencia entre la dudosa sabiduría humana y la sabiduría divina, argumentando que ésta es perfecta: "hablamos de una sabiduría de Dios, misteriosa, escondida, destinada por Dios desde antes de los siglos para gloria nuestra […] Más bien, como dice la Escritura: 'Lo que ni el ojo vio, ni el oído oyó, ni al corazón del hombre llegó, lo que Dios preparó para los que lo aman' ". 1 Corintios (2:6-9).

de la Sabiduría se dice: "Venerunt autem mihi omnia bona pariter cum illa". "Todos los bienes me vinieron con ella" (7:11).[20]

Riquezas, esto ya era algo.

Fama, esto era algo más.

Amor, esto ya era mucho.

Fe... ¡esto era todo!

En efecto, el doctor se volvía creyente.

En un tiempo —¡qué médico no es un poco materialista!— se había complacido en decir y escribir como Ingersoll, el asendereado ateo yanqui,[21] y en un estilo lleno de énfasis e indigesto de dogmatismo: "El hombre es una máquina en la cual ponemos lo que llamamos alimento y que produce lo que llamamos ideas. ¡Pensad en aquella maravillosa reacción química en virtud de la cual el pan fue trocado en la divina tragedia de *Hamlet!*" (*The Gods,* p. 47).

Mas ahora Rafael creía en el alma individual, consciente, espiritual e inmortal —¿cómo no creer en ella?— y sólo pedía a Dios que aquel milagro que se había dignado operar en su cerebro no cesase hasta la muerte y que el amor que

---

[20] En este pasaje bíblico se pondera el valor de la sabiduría divina como medio para regular la vida del hombre. Dicha virtud vuelve justos a los hombres y trae generosas recompensas espirituales, por esta razón los gobernantes deben acercarse a ella. Sobre esta sabiduría divina, Salomón afirma: "La quise más que a la salud y a la belleza y preferí tenerla como luz, porque su claridad no anochece. Con ella me vinieron a la vez todos los bienes e incalculables riquezas en sus manos". Sabiduría (7:7-9).

[21] Robert Green Ingersoll (1883-1899) político y abogado, participó en la guerra de secesión de los Estados Unidos. Perteneció al Partido Republicano y ocupó el cargo de procurador general del estado de Illinois. Célebre por su coherencia en el discurso oral y en el escrito, fue defensor de la abolición de la esclavitud, la igualdad racial, la educación laica, la libertad de expresión y el sufragio de la mujer. Criticó severamente a la institución eclesiástica.

glorificaba su vida, como lámpara de Pritaneo, nunca jamás hubiese de extinguirse.

Empero no fue así.

Las lunas de miel, por más que sean tan excepcionales como la de "nuestro héroe" (cliché que todos los novelistas usan para designar al personaje principal de sus novelas), tienen su cuarto menguante y su conjunción.

La del doctor los tuvo, por tanto, y muy en breve.

Las diferencias entre Alda y él, surgieron a propósito de una nadería, como surgen todas las diferencias en el seno del matrimonio, que, al decir de Byron, procede del amor, como el vinagre del vino.

Alda, según Rafael, no le dejaba "meter baza".

Cuando reclamaba la boca, la única boca que ambos poseían, solía dar tan buena cuenta de ella que tres horas después aún hacía uso de la palabra. Como tenía tanto que contar, el trabajo era que empezara…

Cierto, sus conversaciones eran siempre cautivadoras, capaces de suspender de sus labios al auditorio más esquivo, pero a la larga, el propio Mirabeau y el propio Gambetta fatigan.[22]

Por otra parte, el doctor era filósofo, y como todos los filósofos, gustaba de ser oído, necesitaba "público" y Alda era un "público" impaciente, que no aguardaba sino la más ligera pausa para convertirse en orador.

En un parlamento habría sido inapreciable.

---

[22] Ambos personajes destacaron por su capacidad oratoria. Honoré Gabriel Riqueti, conde de Mirabeau (1749-1791), se vio marginado de la nobleza por su vida licenciosa. Fue partidario de una monarquía constitucional. El político francés Léon Gambetta (1838-1882) era un republicano radical, organizó la defensa contra Prusia y llegó a ser primer ministro durante algunos meses (1881-1882).

Al principio Rafael, por galantería, le cedió la palabra cuantas veces quiso; mas después fue preciso llegar a un convenio, dividiéndose por mitad las horas en que podían hablar. Empero Alda fue la primera en romper el convenio y la entente, cordialísima hasta entonces entre ambos se agrió sobremanera.

Por otra parte, Alda era absorbente y caprichosa en todo: ¡mujer al fin!

Cuando el hemisferio derecho quería dormir, el hemisferio izquierdo se empeñaba en leer. ¡Y qué lecturas! Novelas fantásticas, como las de Hoffmann, de Poe y de Villiers; ¡nunca libros científicos!

No sé si he dicho que el doctor odiaba el piano. Pues bien, a Alda se le ocurrió estudiar el piano. Gustaba de envolverse en melodías como todas las almas femeninas verdaderamente superiores.

Pronto intervino hasta en los vicios de Rafael. Odiaba el cigarrillo, que según lo que sabía —y esto lo sabía por el mismo cerebro en que "operaba"—, traía consigo la amnesia.

Ahora bien, Rafael amaba apasionadamente el cigarrillo.

Las golosinas la seducían y el doctor odiaba las golosinas…

En resumen, aquellos espirituales "gemelos de Siam" acabaron por hacerse la vida insoportable.[23]

Esto no impedía que a las veces recordasen sus primeras horas de amor, y como "en el fondo" tal amor ardía aún, se besasen con delirio.

---

[23] Chang y Eng, gemelos siameses nacidos en 1811 en el reino de Siam, hoy Tailandia. En 1824 el traficante de armas Robert Hunter y el capitán escocés Abel Coffin, adquieren los derechos de los hermanos y los llevan a Estados Unidos y a Europa para exhibirlos como monstruos. En 1870 se embarcan en Liverpool hacia Estados Unidos, donde fallecen cuatro años más tarde.

Mas tras el beso venía el mordisco, es decir, el doctor se mordía los labios…

¡Aquello no podía continuar de tal suerte!

—Bien dije yo que un alma era el regalo del elefante —afirmaba el desdichado Rafael—. ¡Quién me puso vendas en el entendimiento para aceptar el obsequio, Dios mío! ¡Ah! ¡Andrés! ¡Andrés! ¡Qué inmenso mal me has hecho!… Yo vivía tranquilo con las sopas de sesos de doña Corpus y mis filosofías y mis visitas… ¿Por qué se te ocurrió ser agradecido? ¡Así te lleven todos los diablos, poeta desequilibrado… romanista, esteta, simbolista, ocultista, neomístico o lo que seas!…

Pero Andrés no podía oír aquellos reproches. Perdido en Padua, la ciudad más melancólica de Italia, entre viejos libros y almas amigas, el poeta pasaba sus días labrando rimas misteriosas que le inspiraban sus espíritus circunstantes.

¡Acaso ni se acordaba del amigo de la infancia, ni de la donación, origen primero de tantas embriagueces y a la postre de tantas desdichas!

¿Y doña Corpus?

¡Ah, la "apocalíptica" doña Corpus nunca como entonces deseando el juicio final!

¿Pues no se le había vuelto loco de remate ese lurio del doctor? ¡Cuando ni consultaba ya! Pasábase todo el día de Dios encerrado "bajo siete llaves" en el consultorio, hablando solo, gesticulando y midiendo la pieza a grandes zancadas. A veces su rostro parecía el de un ángel, según la expresión celeste que en él se advertía —doña Corpus advertía esta expresión celeste a través del agujero de la llave—. Pero a veces parecía rostro de demonio pisoteado por san Miguel…

¡Los masones de México tenían la culpa de todo! El doctor acabaría en San Hipólito.

Valía más que se acabara el mundo...

EL DIVORCIO SE IMPONE

Cierto, con un poco de dominio sobre sí mismos, Alda y Rafael habrían llegado a la paz matrimonial, a esa paz que viene por sus propios pasos algún día, cuando ambas "potencias beligerantes" se fatigan de la tragedia y optan por la salvadora monotonía de una unión sin amor, pero también sin crisis, viendo en adelante pasar la vida "como la vaca mira pasar el tren".[24]

Mas el doctor y Alda se amaban a pesar de todo, y el amor no es acaso más que una encantadora forma del odio entre los sexos, de ese odio secular que nació con el hombre y que continuará *in eternum.*

¡Oh, sí, los sexos se odian! El beso no es más que una variación de la mordida. El amor, en sus impulsos, tiene ferocidades inauditas. Los abrazos fervorosos de un amante sofocan... como los de un oso. ¿No habéis visto alguna vez a una madre joven besar a su hijo hasta hacerle llorar, besarle con furia, casi con ira, causarle daño? Pues lo propio haría con su amado, si tuviese vigor para ello.

Y hasta las locuciones peculiares del amor son feroces: entra por mucho en ellas el instinto de la antropofagia que la cultura no ha podido aniquilar en la humanidad: "Te comería a besos". "Se la comía con los ojos"... se dice frecuen-

---

[24] El cuento "¡Adiós, Cordera!" (1893) de Leopoldo Alas, Clarín (1851-1901), debe su título a una "vaca matrona" que convive apaciblemente con sus pequeños pastores y con los adelantos de la civilización, simbolizados en los postes del telégrafo, en la corriente eléctrica y en las vías del ferrocarril. Finalmente, la Cordera termina por acostumbrarse "al estrépito inofensivo [del tren], más adelante no hacía más que mirarle, sin levantarse, con antipatía y desconfianza". Alas, *Cuentos* 1, p. 439.

temente, como si la asimilación digestiva fuera la forma por excelencia de la fusión entre los enamorados…

Así, pues, Alda, que por alma que la supongamos, llevaba todavía en sí muchos de los instintos femeninos, y Rafael, que aunque enfermo de la voluntad, era viril, se odiaban amándose y se amaban odiándose.

Los diálogos agresivos se multiplicaban, y aunque las reconciliaciones eran tanto más hermosas cuanto los disgustos eran más fuertes, éstos iban dejando en ambos espíritus un sedimento de amargura, un resabio profundo de tristeza.

Fuerza era llegar a la conclusión deplorable a que llega la mayoría de los matrimonios modernos, cuando no están de por medio los hijos, y a veces aun cuando éstos estén de por medio: ¡al divorcio!, enfermería legal de las incompatibilidades de carácter.

En la "conciencia" de Alda y del doctor, estaba que era éste el solo remedio de su cuita y si Rafael no se atrevía a abordar la cuestión, Alda la abordó con la resolución que, en los casos difíciles, caracteriza a las mujeres:

—Es triste… —respondió el doctor.

—Triste, pero necesario.

—¿Y cómo realizarlo?

Ahí estaba el busilis: ¿cómo realizarlo?

Una noche, después de arduo debate a propósito de lecturas, en que el doctor veía con pasmo que Alda echaba mano de sus propios conocimientos para redargüirle sin misericordia, con movimiento súbito, aquél echó mano de un pequeño revólver que abría su oscura boca sobre el escritorio, puesto ahí más en calidad de bibelot que de arma, y llevándoselo a la sien derecha exclamó:

—¡Éste es el solo medio de divorciarnos!

Pero Alda respondió tranquilamente:

—¡Te engañas! Yo te seguiría por toda la eternidad. Iríamos siempre unidos como Paolo y Francesca…

—Entonces…

—Por otra parte, tú no tienes derecho de matarte.

—¡Cómo que no lo tengo!

—Es claro: yo poseo la mitad de tu cerebro y esa mitad no quiere morir.

—¿Pero a qué título la posees?

—¡A título de conquista! ¿No es éste el mejor título de posesión ahora? Pues pregúntalo a Inglaterra y a los Estados Unidos. Si pudieras suicidarte a medias ya sería otra cosa…

—Es imposible.

—Provócate una hemiplejia.

—¡Alda!

—Mira; hay otro medio: que yo encarne en una mujer. Mas para eso necesitamos a un hombre: a Andrés. Es el único que podría operar el milagro.

El ánimo del doctor se había calmado y repuso:

—Dices bien. Así aún es posible que seamos felices, tú con tu cuerpo, yo con el mío, y que nos amemos sin nubes… porque, después de todo, ¡yo te amo! Eres acaso la sola a quien puedo amar… "Semipersonalizada" en mí, acabaría por odiarte a muerte; ¡encarnada en una forma femenina te adoraría con adoración infinita!

—Por mi parte, tornaría a pertenecerte como antes, estaría sujeta a tu mandato; sería de nuevo tu augur y viajaría de nuevo por el infinito; más todavía: como mi cuerpo formaría con mi espíritu una persona "civil" y no "canónica", mi cuerpo te pertenecería lo mismo que mi alma.

—Busquemos, pues, al "donador".

—Busquémosle.

—¿Sabes su paradero?

—Antes de que yo encarnase en tu cerebro estaba en Padua.

—Partamos, entonces.

Y aquella noche doña Corpus recibió la orden de prevenir las maletas.

En camino

Nunca como a su salida de Rusia pudo el doctor comprobar el grado de popularidad a que había llegado en Europa.

Todos los periódicos, "sin distinción de matices", los mismos que a su llegada le dijeron: "Dobropojalovat!", es decir, ¡bienvenido! (la expresión más genuina de la hospitalidad eslava), al saber su partida, con afectuosa efusión le desearon un *Schiaslivago pouti!*, esto es: ¡buen viaje!

El doctor se vio obligado a responder por medio de un diario: "Spassibo za vasché gosteprumst vo!". "¡Gracias por vuestra hospitalidad!", y aun a añadir, ya en la estación adonde muchos personajes y muchas damas de apellidos con la desinencia "ovna", agradecidos a su saber, le acompañaron: "Da zdravstvouiete Rossia!". "¡Que viva Rusia!"

(Suplicamos al lector que no intente pronunciar estas frases. Perderían mucho de su encantadora expresión.)

De Rusia a Italia no hubo novedad. Apenas llegado a Padua Rafael, corrió en busca de Andrés, pero Andrés había salido la antevíspera para Alejandría.

Sin piedad para los usados miembros de doña Corpus, el doctor salió para Alejandría; mas ahí averiguó que Andrés había salido la víspera para El Cairo.

Sin tardanza partió para El Cairo, llegó, y supo que Andrés había salido el mismo día para Tierra Santa.

Según se supo después, el poeta iba a buscar en Jerusalén al sumo sacerdote Josefo, descendiente de Melquisedec, para consultar con él algo relativo a la cábala.[25]

Excusado es decir que el doctor salió para Tierra Santa, esta vez con gran contentamiento de doña Corpus, que se proponía pedir a Cristo, ante su propio sepulcro, la llegada del juicio final.

En Jerusalén, por fin, el poeta y el médico se encontraron.

Se encontraron en un convento de franciscanos, edificado en el Huerto de los Olivos, donde el poeta había hallado fraternal hospitalidad.

—¡Rafael!

—¡Andrés!

Andrés era "casi" el mismo. Poned en su rostro la expresión de fatiga de cuatro años más de ensueño y contemplaréis su "vera efigie".

Después de la primera exclamación el hemisferio derecho del cerebro del doctor —previo convenio con el izquierdo—, dijo:

—¡Soy muy desgraciado!

—Lo sé todo —le interrumpió Andrés.

—¡Lo sabes todo!… ¿y cómo?

—¿Te olvidas de que Alda no es la sola alma que he poseído?…

---

[25] Josefo Flavio (35 d. C.-100 d. C.), historiador judío, autor de *Antigüedades judías, Contra Apión, Guerra judía* y *Autobiografía*. Estas dos últimas obras relatan la rebelión contra Roma. Se entregó a los romanos y cuando éstos le concedieron la ciudadanía, adquirió el gentilicio de su protector Flavio. Fue descendiente de una familia de sacerdotes ligada a la monarquía de los asmoneos, de ahí la posible relación con Melquisedec, rey cananeo de Salem y sacerdote de El-Elyón.

—¡Donoso regalo me has hecho!

—¡Hum! ¡La culpa de todo es tuya, amigo mío!

—¡Mía!

—Es claro. ¡Si no hubieses retenido a Alda durante veinticuatro horas en tu consultorio!

—Es cierto... ¡pero he purgado bien esa culpa! ¡Si supieras!, ¡ah!, ¡si supieras!

—¡Te repito que lo sé todo!

—Bueno —y el doctor empezó a exaltarse—; ¡pues si lo sabes todo, debes saber también que estoy desesperado! ¡Que ya no puedo más! ¡Que es preciso que me arranques del cerebro este "cuerpo extraño", digo, esta alma intrusa, si no quieres que me mate!

Andrés sonrió con sonrisa enigmática.

—No seas impaciente —dijo.

—¡Impaciente!... ¿Y te parece poco entonces lo que sufro? ¿Te parece una friolera esta existencia excepcional que llevo?... ¿Te parece...?

—Cálmate y escucha: yo en tu lugar no me quejaría de mi suerte. Has realizado el maridaje más perfecto. Posees a tu amada en ti mismo. Ninguno antes que tú ha disfrutado de este privilegio; ninguno disfrutará de él después... Lo excepcional de tu vida constituye la belleza de tu vida... No obstante, ¿quieres que te desligue de Alda? Es posible que me sea dado hacerlo, mas no lo haré sin que reflexiones un poco. Mi deber es en este caso el del juez que procura conciliar a los matrimonios mal avenidos antes de pronunciar un fallo de divorcio. Piénsalo bien, Rafael. El connubio que hay en tu cerebro es inapreciable; te convierte en un dios... ¿Aun así, insistes?

—Insisto.

—Bueno, y ¿qué pretendes que haga yo de Alda?

—Que la encarnes en una mujer, joven y hermosa. No me disgustaría una judía —añadió con cierta timidez el doctor.

¡No lo hubiera dicho!

Alda intervino, contraviniendo a su pacto de silencio:

—No, eso nunca. ¡Me chocan las judías! Son de la raza que crucificó a Cristo.

—Es cierto —afirmó Andrés—, pero muy hermosas; ¿dónde hallar fuera de su tipo esa línea ideal de la nariz, esos maravillosos ojos garzos dignos del madrigal, de Gutierre de Cetina?

—¡Yo prefiero a una francesa! Recuerda que fui de raza latina. ¡Oh!, el *chic* de las francesas…

—¡Basta! —interrumpió Andrés con cierto tono autoritario—. No discutamos estéticas. Antes de proceder al avatar que se me pide, es preciso que os haga algunas observaciones de suma importancia.

"Oye tú, Alda; oye tú, Rafael".

MÚSICA CELESTIAL

"Si ha de creerse a la antigua tradición de los hebreos (o cábala)[26] —empezó Andrés—, existe una palabra sagrada, que da al mortal que descubre la verdadera pronunciación de ella, la clàve de todas las ciencias divinas y humanas.

"Tal palabra, que los israelitas no pronunciaban jamás y que el gran sacerdote decía una vez al año en medio de los gritos del pueblo profano, es la que se encuentra al fin de todas las iniciaciones, la que irradia en el centro del triángulo flamígero; es, por último:

---

[26] Hermetismo puro, *ad pedem litteræ* (nota del autor).

יהוה

hé. vŏ hé iod

"vocablo que, como se ve, consta de cuatro letras he-
braicas.

"Este nombre sirve en el Sepher Bereschit o Génesis, de
Moisés, para designar a la divinidad, y su construcción gra-
matical es tal, que recuerda los atributos que los hombres se
han complacido en dar a Dios.

"Cada letra del alfabeto hebreo representa un número;
ahora bien:

iod = I = 10
hé = E = 5
vo = V = 6

"Palabra completa IEVE.

"*Iod* (I) representa, pues, 10; o lo que es lo mismo, el
principio activo por excelencia. El Yo = 10.

"*Hé* (E) representa el principio pasivo por excelencia. El
no Yo = 5.

"La *vo* (V), el término medio, el lazo que une lo activo a
lo pasivo. La relación del Yo con el no Yo = 6.

"El Brahmán[27] —siguió Andrés—, según expone un sabio orientalista, explica prolijamente las tres presencias de
Dios, al paso que el nombre de Jehová, las expresa en una
sola palabra, que encierra los tres tiempos del verbo ser unidos mediante una combinación sublime: *havah,* fue; *hovah*

---

[27] Una de las advocaciones de Brama, según distintas devociones del
hinduismo. El Brahmán es el principio creador, autosuficiente, que sostiene el universo.

siendo o es; y *je,* que cuando está delante de las tres letras radicales de un verbo indica el futuro en hebreo: será".

—Me estás hablando en griego, Andrés.

—Te estoy hablando en hebreo, Rafael.

—No te entiendo, Andrés —juzgamos que el lector tampoco.

—Es muy fácil, Rafael, pero en resumen, para que yo opere el prodigio, es necesario que pronuncie correctamente la sagrada palabra que te he citado. Merced a ella encadené el alma de sor Teresa, una pobre niña a quien conocí pidiendo limosna en las calles de México, y que por ministerio mío, obtuvo su entrada al convento donde me convenía que viviese custodiada. Merced a ella he encadenado más de diez almas, que son mis compañeras, mis hermanas, mis mentoras…

—¿Y esa palabra, Andrés? —preguntó el doctor con angustia.

—Andrés, ¿y esa palabra? —interrogó Alda con curiosidad.

—Esa palabra… He olvidado cómo se pronuncia.

Continúa la música celestial

—No os desesperéis —dijo Andrés cuando vio el efecto de su respuesta en el rostro del doctor—. Si yo he olvidado la pronunciación de ese vocablo mágico, el israelita Josefo, descendiente de Melquisedec —que según afirman no los tuvo—, la recordará; si Melquisedec júnior (?) no la recuerda, me la darán "mis almas", las buenas hermanas que van conmigo por dondequiera, y si mis almas no la saben me la dirán mis libros. ¡Ea! Aguarden ustedes una miaja y no desesperen. Tengo de hallar lo que buscamos.

Andrés se dirigió al cubo de piedra encalada, donde habitaba el sumo sacerdote.

Éste, cuestionado por el poeta, permaneció mudo por algunos instantes, y como perplejo. Después, queriendo sin duda deslumbrar al visitante con su erudición oriental:

—Hijo mío —dijo—, yo sé todas las ciencias divinas y humanas. He leído y meditado todos los libros santos del Oriente. Los de China que son: el *I-Ching*, libro de los kuas de Fohi; el *Chi-King*, libro de los himnos; el *Chu-King*, libro de la historia; el *Ly-Ky*, libro de los ritos; el *Tchun-Tsieu*, o historia de los doce principados, por Confucio; el *S S E-Chu*, o sea los cuatro libros morales de Confucio y de Mencio; el *Tao-Te-King*, libro de la razón, y el *Kaning-Pién*, o libro de las recompensas y de las penas. He leído los libros sagrados de Persia: el *Zend-Avesta* y el *Boun-Dehechs*; los libros sagrados de la India o sea los Vedas: el *Rigveda*, libro de la ciencia de los himnos o elogios de los dioses, que se compone de unos diez mil dísticos; el *Yadjurveda*, libro de la ciencia de las ofrendas, que se compone de 86 capítulos en prosa, sobre el ritual de los sacrificios; el *Samaveda*, libro de la ciencia de las plegarias líricas, el más sagrado de todos, y que tiene los himnos que se cantan, esto es, los salmos de los indios; la *Atharvaveda*, o el libro de la ciencia del sacerdote, que contiene setecientos himnos; los *Upanishads* o teología de los vedas; y las *Leyes de Manú*. Yo he leído el código del mahometismo o El Corán y he penetrado todos los misterios de la Biblia: ¿cómo no había de saber pronunciar esa palabra? Deja que me ponga mis vestiduras sacerdotales, que el racional arda con toda la divina igniscencia de sus gemas en mi pecho, y te la diré.

Pocos minutos después el poeta oía de los labios del levita, por tres veces, el vocablo prestigioso.

—Con él podrás desatar —añadió—, esas nupcias ator-
mentadoras de dos espíritus, de que me hablas, esas nupcias
a las que el pálido Ashthophet, el de las tenebrosas alas, del
antiguo Egipto, parece haber presidido.[28] Mas es preciso que
antes de formularla busques un cuerpo femenino para Alda;
¡de otra suerte, la lanzarás sin misericordia a la eternidad!…

—¡Pero es imposible encontrar un cuerpo de mujer sin
alma, padre mío!

—No lo creas; y de todas suertes, hay algunos que tienen
el alma tan dosificada, que no les estorbaría una nueva. Busca, busca, y si no encuentras vuelve a mí. Acaso un espíritu
tan poderoso como Alda podría formarse un cuerpo por sí
sola, un cuerpo sutil como habrán de ser los glorificados en
el último día, un cuerpo semejante a aquellos que condensa-
ron para hacerse visibles los tres ángeles que vio Abraham, el
ángel que luchó con Jacob, el arcángel Gabriel y el arcángel
Rafael, echando mano de los elementos orgánicos que atesor-
ra la naturaleza.

El avatar

Andrés tornó hacia Alda y Rafael a referirles su conversación
con Josefo y los tres pusiéronse a discurrir.

—He dicho que quiero el cuerpo de una francesa —exclamó Alda.

—Pero ¿dónde hallar ese cuerpo? —preguntó Rafael—.
Sería preciso tornar a París, y la verdad, en estas condiciones

---

[28] Ash: dios representado por un halcón o por un hombre con cabeza
de halcón. Controla todo lo que producen los oasis. Está íntimamente
asociado con Seth, dios del desierto que provoca las tormentas de arena y
protector de las caravanas que se dirigen hacia el este. Tophet: versión del
infierno asociada en el Antiguo Testamento con el culto a Moloch.

de dualidad ¡yo no hago el viaje! La separación se impone. Cuanto antes mejor. ¡Soy muy desgraciado!

—El problema es difícil —observó Andrés.

—¡Tan difícil!

—¡Oh, tan difícil!

En aquellos momentos entró en la estancia doña Corpus, que iba en busca del doctor.

Andrés la miró un momento, y dándose una palmada en la frente, exclamó:

—¡Eureka!

—¿Qué es eso de eureka? —dijo Rafael.

—Ya tenemos sujeto.

—¿Quién?

—¡Doña Corpus!

—¡Pero eso es absurdo!

—¿Y por qué? ¿Te imaginas que un alma como Alda no sería capaz de letificar, vitalizar y transformar este pobre cuerpo claudicante?

—¡No! —prorrumpió Alda—; ¡eso jamás!

—¿Pero tú estás seguro de que mi ama de llaves se transformaría? —preguntó el doctor.

—Como si tomase el agua de la fuente de Juvencio, ¿por qué no?

—Eso es mentira —dijo Alda.

—¡Basta! —ordenó Andrés dirigiéndose a ella—, tú calla y obedece.

—Y tú, Rafael, explícale a doña Corpus lo necesario para que entienda. La pobre nos mira con un asombro digno de mejor cara.

—Es que no estoy de acuerdo... Yo había soñado otra cosa.

—Ahora no se trata de sueños, se trata simplemente de resolver una situación harto anormal. Encarnemos a Alda, después no faltará qué hacer... Vamos, dale una explicación a doña Corpus.

—Doña Corpus —empezó Rafael—, ha de saber usted que, por causas difíciles de analizar, yo tengo dos almas en el cuerpo: ¿quiere usted que le pase una al costo?

—¡Pero usted está loco!

—¡O a punto de estarlo, si usted no acepta!

—No entiendo.

—¿Y qué importa que no entienda usted? Acepte y en paz...

—Niño, la verdad, yo no creía que se burlara de esta pobre vieja... Valía más que se acabara el mundo.

—Mire usted, el mundo se acabará cuando le dé la gana, pero a mí ya se me acabó la paciencia. ¿Acepta usted o no?

—Pero, niño de mi corazón, si yo tengo mi alma propia, ¿para qué quiero más?

—Lo que abunda no daña —murmuró Andrés.

—¿Pero está usted segura de que tiene alma, doña Corpus? —cuestionó Rafael.

—¿Qué, cree usted que no soy hija de Dios y heredera de su gloria?

—Pues no la tiene usted.

—¡Cómo que no la tengo!

—Mira, Rafael —interrumpió Andrés—, estas discusiones no conducen a nada. Doña Corpus —añadió, encarándose con la anciana—, el doctor está en grave peligro de condenación eterna si usted no acepta. Si es usted cristiana debe salvarlo; ¿quiere usted? Le advierto que su condescendencia pudiera traerle hasta... ¡la juventud!

Ante aquel argumento doña Corpus vaciló:

—¿Pero no me pasará nada?

—Nada, se lo garantizamos a usted.

—Hagan, pues, de mí lo que gusten.

Andrés no aguardó más; tendió hacia ella sus manos cargadas de fluido y la pobre vieja cayó en sueño hipnótico. Entonces, con toda la solemnidad del caso, el poeta pronunció el tremendo vocablo, ordenando mentalmente a Alda el avatar que deseaba.

El doctor exhaló un grito y cayó cuán largo era sobre el pavimento. Doña Corpus respondió a ese grito con un gemido, e instantes después, el primero tornó a una vida normal y poderosa; la segunda... la segunda se desplomó pesadamente.

La prueba había sido demasiado ruda para sus cincuenta y tantos años.

Doña Corpus estaba muerta, muerta por exceso de alma, por "¡congestión espiritual!".

¡El mundo se había acabado para ella!

Alda quiere irse

¿Habéis visto el espanto y la indecisión de un canario, súbitamente libre de su jaula, que describe en su torpe vuelo espirales inciertas, que choca contra los muros de la casa, que asciende y desciende piando tristemente, que no acierta a huir hacia el rectángulo de cielo azul que encuadra el patio, que se siente ebrio de oxígeno y de sol y bate con fiebre sus alitas ocre, fingiendo un copo de oro que revolotea en la atmósfera?

Pues algo semejante hacía la mísera alma desligada de nuevo de la carne y presa, sin embargo, por el fluido imperioso de Andrés. Daba tumbos en el espacio; solicitada por ignota aspiración tendía el vuelo al infinito y cuando empezaba a cobrar ímpetu, la voluntad del joven mago la retenía fuera del ciclo a que ella tendía anhelosa, como el niño retiene por medio de un hilo el glóbulo inflado de hidrógeno que se eleva rápidamente en el aire.

—Déjame, déjame que parta —decía la mísera a la mente de Andrés—; Dios no quiere ya sin duda que continúe mi peregrinación por este mundo. Déjame que parta —repetía a la mente de Rafael—, ya ves que no hemos podido ser felices y que todo es vano… Presiento la divina hermosura de la luz perenne y quiero ir a perderme en ella para siempre…

Mas el doctor, que segregado de Alda tornaba a amarla precisamente porque ya no la poseía, porque podía escapársele, porque era "otra", distinta de él, unía su voluntad a la del poeta para decirle:

—¡Quédate! ¡No, no te vayas!

—El mundo es triste.

—Yo haré de él para nuestro amor un vaso de deleites, una copa radiante para tus labios.

—No, no lo harás… ¡No tienes poder para tanto!

—Alda, necesito un ideal para mi vida; yo estoy hecho de tal suerte que no puedo vivir sin un ideal… Mi existencia sin un fin, sin un afecto, bogaría con la dolorosa indecisión de un pájaro ciego, de una nave desgobernada… ¡sin ti no me queda más que mi mal!

Andrés intervino de nuevo.

—Haz de tu mal un fin —dijo filosóficamente—. Epictetus afirma que en nuestro poder está aceptar el mal como un bien, o más aún, recibir con indiferencia todos los males.[29]

---

[29] Epicteto (55-135), filósofo estoico. Afirmaba que el orden universal es justo, por lo tanto el hombre debe seguir ese sistema y aceptar el destino.

Pero Rafael no estaba entonces para filosofías.

—¡Quédate! ¡No te vayas! —repetía melancólicamente, con la maquinal y monótona inflexión de un niño caprichoso que pide un juguete—. ¡Cómo decías que me amabas!

—¡Es cierto, te amaba, te amo aún acaso! Mas ¿qué culpa tengo yo de que al revelárseme de nuevo todos los esplendores de lo alto, de tal suerte me deslumbren y en modo tal me atraigan y con fuerza tal me soliciten, que la sola idea de tornar a esa enferma vida y a esos incoloros afectos de la tierra me llene de angustia?

"¡Ah, tú no sabes, tú no puedes comprender la delicia de abejear por el espacio sin límites, de ser una perenne libélula de esos grandes corimbos de flores pálidas que se llaman constelaciones; de escuchar el salmo de los mundos que ruedan, de fundirse a la crin fosforescente de los cometas, de visitar orbe tras orbe y hallar con pasmo que la creación siempre comienza, que siempre estamos en el umbral del universo y que tenemos para recorrerlo la rapidez de la luz, la sutileza del éter y la tenuidad del perfume!… ¡Y quieres que torne a animar una pobre masa encefálica, a unirme a un cuerpo encadenado por la gravedad, enervado por 15 500 kg de presión atmosférica, sujeto a la enfermedad, a la vejez y a la muerte!… ¡No! ¡No! ¡Déjame partir, errar, errar perpetuamente! Me impulsa el instinto de Ahasverus, Carthaphilus, Isaac Laquedem o como se llame:[30] este instinto se apodera

---

Para él, la felicidad consiste en el triunfo de la razón, es decir, la naturaleza y la voluntad dominan las pasiones, limitando los deseos a aquello que se puede controlar. Aunque no dejó escritos, su discípulo Flavio Arriano (h. 105-?) recogió sus enseñanzas en el *Enchyridion* y en sus *Discursos*.

[30] Los tres nombres se refieren al judío errante, personaje legendario condenado a vagar por agredir a Jesús en el camino al Calvario. Se le considera una representación antisemita. El mito fue representado por pintores

de todas las almas libres, como se apodera de todos los fulgores, de todos los sonidos, de todos los vientos… Dios le pone en ellas para que le busquen. Este instinto mitigado en la vida es lo que llamamos ideal, arte, amor. ¡El ideal, el arte y el amor no son más que el 'presentimiento del infinito'! Este instinto es el que nos impide el reposo, la ventura, la ecuanimidad en la ergástula enorme del planeta… ¡Déjame que parta!"

Pero el doctor no entendía de razones y murmuraba tristemente:

—¡No te vayas!

Adiós

Doña Corpus dormía ya su definitivo sueño bajo la tierra sagrada que humedeció la sangre del Justo, y todavía aquel pobre espíritu femenino, como una mariposa loca, erraba por las capas inferiores de la atmósfera, sin libertad y sin destino, suplicando dulcemente:

—Déjenme partir.

Andrés recordó el consejo del israelita y le sugirió:

—Mira, Alda, prueba a formarte un cuerpo; condensa nubes, encadena gases, selecciona todo aquello de que está compuesto el cuerpo humano: carbón, hidrógeno, oxígeno, ázoe, cloro, fierro, fosfato, sodio, potasio, calcio; o bien, vístete de una forma sutil como los ángeles que se dignaron aparecer ante los pastores…

—No puedo —respondió Alda—. Mi fuerza no alcanza a tanto… ¡Dejadme ir!

---

como Gustave Doré (1832-1883), Paul Gavarni (1804-1866), Gustave Moreau (1826-1898), y por el novelista Eugène Sue (1804-1857) en *El judío errante* (1845).

—¿Por qué no te unes —añadió Andrés—, a esa turba de hermanas invisibles, que me rodean cuando yo las desato de sus organismos?

—No puedo tampoco. Ellas aún tienen un cuerpo, una cárcel, yo no tengo nada, nada más que el vivo deseo de fundirme en la eterna luz.

—¡No, eso no! ¡No te irás! —insistió Rafael angustiado—. ¡Yo te amo! ¡Continúa a mi lado! Yo te rendiré un secreto y perenne culto… ¡Tú serás mi ángel custodio, mi alma bien amada! ¡Quédate! ¡Quédate! Ahora te quiero más que nunca…

—Te he dicho ¡ay!, que no, que no debo, y ahora te diré que ya es tarde, Rafael, ¡demasiado tarde! ¡Eres como todos los hombres: cuando poseen en sí a la ilusión, hija del cielo, la amargan con sus mezquindades y con sus egoísmos, la empequeñecen y la alejan, y cuando miran perderse a distancia sus alas de luz, la llama y sollozan por ella! ¡Insensato! ¡Qué importaba sacrificar un poco de tu orgullo ante la inefable dicha de tenerme contigo, ante la fusión mirífica de tu espíritu y el mío!… ¡Loco! Habías realizado el connubio sublime por excelencia y tú mismo has roto el conjuro. Tu idilio hubiera sido superior al de aquel libro revelado a Gautier. Espirita estaba en tu propio cerebro y la desdeñaste, y ahora se va… será preciso que el "donador" consienta en que se vaya… El foco indeficiente de donde emana toda vida la atrae; el infinito la aguarda… Ante los deliquios de amor que el "más allá" le ofrece, ¿qué valen tus cariños, pobre iluso? ¡Dejadme! ¡Dejadme que parta!

Andrés, a quien aquel diálogo mental por él también entendido conmovía en extremo, dijo a Rafael:

—Tiene razón. Me repugna ejercer violencia sobre este pobre espíritu. Consiente en libertarlo.

—Pero ¿no ves que voy a quedarme solo, absolutamente solo, si se marcha?

—¡Ah!, no —interrumpió Alda—, yo descenderé de vez en cuando a tu morada. Vendré por las mañanas, con las buenas auras olorosas, y por las tardes, con los oros postreros del ocaso. Me oirás en la brisa que pasa, me aspirarás en el perfume que flota, me contemplarás en los lampos del alba; me sentirás en el júbilo de tu espíritu consolado. Yo brillaré en la lágrima de gratitud del pobre a quien socorras, en la sonrisa del enfermo a quien alivies, en la mirada del desventurado a quien alientes. Yo estaré presa en las redes armoniosas del verso que te conmueva, cantaré en el arrullo de las orquestas, temblaré en la garganta de los pájaros, lloraré en las vibraciones solemnes de la campana que reza el ángelus, reiré en los gorgoritos cristalinos de las fuentes, fulguraré en el verde joyante de las praderas, arderé en el fuego pálido de las estrellas y mi virtud será la que te diga en todos los trances amargos de la vida: "*Ora et spera!,* ¡la redención está cercana! Trabaja y haz el bien; siembra gérmenes de amor, que mañana florecerán en la eternidad como grandes rosas"… No más me llamaré para ti Alda, mas habrás de llamarme Lumen,[31] pues que tu luz seré y como la luz estaré en todas las cosas. Y cuando te avecines al trance postrero yo vendré a ti para confortarte, yo te daré la mano para que salves ese tremendo abismo que separa la vida de la eternidad, "y como dos notas que forman un acorde", como dos hebras de luz que forman un rayo, como dos colores que forman un tono, nos unire-

---

[31] Vocablo latino que significa resplandor, luz, claridad. En el *I Ching* la luz corresponde al trigésimo hexagrama "Li" o "Luo", kua doble representado por el fuego. El hombre sabio recurre a este hexagrama para iluminar los cuatro puntos del mundo.

mos entonces para siempre en el infinito y juntos seguiremos la escala de perfección a que estamos destinados…

La luz se alejaba suavemente, las brisas llegaban saturadas del olor capitoso de las gomas de Judea y del perfume acre de las flores primiciales.

—Consiente, Rafael —suplicó Andrés.

Rafael callaba, cautivado, a su pesar por aquel panteísmo insensato.

—Ennoblece tu amor con el martirio —añadió Andrés—. La vida es breve… La muerte habrá de redimirte de tu soledad y de tu angustia.

—Consiente, Rafael —repitió Alda.

Rafael hizo acopio de toda su energía y murmuró con voz ahogada:

—Sea, pues…

Luego estalló en sollozos.

—Alda —pronunció entonces Andrés—, Alda, yo te desligo y te liberto; vuela, aléjate hacia esa luz indeficiente que te aguarda, y ruega por nosotros los que quedamos en este valle de lágrimas: *in hoc lacrimarum vale.*

Alda suspiró:

—¡Gracias!

Sintió el doctor entre sus labios como la sombra de frescura, tenue y casta, de un beso de adiós: el fantasma de un beso…

Y el alma liberta, el noble espíritu manumiso, partió después como un ensueño que se aleja.

Andrés y Rafael quedaron inmóviles en la estancia.

Rafael sollozaba, meditaba Andrés.

Delante de ellos estaba el Sol que se ponía.

Detrás de ellos, en los limbos indecisos del pasado, estaba el recuerdo…

¿Cumplió Alda (llamada Lumen en su definitiva vida espiritual) la promesa hecha a su amado?

Juzgamos que sí, porque merced a la omnividencia, que es privilegio del autor, hallamos en una página del diario de Rafael, escrita en 1892, y después de un párrafo humorístico que entre otras cosas dice: "Torné a México tan rico como cualquiera de los Cuatrocientos de la Quinta Avenida *(The four hundred of the fifth Avenue)*, pero tan pobre de paz como antes. En Veracruz los aduaneros no me registraron el equipaje, y en el tren compré a un muchacho unas naranjas y no me dio lo vuelto; esto me hizo comprender que me encontraba ya en mi país"; hallamos, digo, los siguientes versos, pensados sin duda por Rafael, pero a los cuales debe haber dado forma literaria Andrés, ya que el doctor no era muy hábil en achaques de versificación, dedicados a la dulce ausente e intitulados:

Tenue

Un eco muy lejano,
un eco muy discreto,
un eco muy süave:
el fantasma de un eco…

Un suspiro muy triste,
un suspiro muy íntimo,
un suspiro muy blando:
la sombra de un suspiro…

Un perfume muy vago,
un perfume muy dulce,

un perfume muy leve;
el alma de un perfume…

Son los signos extraños que anuncian
la presencia inefable de Lumen.

¡Ay de mí si no advierto
el eco tan lejano,
el suspiro tan íntimo,
el perfume tan vago!…

Lumen vuelve a ser hebra de luna,
¡diluyéndose toda en un rayo!

Éste es el cuento de *El donador de almas*, que he tenido el placer y la melancolía de contaros. Guardadlo en vuestro corazón, y plegue al cielo que cuando la quimera llegue hasta vosotros, la acariciéis con humilde espíritu y en alta contemplación, a fin de que no se aleje y hayáis de amarla cuando parta…

Deo gratia, feliciter, amen!

México, 1899

ZOILO Y ÉL

ZOILO. ¿Por qué llama usted a esta historia *El donador de almas*? Fíjese usted bien: el donador apenas si proyecta su silueta en el libro, y en cuanto a las almas donadas se reducen a una.

ÉL. Hay un derecho incontrovertible, y es el de bautizar. ¿Por qué se llama usted —es un suponer—, Fernando? Fernando significa guerrero valiente, y usted ni es valiente ni es guerrero. ¿Por qué se apellida usted Blanco? Un moreno, sincero como usted, no debía apellidarse así. No obstante, está usted en su derecho. Los nombres son bien comunes.

Mi *nouvelle* se llama *El donador*, en primer lugar, porque así me plugo llamarla, y en segundo, porque al final de ella vive aún quien da, y quien da, lógicamente, puede seguir dando. Si usted acertase a crear un átomo, sería usted creador de átomos, porque la virtud que en usted radica es la que, ejercitada una vez y en aptitud de ejercitarse otras, le da a usted el nombre.

ZOILO. ¿Por qué habla usted antes del 98 de las conquistas de los Estados Unidos?

ÉL.   No me refiero a Hawai ni a Filipinas ni a Puerto Rico ni a Cuba… Lo decía por Texas, Arizona, Nuevo México y la Alta California… Usted perdone.

ZOILO. ¿Por qué produce usted tanto?

ÉL.   Porque mi amada es multípara y de los tiempos en que la fecundidad se consideraba como una nobleza y la esterilidad como una ignominia. Ni padece de la cintura, ni requiere emulsiones reconstituyentes; ni necesita, como Raquel, esclavas que conciban por ella, ni adopta prole extraña, como la hija del faraón, aunque esa prole pudiese llamarse Moisés.

ZOILO. ¿Qué escuela pretende usted seguir?

ÉL.   Oiga usted: amo a Asunción, a causa del esmalte de sus dientes y de la aristocracia de sus manos, semejantes a las de Isolda; a Lidia, por el brillo de sus ojos, y a Elena, por las rosas de la color. Amo a Blanca, en razón de sus cabellos largos, como los de Margarita de

Provenza, y rubios como los de la princesa Ginebra; a Antonia, por la sonoridad y cadencia de sus movimientos, y a Ana, por la música de sus palabras y el poder de sus besos. Ni Asunción, ni Lidia, ni Elena, ni Blanca, ni Antonia, ni Ana son la perfección individualmente consideradas. Unidas la forman y unidas las busco. Mi heredad es grande y mi mies rica.

ZOILO. ¿Por qué le combaten a usted como si usted fuera muchos? Usted es uno.

ÉL. Somos yo y mis hijos. Sara odió a su sierva, porque su sierva, concibiendo, condenaba su esterilidad. Agar huyó al desierto por el crimen de ser fecunda.

ZOILO. ¿Por qué calla usted siempre? Enmudecer es acatar.

ÉL. No callo, trabajo; no enmudezco, escribo. Creo en la labor y en el silencio: en la primera, porque triunfa; en el segundo, porque desdeña.

ZOILO. Su libro de usted pudo desarrollarse más.

Él. Usted dice: desarrollar, Flaubert dijo: "condensar". Prefiero a Flaubert. Nuestra época es la de la *nouvelle*. El tren vuela... y el viento hojea los libros. El cuento es la forma literaria del porvenir.

ZOILO. Literaturizar en México es "arar el océano", si he de usar la frase de Bolívar. Usted pudo ser abogado, médico, ingeniero, capitalista... y no es usted nada. Su obra morirá sin haberle dado a usted vida.

ÉL. Todos somos aquello que el acaso hace de nosotros. Dante Gabriel Rossetti escribió estos versos:

Look in my face; my name is Might —have— been;
I am also called No-more, Too-late, Farewell.[32]

---

[32] Versos del poema "Superscription", incluido en *The House of Life* (1871)

Mírame, yo soy "aquello" que hubiera podido ser.

Me llaman también "nunca jamás", "demasiado tarde"… "adiós".

ZOILO. Pudo usted ahorrarse esta réplica, cumpliendo con su canon de silencio.

ÉL. Suponga usted que la necesitaba para nutrir dos páginas más que completasen la última entrega, y que todo es asunto de regente

---

del pintor y escritor inglés Dante Gabriel Rossetti (1828-1882). Rossetti, *Poems*, p. 130.

Mencía

Al lector

Este cuento debió llevar por título "Segismundo o *La vida es sueño*", pero luego elegí uno más simple, como con miedo de evocar la gigantesca sombra de Calderón. "Mencía" llamose, pues, a secas, y con tan simple designación llega a ti, amigo mío, a hablarte de cosas pretéritas que suelen tener un vago encanto…

Claro que no es un cuento histórico. Mi buena estrella me libre de presumir tal cosa, ahora que tanto abundan los eruditos y los sabios, a mí, que por gracia de Dios no seré erudito jamás, y que sabio… no he acertado a serlo nunca.

Es, sí, un "cuento de ambiente histórico", como diría un italiano. Lo que pasa en él, "pudo haber sido".

Si hay contradicciones, si hay inexactitudes y errores, si esto no se compadece con aquello, si lo de acá no concierta con lo de allá, perdónamelo, amigo, pensando que Lope de Figueroa no ha existido nunca; que todo fue una ilusión, a ratos lógica, desmadejada y absurda a ratos, y que, como dijo el gran ingenio, a quien fui a pedir un nombre para bautizar estas páginas, "los sueños sueños son!".

Amado Nervo

Cuando su majestad abrió los ojos, todavía presa de cierta indecisión crepuscular que al despertarse había experimentado otras veces, y que era como la ilusión de que flotaba entre dos vidas, entre dos mundos, advirtió que la vertical hebra de luz que escapaba de las maderas de una ventana, era más pálida y más fina que de ordinario.

Su majestad estaba de tal suerte familiarizada con aquella hebra de luz, que bien podía notar cosa tal. Por ella adivinaba a diario, sin necesidad de extender negligentemente la mano hacia la repetición que latía sobre la jaspeada malaquita de su mesa de noche, la hora exacta de la mañana, y aun el tiempo que hacía.

Todos los matices del tenue hilo de oro tenían para su majestad un lenguaje. Pero el de aquella mañana jamás lo había visto; se hubiera dicho que ni venía de la misma ventana, ni del mismo cielo, ni del mismo sol…

Mirando con más detenimiento, su majestad acabó por advertir que, en efecto, aquella no era la gran ventana de su alcoba.

¡Vaya si había diferencia!

Su humildad y tosco material saltaban a la vista. Su majestad se incorporó a medias en el lecho, y apoyando la cabeza en la diestra púsose a examinar en el aposento, estrecho y lúcido de blanco, en la media luz a la cual iban acostumbrándose ya sus ojos, lo que le rodeaba.

Al pie del lecho, pequeño y bajo, había un taburete de pino, y sobre él, en desorden, algunas prendas de vestir. Una ropilla y un ropón de modesta tela, harto usada, unas calzas, una capa. Más allá, pegado al muro, un bargueño, cuyos cerrojos relucían. En las paredes, algunas estampas de santos y un retrato; en un rincón una espada...

Su majestad se frotó los párpados con vigor, y cada vez más confusa buscó maquinalmente la pera del timbre eléctrico, que caía casi sobre la almohada, aquella pera de ágata con botón de lapizlázuli, que tantas veces oprimió entre sus dedos, y a cuya trémula vibración respondía siempre el discreto rumor de una puerta, que, al entreabrirse, dejaba ver, bajo las colgaduras, la cabeza empolvada de un gentilhombre de cámara.

Pero no había timbre alguno...

Su majestad, sentada ya al borde del lecho, perdida absolutamente la moral, sintiendo algo así como una terrible desorientación de su espíritu, el derrumbamiento interior de toda su lógica, más aún, de su identidad, quedose abismada.

En esto, la puerta que su majestad, por invencible hábito, suponía que era una ventana que caía sobre la gran plaza de Enrique V, se entreabrió, y una figura de mujer, alta, esbelta, armoniosa, se recortó en la amplia zona de luz que limitaban las maderas.

—Lope —dijo con voz dulcísima de un timbre de plata—, ¿estás ya despierto?

Su majestad —o mejor dicho Lope—, estupefacta, quiso balbucir algo; no pudo y quedose mirando, sin contestar, aquella aparición.

Era, a lo que podía verse, una mujer de veinte años, a lo sumo, de una admirable belleza. Sus ojos, oscuros y radiantes, iluminaban el óvalo ideal de un rostro de virgen, y sus cabellos, partidos por en medio y recogidos luego a ambos lados, formando un trenzado gracioso que aprisionaba la robusta mata, eran de un castaño oscuro magnífico. Vestía modestamente saya y justillo negros, y de los lóbulos de sus orejas, que apenas asomaban al ras de las bandas de pelo, pendían largos aretes de oro, en los cuales rojeaban vivos corales.

—¿Duermes, Lope? —preguntó aún la voz de plata—. Tarde es ya, más de las siete… Recuerda que mañana ha de estar acabada la custodia. El hermano Lorenzo nos ha dicho que en el convento la quieren para la Fiesta de San Francisco, que es el jueves.

—¡Lope! —murmuró su majestad—. ¡Lope, yo!… ¿Pero quién sois vos, señora?…

—¿Bromeas, Lope? —respondió la voz de plata—. ¿O no despiertas aún del todo? —Y acercándose con suavidad puso un beso de amor en la frente de su majestad, murmurándole al oído:

—¡Quién he de ser, sino tu Mencía, que tanto te quiere!

Lope se puso en pie, restregose aún los ojos, se palpó la cabeza, el cuello, el busto, puso sus manos sobre los hombros de la joven, y convencido de que aquello era objetivo, consistente, de que no se desvanecía como vano fantasma, se dejó caer de nuevo sobre el lecho, exclamando:

—¡Estoy loco!

—¿Por qué? —insinuó la voz de plata.

—¿Quién ha podido traerme aquí?… Yo soy el rey…

—Cierto —dijo Mencía con tristeza—. ¡Lo has dicho tanto en sueños!…

—¡Cómo en sueños!

—¡Soñabas agitadamente! ¡Hablabas de cosas que no me era dado entender! ¡Dabas títulos! ¡Conferías dignidades!

—¡Yo!…

—Ibas de caza… Nunca, Lope, habías soñado tanto ni en voz tan alta… Por la mañana, tu dormir se volvió más tranquilo, y yo me marché a misa con ánimo de que reposaras aún hasta mi vuelta. Lope, mi Lope querido, ¿te vistes? Ya es tarde… ¡Has de acabar mañana la custodia!

¿Sería dado al que esto escribe, expresar la sensación de costumbre, de familiaridad, de hábito, que iba rápidamente invadiendo el alma de Lope?

El pasmo se fue, se fue la estupefacción; quedaba un poco de asombro; lo sustituyó cierta sorpresa, un resabio de extrañeza, de desorientación; luego, nada, nada (tal es nuestra prodigiosa facultad de adaptación a las más extraordinarias circunstancias); nada que no fuera el sentimiento tranquilizador de la continuidad de una vida ya vivida, y que sólo había podido interrumpir por breves horas un ensueño engañoso: ¡que él había sido rey!

¡Peregrino ensueño! Mientras se vestía, referíalo a grandes rasgos a la ideal mujer de los ojos luminosos y de la voz de plata:

"Yo era rey, un rey viejo de un país poderoso del norte de Europa. Vivía en un gran palacio rodeado de parques. Mis distracciones eran la caza y los viajes por mar en un "yate". Poseía también automóviles…"

Y seguía su historia.

La celeste criatura movía la cabeza corroborando con signos afirmativos el relato de Lope, entre sorprendida y confusa:

—Sí, cierto —interrumpía a cada paso—, eso soñabas… eso decías, esas palabras desconocidas pronunciabas…

Y añadía pensativa:

—¡Raras cosas se sueñan!

"Tú has tenido siempre letras, Lope —continuó después

de una pausa—; no es extraño, pues, que dormido imaginases historias peregrinas…"

—¡Bien dices, Mencía, raras cosas se sueñan!

—¡Raras cosas se sueñan, Lope!

II
LOS SUEÑOS SON ASÍ…

En la pieza contigua había una gran mesa, sobre la cual, en medio de un desorden de herramientas, de crisoles, de barras metálicas diversas, de envoltorios con limaduras, y otros con piedras preciosas, se erguía una custodia de plata con relicario de oro.

Era la obra del platero Lope, para el convento.

No lejos de la mesa, un gran bastidor sobre toscos pies de madera enmarcaba, bien restirada, una tela de seda, bordada en gran parte, con diversos motivos, también de oro y plata, siendo el principal un Divino Pastor que llevaba al hombro, amoroso, a la oveja perdida. Era aquella labor, visiblemente destinada a un ornamento de iglesia, la obra de Mencía.

Mesa y bastidor estaban cerca de la única ventana de la habitación, a fin de recibir la luz que por ella entraba. En el lado opuesto, en el intervalo existente entre una puerta y el ángulo del muro, había un escritorio de modesta apariencia, como todo el mobiliario. Sobre él un rimero de libros, de piedad, de enseñanza o entretenimiento.

Entre los primeros, el *Libro espiritual del Santísimo Sacramento de la Eucaristía*, del padre Juan de Ávila, y un libro de horas. Entre los segundos, el *Diálogo de la dignidad del hombre*, del maestro Hernán Pérez de Oliva, y el *Diálogo de la lengua*, de don Juan de Valdés. Entre los últimos, el *Trata-*

do de las tres grandes, conviene saber: de la gran parlería, de la gran porfía y de la gran risa, del donoso doctor don Francisco López de Villalobos; la *Celestina*, el *Amadís*, la *Vida de Lazarillo de Tormes y de sus fortunas y adversidades*, y la *Diana*, de Jorge de Montemayor.

El resto del mobiliario constituíanlo algunos taburetes, un gran sillón de cuero y dos arcas; la una abierta, por más señas, y dejando ver una ropilla de tisú, un jubón y unas calzas de velludo negro, que probablemente pertenecían a la indumentaria dominguera de Lope.

Pero volvamos a la custodia.

Ésta figuraba la fachada de una catedral gótica, de un gótico florido riquísimo en detalles. Tenía tres puertas, y el hueco de la del centro formaba el relicario.

El superior del convento, un teólogo largo y anguloso, de cara ojival, que había sugerido a Lope algunas de las esbeltas líneas de tal arquitectura, afirmaba —según Mencía dijo a su esposo— que aquello representaba o podía representar la ciudad de Sión, "¡donde no hay muerte ni llanto, ni clamor ni angustia, ni dolor ni culpa; adonde es saciado el hambriento, refrigerado el sediento, y se cumple todo deseo; la ciudad santa de Jerusalén, que es como un vidrio purísimo, cuyos fundamentos están adornados de piedras preciosas, que no necesita luz, porque la claridad de Dios la ilumina y su lucerna es el Cordero!",[1] como hubiera dicho más tarde la hermana María de Jesús de Cepeda; y Mencía, espíritu apacible y cristalino, cuando esto escuchaba de los labios del religioso, sentía, según expresó a Lope, suaves transportes de piedad y algo como un íntimo deseo de entrar con su amado

---

[1] La cita reúne tres pasajes del Apocalipsis (21:4-6, 9-14, 25-26).

a esa custodia celeste, a ese tabernáculo ideal, a esa ciudad divina que estaría asentada sobre nubes, como Toledo sobre sus rocas, y cuyo interior debía asemejarse al de la Capilla de los Reyes de la Catedral, que era la obra religiosa de más magnificencia que ella había contemplado.

Faltaban por ajustar algunos topacios y amatistas, y por cincelar una torrecilla de oro.

Lope, con una pericia de la cual minuto a minuto iba sorprendiéndose menos, púsose a la obra, en tanto que Mencía bordaba en su gran bastidor con manos ágiles de reina antigua.

A medida que pasaban las horas, Lope sentíase más seguro, más orientado y sereno. Parecíale recordar el modesto e ignorado ayer, desde que tuvo uso de razón hasta que se enamoró de Mencía, desde que se casó con ella, hasta ahora en que trabajara su custodia para el convento.

Todos los eslabones de la cadena de sus días que momentos antes, sueltos y esparcidos quebrantaban su lógica y enredaban y confundían las perspectivas de su memoria, iban soldándose naturalmente y sin esfuerzo.

Sí, recordaba: Él no había sido nunca más que Lope, Lope de Figueroa, natural de Toledo. Su padre fue librero, y en la calle de los Libreros había nacido él. Gracias al comercio del autor de sus días, pudo leer bastante, mucho para la época. Hubiera seguido aquel comercio, pero temprano se sintió tentado por el arte divino de la orfebrería. Siempre que lo llevaban a la Catedral, a San Juan de los Reyes, a Santo Tomás y, en sus pequeños viajes, a algunas de las grandes iglesias de España, caía en éxtasis ante las custodias, los copones, los relicarios.

Se sabía de memoria los detalles de la mayor parte de estas obras maestras de metal que existían entonces en la Península, casi todas ellas en forma de quiméricas arquitecturas, en que la inspiración de los artistas no conocía límites para su vuelo. El nombre de los Arfé, esos magos oriundos de Alemania, era para él como el nombre de una divinidad. La custodia de Córdoba, ejecutada en 1513 por Enrique;[2] la de Sahagún, la de Toledo, hecha en 1524 (única que Lope había podido contemplar), formaban para él como los tres resplandores de gloria de este hombre excepcional. La custodia de Santiago y la de Medina de Rioseco, ejecutadas por el hijo de Enrique, Antonio Arfé,[3] en estilo plateresco, las había visto en dos reproducciones de yeso en un taller de Toledo, y lo cautivaban en extremo; y la amistad de Juan Arfé,[4] que era su camarada y que a la sazón había ejecutado ya la custodia de Ávila (hecha en 1571) e iba a ejecutar la de Sevilla, que empezó en 1580, fecha alrededor de la cual gira este absurdo relato, le llenaba de orgullo. Aún estaban en el porvenir, la

---

[2] Enrique de Arfe (1475-1545), orfebre de origen alemán, conocido también como Enrique de Colonia. Contrajo matrimonio en dos ocasiones, la primera con Gertruda Rodriguez Carreño (?), madre de Antonio de Arfe, la segunda con Velluda de Ver (?-1562). Alrededor de 1506 se trasladó a León, España, donde realizó la custodia de la catedral. Otras obras importantes de Enrique de Arfe son la custodia de León, la de Córdoba y la del monasterio de los benedictinos de Sahagún.

[3] Antonio de Arfe (1510-1575), orfebre y grabador, hijo de Enrique de Arfe. En 1530 contrajo matrimonio con María de Betanzos con quien procreó tres vástagos, Antonio (?), Juan (1535-1603) y Enrique (?). Tras una primera etapa de su vida profesional con poca fortuna en su natal León, decide trasladarse a otras ciudades españolas para proseguir con su carrera. Sus trabajos más importantes son la custodia de Santiago de Compostela, iniciada en 1539, y la de Medina de Rioseco, elaborada entre 1552 y 1554.

[4] Juan de Arfe y Villafañe (1535-1603), orfebre y dibujante, hijo de Antonio de Arfe, sus obras más destacadas incluyen la custodia de la catedral de Ávila, concluida en 1571; la de Valladolid, finalizada en 1590; y los escritos *Quilatado de oro, plata y piedras* (Valladolid, 1572), tratado de orfebrería; y *Varia commensuracion para la escultura y arquitectura* (Sevilla, 1585), tratado sobre arquitectura, escultura y anatomía.

custodia del mismo, que fue después, en 1590, una de las joyas más preciadas de Valladolid, y la de Juan Benavente, cincelada en 1582 en el estilo del Renacimiento.

El nombre de Gregorio de Varona, que empezaba ya a ser célebre, era también de los que estaban siempre en sus labios; pero si profesaba el culto más ingenuo y fervoroso por todos estos grandes artistas, hay que convenir en que el de sus predilecciones era el abuelo Arfé, Enrique, y en que hubiera dado la mitad de su vida por ser el artífice de un fragmento siquiera de la gran custodia de plata (única que, como decimos, había podido contemplar, aunque por reproducciones o dibujos conocía las otras), que para el cardenal Ximénez ejecutó el artista,[5] y que tantas veces vio esplender en medio del incienso, bajo las gigantescas naves de la catedral.

¡Sí, él fue siempre Lope de Figueroa, ahora estaba seguro de ello; Lope de Figueroa, de veintiséis años de edad; Lope de Figueroa, que se soñó rey! ¡Un rey viejo, de quién sabe qué reino fantástico, en quién sabe qué tiempos extraordinarios y peregrinos!

—Sin embargo, Mencía —insistió el platero al llegar a esa parte de sus pensamientos—, jurara que no he soñado, sino que he visto, que he tocado aquello. ¡Aún no puedo desacostumbrarme del todo a no ser lo que fui..., lo que imaginé que fui; de tal suerte era claro y preciso lo que soñaba!

—¡Los sueños son así! —respondió Mencía apaciblemente, sin levantar los ojos de su bordado—. ¡Los sueños...

---

[5] La obra a la que se hace referencia posiblemente sea la custodia de estilo gótico realizada por Enrique de Arfe entre 1517 y 1524 para la Catedral de Toledo, encargo del cardenal Cisneros (Francisco Jiménez), arzobispo de Toledo. Realizada originalmente en plata, la custodia fue revestida de oro a finales del siglo XVI por órdenes del arzobispo de Quiroga.

son así! A mí me contristó mucho —siguió diciendo—, me hizo gran lástima verte en el lecho, sacudido por la ansiedad; quise despertarte, pero no lo logré; tan pesadamente dormías... Por fortuna, a poco desapareció el sobresalto... Ahora recuerdo que hablabas de un "atentado" contra un hijo que tenías, y pronunciabas palabras raras que nunca oí antes, y que infundían a todos miedo, terror y espanto. Decías..., decías: "¡Los anarquistas!".

—Sí, cierto —exclamó Lope, sintiendo subir de nuevo a su cerebro una ola de extrañeza—. Eran unos rebeldes...

—¿Como nuestros comuneros?

—Incomparablemente peores...; fuera de toda ley... ¿Y después?

—Tu hijo el príncipe moría asesinado, y tú tristemente, tristemente, seguías reinando. Gustabas de cazar..., deja que haga memoria, e ibas, a no sé dónde, en una máquina vertiginosa..., en la que has nombrado hace poco...

—En un automóvil, ya te lo he dicho.

—Eso es, algo así he escuchado, algo incomprensible.

—¿Sabes cómo era esa máquina?

—No podría imaginarlo.

—¡Oh, jurara que la he visto, que la he poseído, Mencía de mi alma! Era... ¿cómo te explicaría yo esto? Era como un coche que anduviese solo, merced a una mecánica que no acertarías a comprender. Volaba, Mencía, volaba... Y vivía yo, asimismo, entre muchedumbre de otras máquinas. Las había que almacenaban y repetían la voz del hombre; las había que, sin intermedio alguno, llevaban la palabra a distancias inmensas, y otras que lo hacían por ministerio de un hilo metálico; las había que reproducían las apariencias, aun las más fugitivas, de los objetos y de las personas, como lo hacen los pintores, sólo que instantáneamente y de un modo mecánico; máquinas que escribían con sorprendente diligencia y nunca vista destreza, como no podrían hacerlo nuestros copistas, maguer sus abreviaturas, y con una claridad que en vano pretenderían emular nuestros calígrafos; máquinas que calculaban sin equivocarse jamás; máquinas que imprimían solas; máquinas que corrían vertiginosamente sobre dos bordes paralelos de acero... Yo habitaba una ciudad llena de estas máquinas y de industrias innumerables. Los hombres sabían mucho más que sabemos hoy. Los hombres volaban, Mencía, volaban y eran mucho más libres..., pero no felices. Los metales que yo manejo con tanta fatiga y tan difícilmente trabajo, ellos los manejaban y trabajaban de modo que maravilla, y conocían además su esencia íntima, no a la manera de Avicena, de Arnaldo de Villanova o de Raimundo Lulio, que los tienen como engendrados por azogue y azufre, sino merced a las luces de una química más sabia; y habían descubierto otros nuevos, uno entre ellos que era acabado prodigio, porque en sí mismo llevaba una fuente de energía, de calor. Vestían las gentes de distinta manera que vestimos tú y yo, y vivían una vida agitada y afanosa; hablaban otro idioma. Y yo era rey, tenía ejércitos con armas de un alcance y de una precisión que apenas puedo comprender, y junto a las cuales nuestros arcabuces con sus pelotas, nuestras culebrinas de mayor alcance y nuestros cañones, serían cosas de niños. ¡Poseía flotas, no compuestas de galeras, galeazas y galeones, no construidas a la manera de nuestras naos, no movidas a remo o a vela, sino por la fuerza del vapor, del vapor de agua, Mencía, el cual escapaba de ellas en torbellinos negros!, y algunos se sumergían como los peces y...

—Imaginaciones del Malo han podido ser ésas, Lope, tramadas con ánimo de perturbarte, y ello me contrista, te lo repito. Mi madre leíame que a san Antonio Abad le aparecían en confusión, en el desierto, seres absurdos y artificios malignos, nunca vistos por nadie. Tú, Lope, como ya te he dicho, quizás por la influencia de los libros que ahincadamente lees, siempre has soñado mucho, y nunca entendí que eso estuviera bien. Por otra parte, las cuartanas del año pasado te dejaron harto débil. ¡Tan recio fue el mal, que día ni noche podías sosegar!

Y abandonando su labor, la esbelta y delicada figura fue hacia su amado, cogiole suavemente de la diestra y le llevó a la ventana, añadiendo maternal y untuosa:

—¡Descansa un poco; la custodia estará hoy terminada! Son ya la diez. Desde las ocho trabajas. ¡Solacémonos mirando la gente que pasa!

III

TOLEDO

Aun con cierto resabio de duda, Lope se asomó a la ventana. Parecíale que ahí sí iba a quebrantarse el conjuro, a desvanecerse el encanto, y que en vez de la visión de una ciudad castellana tendría la de la espaciosa plaza de su palacio —la plaza de Enrique V—, limitada por suntuosas arquitecturas del Renacimiento, por luminosos alcázares de mármol, rodeados de terrazas amplísimas, y cortado en dos su inmenso cuadrilátero por el gran río de ondas verdes, a través del cual daban zancadas los puentes de piedra y de hierro, hormigueantes siempre de una atareada multitud.

Pero no fue así.

La ventana de su habitación, más alta que la mayoría de los muros opuestos, daba a una callejuela que, con otras vecinas, luego iba a desembocar en la plaza de Zocodover. Desde ella se abarcaba perfectamente el vasto espacio de esta plaza, con sus irregulares edificios y sus viejos soportales.

Una multitud, vestida de manera muy varia, pululaba en rededor de los puestos del mercado, que por ser martes, había. Quién compraba aves de todos géneros; quién tarros de miel; quién queso libreado; quién mazapanes, hojaldres, bizcotelas y rosquillas, con o sin azúcar; quién aceites, mantecas y frutas de Andalucía; quien bebía hipocrás, o comía sardinas fritas o empanadas de ternera.

Casi todos los balcones estaban engalanados con colgaduras diversas y ornados de aquellas palmas benditas que los galanes donaban a sus damas y que, atadas con cintas de varios colores, eran una comprensible leyenda de amor.

Preguntó Lope la razón, y Mencía díjole que la corte se encontraba en la ciudad imperial desde hacía algunos días, y que iba con pompa a todas partes, pasando casi siempre por la plaza.

Lope recorrió con la mirada atónita el panorama. La urdimbre de callejuelas se enredaba a sus pies. Bordábanlas en su mayoría muros bajos, con muy pocas ventanas, y todas las arquitecturas se codeaban en el más heteróclito contubernio. Campanarios, miradores burdos o airosos portales encancelados, ventanas góticas, postigos enrejados de cenobio; sobre la sinagoga, la cruz; junto a la pesada torre medieval, áspera y fuerte como la de un castillo roquero, el alado minarete bordado de encajes; junto a la severidad de un cornisamento romano, la gracia enredada y traviesa de un arabesco que canta los atributos de Alá; un sobrio y reciente pórtico del *cinquecento*, junto a un arco mudéjar o a un pórtico plateresco. Y el sol, ardiendo sobre las portadas góticas o árabes, colándose a los patios ornados de azulejos, de balaustres calados y de talladas maderas, poniendo su beso de fuego en los viejos escudos, en las ferradas ventanas o en los misteriosos ajimeces.

Toledo, sentada sobre su arisco trono de rocas, vivía los últimos años de su apogeo. El rey don Felipe había trasladado desde 1560 la corte a Madrid.[6] Era esta última villa, denominada "la única corte", muy sucia y malsana, a pesar de tan pomposo nombre. Contaba a lo sumo treinta mil habitantes, y en mucho tiempo su población no aumentó por cierto de una manera sensible.

La metrópoli del mundo, porque lo fue en aquellos siglos que empezaron con Carlos V, cuando no hubo ocaso para el sol en los dominios españoles, lo único que, por lo pronto, ganó con el traslado de la corte a su recinto, fue la tala despiadada de sus hermosos bosques, testigos del dominio de los árabes y de los triunfos de Alfonso VI.

Desnudas quedaron las comarcas que habían ensilvecido los siglos, y Madrid en medio de un erial.

Las calles, estrechas y torcidas, estaban limitadas por casas de un solo piso, porque la regalía de aposentos obligaba a quienes construían casas más altas y espaciosas a alojar a la nobleza, y por tanto los propietarios se defendían construyendo las llamadas casas "a la malicia".[7]

---

[6] Entre 1560 y 1561, Felipe II (1527-1598) estableció la Corona en Madrid. Su decisión obedeció a diversos motivos: pese a que no existía una actividad política importante en dicha villa, las cortes se reunían ahí con relativa frecuencia. Asimismo, el monarca consideró tanto el cruce geográfico con varias regiones como el escaso poder político y económico del clero y la nobleza de la región, lo que favorecía la imposición de estamentos sociales. Por otra parte, la abundancia de agua y el tamaño mediano de Madrid hacían viable su expansión territorial y demográfica.

[7] Durante los primeros años de la corte en Madrid, los propietarios de viviendas con más de una planta estaban obligados a cumplir con la regalía de aposento, impuesto que consistía en ceder la mitad de su vivienda para

Las moradas de los grandes casi no se distinguían de las demás sino por los torreones que ostentaban.

La amplitud de la villa apenas si excedía al viejo ensanche hecho por los árabes, y en su mayor parte las antiguas murallas estaban en pie o dejaban ver su anterior trazado, siguiendo un largo rodeo para llegar desde la calle o barranco de Segovia hasta el Alcázar.

En cambio era Madrid frecuentada por innumerables forasteros, y en su calle Mayor, siempre animada, y en sus muchas callejuelas, se codeaban, en las taifas y los corros del mentidero, los soldados que había mojado la lluvia pertinaz de Flandes, y los que había tostado el sol de Nueva España; los veteranos que habían peleado en San Quintín (y aun algunos, muy raros, que recordaban las hazañas del César en Túnez), y los aventureros que andaban en busca de cualquier empresa (entonces se intentaba la de Portugal) a fin de emplear en ella su coraje, su arcabuz y su inútil espada; los bravos a quienes fue dado ver con don Juan de Austria, los apretados trances y la gloria de Lepanto, y los que, siguiendo las huellas de Pizarro, admiraron los portentos del Perú.

¡Cuántas veces, entre aquella turba de valientes o bravoneles, de hidalgos de gotera y de capigorrones, desencantado, triste, enfermo, recordando "la libre vida de Italia", que amó tanto, paseó también con su manquedad y su genio don Miguel de Cervantes Saavedra, hidalgo, soldado, escritor de entremeses, alcabalero, comisionista, miserable, hambriento… y semidiós.

---

albergar a la nobleza debido a la falta de construcciones imperiales. Por ello se construyeron las casas "a la malicia", cuya arquitectura disfrazaba a la vista exterior los dos o más pisos.

Toledo, pues, como insinuábamos al principio, a pesar de su grandeza y hermosura iba a convertirse en breve, gracias a Madrid, en una ciudad muerta, en una ciudad museo, pero también, y por esto mismo, en la Roma española, adonde devotos y pensativos se encaminarían la poesía, la historia y el arte a meditar sobre las pasadas grandezas.

Mas ahora, ¡qué bullicio y qué animación por dondequiera!

Las miradas de Lope discurrían de una a otra calleja, de uno a otro rincón, de uno a otro ángulo de la gran plaza, sorprendidas y embelesadas.

Aquí, caballero en una poderosa mula pasilarga, con gualdrapas de terciopelo carmesí, iba un clérigo copetudo, canónigo sin duda; acá, un chicuelo de caperuza verde jugaba en el arroyo; allá, una dueña, que bien pudiera llamarse doña Remilgos, acompañaba a una doncella de negro manto, hermosa como un éxtasis, que se dirigía a misa; más allá, un grupo de ministriles con sus instrumentos acudía a quién sabe qué fiesta, alborotando a más y mejor; acullá, una gran dama, en una hacanea torda que llevaba de la rienda un pajecillo flamenco vestido a la usanza de su país (y de los cuales había aún a la sazón muchos en Toledo), pasaba orgullosa a la sombra secular de los viejos muros, para salir a la riente plaza llena de bullicio… En otra parte, un hidalgo con ropilla y ropón de terciopelo azul salía del gran portal de un palacio, seguido de un escudero y de dos lebreles, y más lejos rodaba, desempedrando calles, un majestuoso y pesado coche, con mulas uncidas de dos en dos.

Era incontable la multitud de tipos que desfilaban bajo aquel balcón tan vecino a los tejados, y Lope no se hartaba de verlos: junto al mendigo picaño, la buscona; junto al arriero, el estudiante sopista que caminaba distraído con no sé qué mirajes de puchero conventual; junto al lazarillo, el trajinante; junto a la dama, la moza de partido; junto al clérigo, el rufián, el cómico, el hijodalgo o el médico de sangrías y ventosas. Parecía aquella escena una novela de Cervantes puesta en movimiento.

De pronto, en medio de un gran estruendo de voces y gritos, de aclamaciones y ruidos entusiastas, desembocó en el Zocodover brillantísima comitiva de jinetes, formada toda de grandes señores castellanos ricamente aderezados, caballeros en ágiles y hermosos caballos engualdrapados con mucho lujo. Había quien llevase cuera o calzas consteladas de piedras, así como la capa de negro terciopelo.

Esta comitiva precedía a una litera rodeada por damas de la primer nobleza, a caballo también, con cotas y sayas riquísimas, y custodiada por elegantísimos pajes.

En la litera venía sin duda una princesa, cuando menos.

—La reina doña Ana, la cuarta mujer del rey —cuchicheó al oído de Lope la dulce voz de Mencía—. Es una señora muy buena —añadió.

La comitiva perdiose pronto en la tortuosidad de una de las calles, y no quedó ya más que el remolino del pueblo, a quien el respeto había atado un punto los labios y que volvía a sus voces entusiastas, en confusión inextricable, mezcladas a los gritos de los mercaderes, que pregonaban las excelencias de sus artículos.

IV

UNA CONVERSACIÓN

En esto Lope y Mencía oyeron pasos en la escalera, seguidos de algunos francos golpes a la puerta.

—Debe ser Gaetano —dijo Mencía.

Y fue a abrir.

Un joven como de la edad de Lope, alto, rubio, hermoso, entró riendo al taller.

—¡Lope mío! —exclamó con inflexión italiana, pero con articulación correctísima—. ¿Cómo estáis?

Y le besó en ambas mejillas. Luego, con un movimiento de cortesía lleno de distinción, que contrastaba acaso con la humildad de su traje, besó la larga, la afilada y pálida mano de Mencía.

Era Gaetano mozo muy regocijado y de mucho despejo; trabajaba con Doménikos Theotokópoulos, con quien había venido de Italia en 1576, cuando el Greco fue contratado en Roma para que decorase la iglesia de Santo Domingo el Antiguo,[8] y tenía aún en sus ojos todo el deslumbramiento de una adolescencia entusiasta, vivida en una tierra llena de las opulencias del arte, frecuentando los grandes talleres, donde había conocido a los Veronés, a los Tintoretto, donde había visto pasar como un dios a Miguel Ángel, donde había tenido la honra de hablar con Tiziano Vecelli, amigo y maestro de Theotokópoulos.

¡Tiziano! El inmenso artista había muerto en Venecia ese mismo 1576, de la peste, y a la edad de 99 años, y a Gaetano le había sido dado contemplarle, aún con el pincel en la maestra mano trémula, y honrado por artistas, por sabios y príncipes, al igual de un emperador.

---

[8] No se sabe con certeza por qué el Greco (1541-1614) decide salir de Roma, pero se tiene conocimiento de que en aquella ciudad no realizaba encargos importantes; por otro lado, la posibilidad de participar en la decoración de El Escorial era interesante. En Italia conoce a Luis de Castilla, quien le consigue un contrato con su hermano —el deán Diego de Castilla— para trabajar en la iglesia de Santo Domingo el Antiguo en Toledo, adonde llegó hacia 1577.

Bastábale cerrar los ojos para ver la nobilísima figura, el rostro oval, impregnado de cierta vaga tristeza, la nariz de perfecta curva, la sedosa barba blanca del maestro incomparable.[9]

—Bellas historias de Italia sabéis, Gaetano —dijo Mencía—. Y es donoso para contarlas —añadió volviéndose a Lope—; muchos donaires sabe mezclar con ellas. ¿Venís aún a hablarnos del Tiziano, o de ese nuestro Greco de tan extravagante condición, y que tras enojarse con el cabildo de la catedral, no es bastante cortesano para contentar siempre al rey nuestro señor?[10]

—No es muy blando de carácter mi maestro; altivo se muestra siempre en demasía, y le he oído afirmar en muchas ocasiones que no hay precio para pagar sus cuadros, y que a él los ducados que gana, que son tantos, nadie se los escatima, porque todos los grandes saben lo que vale. Pero altivo era también su maestro Tiziano, al cual los propios reyes, como Francisco I, pedían con cierta humildad que les hiciese su retrato, y que fue honrado por el emperador Carlos V, señor del mundo,[11] como lo ha sido por su hijo

[9] Posiblemente la descripción se refiere al *Autorretrato* (1567) de Tiziano Vecellio (1488-1576) que se conserva en el Museo del Prado. Está pintado de perfil, viste traje negro, sostiene un pincel en la mano derecha y lleva en el cuello la cadena de Caballero de la Espuela de Oro y Conde Palatino, otorgada por Carlos V (1500-1558).

[10] El carácter irascible y obstinado del Greco lo llevó a sostener muchas disputas relacionadas con su profesión. En su cuadro *Expolio* (1577-1579), pintado para la sacristía de la Catedral de Toledo, la presencia de las tres Marías (parte inferior izquierda) no se documenta en los Evangelios, esto generó una confrontación con el cabildo. La firmeza de carácter del Greco impuso su voluntad.

[11] Sabida es la frase de Carlos V, quien, al recoger los pinceles de Tiziano, que se habían caído de las manos del maestro, exclamó: "Un gran artista debe ser servido hasta por un emperador" (nota del autor).

el rey don Felipe. ¡Id al Alcázar de Madrid; id al Escorial y veréis en qué aprecio se tienen sus lienzos! La mayor parte de ellos fue mandada hacer por el emperador y por el rey con verdadero encarecimiento. Y a fe que razón han tenido en ufanarse de sus cuadros. Pues, ¿quién hubiera pintado como él a la hermosa emperatriz doña Isabel de Portugal?[12] ¿Quién hubiera hecho con más riqueza y hermosura de color, con más brío, el retrato ecuestre del emperador cuando su victoria en Mühlberg?[13] ¿Quién le habría superado en la verdad de los retratos del emperador y del rey, en que el primero acaricia un mastín[14] y el segundo muestra todos los caracteres de su temperamento;[15] y quién hubiera ejecutado con más admirable suavidad el lienzo de Venus y Adonis,[16] hecho

---

[12] A petición de Carlos V, Tiziano realizó dos versiones del retrato de la reina Isabel (1503-1539). En el primero (1545), basado en uno anterior titulado *Molto simile al vero, benché di trivial' pennello*, atribuido al pintor manierista William Scrots (1537-1553) y destruido en el incendio del Palacio del Pardo en 1604, la monarca aparece con un vestido de color negro y una corona imperial a sus espaldas. Éste último sirvió a su vez como modelo para la segunda versión, finalizada en septiembre de 1548; en la pintura la reina aparece sentada, a su espalda se encuentra una ventana a través de la cual se representa un paisaje de tonos fríos que contrastan con los interiores cálidos.

[13] Se trata de *El emperador Carlos V, a caballo, en Mühlberg* (1548). La manera como está retratado el monarca simboliza su descendencia romana y su condición de caballero de Dios. Con esta obra Tiziano inaugura el género del retrato real ecuestre. El cuadro refiere al hecho histórico de la madrugada del 24 de abril de 1547 cuando el ejército católico de Carlos V cruzó el río Elba, atacó por sorpresa y venció a las tropas protestantes de la Liga de Esmalcalda.

[14] *El emperador Carlos V con un perro* (1533). Primer retrato de cuerpo entero que pinta Tiziano, está hecho a partir del cuadro de Jacob Seisseneger (1505-1567). La pintura fue realizada en Bolonia durante la estancia de Carlos V en dicha ciudad.

[15] El retrato *Felipe II* (1550-1551) fue pintado en Augsburgo cuando Felipe era príncipe. Éste quedó insatisfecho con la pintura, al parecer por la prisa con que se realizó. Como símbolo de nobleza destaca la armadura que porta, conservada actualmente en la Armería Real del Palacio Real de Madrid.

[16] *Venus y Adonis* (1553-1554), cuadro encargado por Felipe II. Tiziano

especialmente para el rey don Felipe, y cuya contemplación suele poner una sonrisa en esa faz que casi nunca se ilumina?

Gaetano se enardecía más y más, advirtiendo el agrado con que Lope y Mencía le escuchaban.

—¡Sabed —agregó— que un príncipe tan artista y tan opulento como Alfonso de Este, no hallaba en su corte manera digna de agasajar al Tiziano, y sabed asimismo que el gran pontífice León X le amó y admiró al par de Buonarroti y de Rafael...! ¡Y pensar que su primer maestro, Bellini, le predijo que no sería jamás sino un embadurnador cualquiera!... ¡Si él y Giorgione, que lo envidiaban, le hubiesen visto después, venerado por el mundo, glorificado por todos los grandes de la Tierra!... ¡La gloria! —exclamó Gaetano a manera de síntesis—, ¡qué bella es la gloria! ¿Cuándo la alcanzaremos nosotros, Lope?... Porque yo creo en ella y la aguardo... Y vos, Mencía, ¿creéis en la gloria?

—¿Cómo no he de creer en la gloria si llevo el paraíso en el corazón? —respondió Mencía mirando tiernamente a Lope.

—Bien decís, Mencía: el amor, un amor como el vuestro, es la gloria más real y más pura. Acaso la prefiriera a la de mi maestro el Greco... en cuyo triunfo creo ciegamente.

—Decid, Gaetano —insinuó Lope lleno de curiosidad—, ¿podríais vos proporcionarme una oportunidad de conocer al Greco?

—Nada más fácil, amigo mío, pues que le veo a diario. Esta siesta, a las dos, he de hablarle, y ciertamente podríais acompañarme. Él os acogerá con extremada simplicidad.

---

se inspiró en las *Metamorfosis* (h. 3 d. C.) de Ovidio (43 a. C.-17 d. C.). La escena muestra el momento en que Adonis sale a cazar. Venus, sabiendo el destino fatal de su amado, intenta detenerlo.

—¿Adivináis —agregó el italiano después de una pausa— adonde irá Doménikos después, a las tres de la tarde precisamente y por cierto en mi compañía?

—No acierto…

—¡Pues a ver al rey!

—¿Al rey?

—Sí, señor, al rey. Su majestad no piensa más que en el ornato de El Escorial; quiere que corresponda a la magnificencia del edificio, del cual cuentan que dijo a Herrera: "Hagamos un monumento digno de la grandeza del Dios que adoramos, y que recuerde a las generaciones futuras mi poder y mis victorias". ¿Sabéis que ha hecho a mi maestro numerosos encargos, entre ellos el cuadro del martirio de san Mauricio y sus compañeros,[17] que su majestad desea vivamente, y que ha de colocar en el monasterio con todos los honores… cuando el Greco quiera concluirlo, que no sé cuándo será? Su majestad le ha enviado a recordar desde Madrid, en diversas ocasiones, este cuadro; ahora que está en Toledo le ha hecho llamar para hablarle de ello y quizás de otros trabajos.

—Decid, Gaetano, pues que vos iréis con el maestro al Alcázar, qué, ¿no me sería dado a mí también ver al rey? No le conozco…

---

[17] Una versión relata que san Mauricio (?-h. 287), jefe cristiano de la legión Tebana, se opuso en las Galias a rendir culto a los dioses romanos, por este motivo fue ejecutado con todos sus soldados. La pintura *El martirio de san Mauricio* (1580-1582) fue encargada por Felipe II para decorar la basílica del monasterio de El Escorial; la versión final no fue del agrado del rey debido a la inclusión de elementos contemporáneos, relegando el tema religioso a segundo plano. Como el Greco se negó a hacer modificaciones, finalizó la relación entre ambos. Theotokópoulos quedó marginado como pintor de la corte y se dedicó a realizar trabajos para nobles y religiosos toledanos.

—¡No le conocéis! *Per Baco!* Y le habéis visto tantas veces...

Lope experimentó de nuevo la penosa confusión, el angustioso extravío que a veces le invadían el alma durante aquella visión de otros tiempos..., pero reportándose luego, respondió:

—Le he visto siempre de lejos, le he distinguido apenas. En Madrid, cuando he encontrado su coche, las cortinillas estaban echadas.

—Sin embargo —intervino Mencía—, me contaste, Lope, que siendo niño, allá por el año de 1560, asististe en Toledo a la jura del príncipe don Carlos, que con muchísima pompa celebrose en la catedral.

—Claro —respondió Lope cada vez más confuso—, pero hace tantos años... ¿Es cierto —siguió diciendo para disimular su turbación— lo que cuentan del rey?

—¡Tanto cuentan! —interrumpió Gaetano—. Referid vos, Lope, lo que sabéis.

—Cuentan —empezó éste— que a pesar de lo que se dice en contra, corteja mucho a las mujeres, y que frecuentemente se solaza en su compañía; cuentan que en Madrid, por las noches, recorre enmascarado las calles de la villa, no con ánimo pecaminoso, como lo hacía don Carlos, su hijo, quien paseaba disfrazado por los peores lugares, sino más bien para investigar muchas cosas que de otra suerte no conocería; cuentan que no es tan enérgico como se afirma: que personalmente sería incapaz de negar nada, y que por eso gusta de dar sus órdenes a cierta distancia; cuentan que es tan orgulloso, que jamás sigue un consejo, a menos que no se le dé indirectamente, y él lo escuche como a furto de todos. Cuentan (y en esto no hay mal, sino bien), que a sus solas compone versos y tañe la vihuela, y aun se repite una glosa suya que dice:

> Contentamiento, ¿do estás
> que no te tiene ninguno?[18]

Cuentan (y en esto sí hay mal), que es disimulado y rencoroso, y que harto lo probó con los rigores de que dio muestra con el dicho príncipe don Carlos, más inadvertido que perverso, y con sus crueldades en los Países Bajos (donde han acabado por llamarle "el demonio del Mediodía"). Cuentan, aunque no lo creen sino los maldicientes, que alguna parte tuvo en la muerte de su hermano don Juan, cuya gloria y cuyas aspiraciones nunca vio con buenos ojos.[19] Cuentan que…

—¿Y cómo no cuentan —interrumpió con cierto asomo de enfado Mencía— que es muy sabio, generoso y desprendido, como lo prueban las fundaciones del Archivo de Simancas, de El Escorial, de la Universidad y colegios de Douay en Flandes y de las escuelas de Lovaina, de que he oído hablar mucho y con harto elogio a los padres del convento?

---

[18] A pesar de que estos versos se atribuyen a Felipe II, forman parte de la poesía tradicional española. La copla completa —aunque existen muchas variantes— dice: "Contentamiento, ¿do estás / que no te tengo ninguno? / Si piensa tenerte alguno, / no sabe por dónde vas". Viqueira, *Camões*, p. 99.

[19] Bautizado con el nombre de Jerónimo, Juan de Austria (1545-1578) fue un personaje incómodo para la corona española por ser hijo natural de Carlos V y Bárbara Blomberg (1527-1597). Combatiendo en Flandes (1578), enfermó de tifus y su ejército sufrió bajas importantes, por este motivo solicita dinero y más tropas a Felipe II. La petición fue denegada por el monarca.

"Cómo no cuentan que es muy devoto del Santísimo Sacramento, que es muy sobrio, que habla poco, que tiene gran paciencia, aun cuando le molestan de sobra, y gran señorío de sí mismo;[20] que trabaja más que su salud lo permite; que es harto capaz para cualquier negocio; que gusta de la soledad y se santifica en ella; que, poseyéndolo todo, de todo se muestra desasido, hallando paz su espíritu en esta dejación de las cosas perecederas; que ama las artes, especialmente la arquitectura, y no cree que ejercerlas es propio de villanos, como lo piensan muchos señores, tan ignorantes que firman con una cruz y que no saben más que la ciencia del blasón y la de las armas. Cómo no dicen que es bondadoso y afable con los humildes, si duro y altivo con los grandes, y que, por último, si es cierto que se le ve tan taciturno y apartado, fuerza es pensar que lleva en el corazón profundísima herida: la que le hizo con su muerte su primera mujer, doña María de Portugal, que de Dios haya, de la que enviudó tan temprano, y que fue el único amor de su vida…"

—Y habrá que decir también en su abono —exclamó Gaetano—, en primer lugar, que ama y admira a Tiziano Vecelli, el más grande de los pintores; en segundo lugar, que ha encomendado muchos cuadros al Greco, el más ilustre de los maestros que hay ahora en España (cuyo espiritualismo antiacadémico y libre halaga la índole ascética de don Felipe), y en tercero, que ha protegido el estilo del *cinquecento*, ese estilo frío, adusto, pero noble y majestuoso por sus pro-

---

[20] "¡Ve aquí el tintero y aquí la salvadera!", cuentan que dijo Felipe a su secretario, mostrándole las dos cosas, y sin alterarse porque aquél, medio dormido, al echar polvo sobre una carta que, con otras muchas, había escrito el rey de su puño y letra durante toda la noche, echó la tinta, manchando el papel. El monarca, dicho esto, volvió impasible a escribir carta por carta; ejemplo, "único" quizá, de dominio sobre sí mismo (nota del autor).

porciones, creado por Juan de Herrera, y que con mucho acierto sustituye a la prodigalidad de detalles ornamentales del Renacimiento español, y, sobre todo, a ese plateresco de Egas, Badajoz y Vallejo, que no me seduce, por cierto.

—Por todas estas cosas y por otras muchas —dijo Lope, a manera de conclusión—, quisiera ver al rey don Felipe II.

—¡Y vive Cristo que, o poco he de valer yo en el ánimo de mi maestro Theotokópoulos, o esta misma tarde, a las tres, iréis con nosotros al Alcázar.

—¿Me lo prometéis?

—Os lo prometo. Antes de las dos vendré a buscaros.

Y dicho esto, Gaetano se despidió graciosamente, y alegre y ágil bajó los escalones de dos en dos.

V

DOMÉNIKOS THEOTOKÓPOULOS

A las dos, en efecto, y cuando Lope y Mencía habían concluido su sencilla pitanza, volvió Gaetano con ánimo de llevarse a Lope.

—No le retengáis mucho —dijo Mencía al italiano—. La tarde será calurosa; si volviese a tiempo, holgaría de pasear con él.

—Tarde oscurece ahora —respondió Gaetano—. A las cinco le tendréis de regreso.

Mencía despidió con tiernísima mirada a su esposo y fuese a continuar su bordado, mientras los dos jóvenes se alejaban cogidos del brazo.

Cuando llegaron a la casa del Greco, éste comía aún, en una gran pieza, donde en cierta confusión había telas y muebles de bella y rara apariencia. Veíanse por todas partes bocetos y dibujos, entre ellos algunos del Tiziano; bronces y mármoles mutilados, de Grecia y Roma; varios paisajes del Archipiélago, especialmente de la isla de Candía; copias en yeso de monumentos antiguos, entre ellas una admirable reducción de la Acrópolis; medallas, maderas talladas, etcétera.

El Greco y un caballero, principal a juzgar por el acicalamiento y belleza del traje, daban fin a suculenta comida, que cuatro músicos amenizaban, desde un ángulo de la vasta pieza, tañendo bien acordados instrumentos. Eran frecuentes estos conciertos, en que los tañedores solían ser recompensados grandemente, según el humor y las ganancias. Músico hubo que, en un movimiento de liberalidad del maestro, recibió una cadena de oro de cien ducados.

Era el pintor muy joven aún: de 32 a 35 representaba apenas, no obstante los asomos de calvicie, que habían despoblado ya y ensanchado su frente. Llevaba la barba no muy espesa y terminada en punta, la cual alargaba aún más su rostro, ya largo de suyo. Su nariz era de aguileño corte, aunque quizá un poco grande; sus ojos no muy brillantes ni expresivos, y sus orejas algo desproporcionadas. Hablaba en italiano a su amigo, con voz áspera y parecía referirle con animación una historia.

En el mismo idioma saludole Gaetano, añadiendo algunas palabras lisonjeras para presentarle a Lope, quien, un poco intimidado, se mantenía a cierta distancia.

—Sentaos, don Lope —dijo sin ceremonia alguna el Greco, en el peor español del mundo y con el más detestable de los acentos. Y señalando al caballero que con él comía, el cual representaba poco más o menos su edad, y que con una simple inclinación de cabeza había respondido al saludo de Lope y de Gaetano, agregó, dirigiéndose al primero:

—Mirad bien a este caballero y decid si os place su retrato. —Y le indicaba en un caballete cercano, un lienzo, empezado, como los otros, numerosos, que se veían por todas partes.

En él, el caballero aparecía de pie y de frente, con la mano izquierda, larga y espatulada, apoyándose sobre el pecho, separados el pulgar, el índice y el dedo meñique, y unidos los otros dos en esa elegante disposición tan cara a los viejos maestros. La barba, negra y puntiaguda también, caía con cierta austeridad sobre su gola blanca, y sus ojos tranquilos parecían ver, sin mirar, un punto lejano. Al lado izquierdo, abocetado aún, se percibía el puño de su acero.[21]

—Admirable es el lienzo —exclamó sinceramente Lope.

—¿Os gusta, eh? Pues a vos también he de retrataros un día —respondió, visiblemente complacido, el pintor.

—¿Sabéis, Gaetano, que vuestro amigo tiene una fisonomía interesante? —agregó—. Mi maestro el gran Tiziano afirmaba que no se deben retratar sino aquellos rostros en los que la naturaleza ha impreso un especial carácter. No era él, ciertamente, un retratista complaciente, y aun los príncipes hubieron de insistir para que los pintase.

La acogida un poco brusca, pero llana y cordial del joven maestro, había quitado a Lope hasta la última brizna de su timidez característica en su nuevo estado.

Era grande su admiración por el Greco, que si no gozaba aún de la notoriedad que le dieron después en Toledo (quizá más que sus amigos, sus opositores, dispuestos siempre a hablar de su extravagante condición y manera), empezaba

---

[21] La descripción recuerda la pintura *El caballero de la mano en el pecho* (1580). Pese a diversas especulaciones, se desconoce la identidad del personaje retratado; por ello Nervo asume que el caballero italiano —acompañante del Greco—, es el mismo de la famosa pintura.

ya, sin embargo, a retratar a muchos hidalgos de Castilla, imprimiendo en todos estos trabajos su imborrable sello; y la idea de que él también merecería ser pintado por aquella mano maestra, le llenó de alegría.

La conversación se generalizó a poco y se volvió animada.

Theotokópoulos habló de Italia; de su llegada a Toledo; de la impresión que esta ciudad admirable hizo en él; de cómo la había pintado y cómo la pintaría aún muchas veces; de sus desacuerdos con el cabildo de la catedral, que después de una tasación injusta, sólo le dio por uno de sus cuadros más trabajados, "tres mil e quinientos reales"; del rey que no entendía ni gustaba sino a medias su arte, y que frecuentemente hacía que le fueran a la mano en sus cuadros, cosa que a él le irritaba más allá de toda ponderación; y, por último, de un gran lienzo que le habían encargado para la iglesia de Santo Tomás, esa vieja mezquita renovada en el siglo xiv por el conde de Orgaz,[22] y cuya graciosa y elegante torre mudéjar era la que más en Toledo le gustaba.

—¿Y qué cuadro será ése, maestro? —preguntó Lope.

—Será —respondió Doménikos—, el entierro del dicho conde de Orgaz, que murió en 1323, y en el cual ha verse la aparición de san Esteban y san Agustín. Magna obra ha de ser, lo aseguro; de una ordenación y composición muy laboriosas. Toledo entera aparecerá en el lienzo, asentada en su trono de piedra, y haré de cada uno de los personajes que figuran en el cuadro un verdadero retrato.

---

[22] Gonzalo Ruiz de Toledo (?-1323) fue un noble que otorgó dádivas a la iglesia de Santo Tomé. A manera de homenaje póstumo se encargó al Greco en 1586 la pintura *El entierro del señor de Orgaz* (1588). Ésta se divide en dos partes: la mitad inferior simboliza lo terrestre; la superior, lo divino. El asunto central del cuadro describe el milagro ocurrido en el entierro de Gonzalo Ruiz, sepultado por san Agustín (354-430) y san Esteban.

—Vos —añadió dirigiéndose al caballero su comensal—, por de contado que figuraréis allí. Afortunadamente —siguió diciendo con ironía—, este cuadro no es para el rey don Felipe, y así no le pondrá peros.

—A propósito, maestro —insinuó Gaetano—, Lope desearía acompañaros a ver al rey, que tan pronto os recibirá. ¿Permitiréis que vaya conmigo?

—Vaya en buena hora —respondió el Greco—, si así le acomoda; que como en la antecámara real no pongan reparos, yo no he de ponerlos.

VI

EL REY DON FELIPE

El Greco y sus dos acompañantes vieron abrirse por fin una mampara, y fueron introducidos, de la antecámara donde esperaban hacía algunos minutos, y en la que había varios lujosos guardias de la Borgoñona y la Alemana, con algunos monteros de Espinosa, a una espaciosa cuadra tapizada toda ella de maravillosos tapices de Flandes, y en la cual estaba el rey, de pie, al lado de ancha mesa que ostentaba gran cubierta de terciopelo con flecos y motas de oro, de las que por aquel tiempo se tejían y bordaban en Nápoles, y sobre la cual se veían muchos papeles en legajos o sueltos, un bello trozo de ónix verde de la Puebla de los Ángeles, semejante a los que se empleaban en algunas ornamentaciones de la iglesia de El Escorial, y un gran Cristo de marfil.

Detrás del rey había un sillón, en cuyo respaldo, entre rojos arabescos, se destacaba el águila imperial.

Vestía don Felipe de negro, muy elegantemente; pero sin bordado alguno de oro o plata, ni más joya que el Tusón, pendiendo en la mitad del pecho de un collar esmaltado de oro, hecho de dobles eslabones unidos a pedernales, con la divisa: *Ante ferit quam flamma micet.*[23] Esta insignia, en efecto, gozaba de la preferencia del rey. Antes de él, pertenecía el derecho de conferir la dignidad correspondiente al Capítulo de la Orden; pero don Felipe abrogose el poder de concederla según su real beneplácito, aboliendo, por tanto, el artículo de los estatutos que había limitado siempre el número de los caballeros.

Era el rey, según pudo ver Lope, de estatura mediana, esbelto aún a pesar de la edad, blanco y rubio. Los grandes retratistas que se llamaron Tiziano, Moro, Sánchez Coello, no habían alterado en sus lienzos una línea sola de aquella fisonomía un poco austera y displicente. Aparecía tal cual en sus retratos. Llevaba recortada a la flamenca la barba, en la que con el oro radiaban ya algunas hebras de plata.

Su mirada, clara y profundamente tranquila, no tenía expresión alguna.

Avanzaron los tres uno tras de otro, siendo Lope el último, e hincada la rodilla besaron la real mano, cubierta por guante de ámbar, y quedaron después a respetuosa distancia.

—Doménikos Theotokópoulos —dijo el rey con voz glacial, pero sin el menor asomo de dureza al pintor, y sin mirarle a la cara—: deseo que pongáis más diligencia en los cuadros que se os han encomendado para El Escorial. Bien sabéis el empeño que he puesto en el ornato interior de las salas de los capítulos, para que sean dignos de la grandeza de toda la obra.

—Y lo serán, ciertamente, señor —respondió el artista con su pésimo acento—; créame vuestra majestad que trabajo con empeño para servirla.

---

[23] "Golpea antes de que brille la llama." Mote o divisa que lleva en su collar la orden del Toisón de Oro fundada por Felipe III, el Bueno, duque de Borgoña (1396-1467).

—Huélgome de ello —respondió don Felipe—. ¿Habéis madurado ya el asunto de nuestro cuadro? De él, especialmente, quería hablaros. Debe ser este asunto, según sabéis, la negativa de san Mauricio, jefe de la legión cristiana de Tebas, a sacrificar a los falsos dioses. Quiero que sea cuadro de mucha piedad y edificación. Tened, pues, buen ánimo, y dadle pronto remate.

El Greco, que tenía sobre la conciencia su desvío para el cuadro, proveniente, ya de que el asunto no le gustaba, ya de que no se le permitía en él ejercitar toda la independencia de su pincel, había pretextado que le faltaban elementos para su obra. Así es que, ante la pregunta del rey, halló que venía a pelo la excusa, y respondió:

—Antes lo hubiera hecho, de tener lo necesario. Juan de Herrera os habrá dicho, señor...

—Sí; que os faltaban dineros y colores; de todo se os proveerá. Así lo he ordenado. El mismo Juan de Herrera, cuando vayáis a Madrid, os dará nuevos encargos.

—Todos los que vuestra majestad me haga por su conducto, serán ejecutados con celo. Hombre es Juan de Herrera que sabe hacerse entender y a quien yo tengo en gran estima.

—Gentilhombre de prendas es —dijo el rey— tan sabio, como modesto y laborioso. Y estos jóvenes —añadió don Felipe volviéndose afablemente hacia Gaetano y Lope—, ¿son vuestros discípulos?

—El uno, señor, lo es. Conmigo vino de Italia —respondió el Greco señalando a Gaetano—; el otro es platero de oficio, y hame dicho que trabaja una custodia para una iglesia de Toledo.

—Noble arte es el vuestro —dijo el monarca a Lope—, y en él tenéis predecesores ilustres. ¿Conocéis las custodias de Enrique Arfé? El emperador, mi señor y padre, teníalo en mucha estima.

Lope quiso responder, pero en aquel momento luchaban en su espíritu sensaciones y sentimientos muy encontrados. Del fondo de su ser subía algo como la convicción íntima de su personalidad anterior al sueño; también él era rey, rey descendiente de este monarca pálido, minucioso, devoto, displicente, mesurado y frío, cuya historia leyera tanto, y un choque de personalidades, de recuerdos confusos lo turbaba. No pudo hablar. El rey, más afable aún, creyéndole intimidado, díjole:

—¡Sosegaos, sosegaos!

Y volviéndose al Greco:

—¿Habéis visto últimamente El Escorial?

—Lo he visto, señor; notable en su severidad, así como la gallardía y hermosura de su iglesia. Herrera interpreta con suma pureza el Renacimiento. Es un artista sereno, sencillo y grande, y El Escorial digna obra suya y vuestra, señor.

—Pláceme lo que me decís, Doménikos Theotokópoulos. Bien sabéis que yo he querido edificar un palacio para Dios… ¡y una choza para mí! —añadió sonriendo levemente, tras de lo cual los tres besaron la mano que el monarca les tendía, dando por terminada la audiencia.

VII

MIRANDO CAER LA TARDE

Gaetano acompañó a Lope hasta el portal de su casa, después de haber dejado los dos a Doménikos en la suya, y ahí se despidieron los amigos, aquél, siempre vivo y alegre; éste, un poco impresionado y confuso todavía.

Cuando Lope subió a su bohardilla, Mencía trabajaba aún

en su bastidor. Por la ventana abierta entraba la viva luz de una tarde estival.

La incomparable criatura dejó su labor y fue al encuentro de su marido, riente y amorosa.

—La tarde no puede ser más bella —dijo—. ¿Iremos a pasear?

—Iremos —respondió encantado el orfebre; y calándose el modesto bonete de fieltro gris con pluma negra mientras ella se ponía el manto, descendieron la empinada escalera y pronto se encontraron en el Zocodover.

Varios vecinos les saludaron al paso.

—¡Dios acompañe a vuesas mercedes! —díjoles una vieja que tomaba el sol en un portalucho húmedo.

Numerosos mendigos rodeáronles, y con tan instantes súplicas los acosaron, que Lope puso en sus manos algunos maravedíes.

Un poco más allá un grupo de gente los detuvo. Más de veinte bobos hacían círculo en derredor de dos perillanes que, con no muy pulidas razones, se denostaban.

Habían reñido porque el uno, que estuvo en la Nueva España y sirvió al marqués del Valle, hijo de Hernán Cortés, encontrándose en la taberna vecina, donde jugaban a las tablas, charlaban o cantaban acompañados de la vihuela algunos soldados, había menospreciado al otro, el cual pretendía haber estado con los tercios españoles en la guerra de Francia, a las órdenes del conde Egmont, cuando, según el primero, nunca fue más que un rapavelas de cierta iglesia de Medina del Campo, donde él le había conocido.

—Si no mirara que sois viejo —decía el supuesto sacristán a su antagonista— os hundiría mi espada en el pecho, hasta los gavilanes.

—¡Si se creerá joven el sacristán! —contestaba con sorna el otro, que era un sesentón magro, barbicerrado, sucio y amarillo—; ¡si habrá pensado que mi pecho es tan blando como la cera de sus cirios! Vuélvase a la taberna a rascar la vihuela con la gente ruin y de poco precio a quien divierte, o vive Cristo que quedará más molido que alheña.

Lope y Mencía lograron, al fin, abrirse paso a través de los curiosos y siguieron su camino.

Entraron bajo el arco de la Sangre, que por una escalinata los llevó, pasando por el parador del Sevillano, a Santa Cruz. El admirable edificio, con su hermosa portada, su noble vestíbulo y su iglesia, detúvoles algunos minutos en su tranquilo y contemplativo vagar. Fueron después hasta la plaza del Alcázar, el cual se erguía severo y triste en la paz de la tarde asoleada, y en cuyas escaleras el césar Carlos (que había mandado reedificarlo en los comienzos del siglo XVI), según sus propias palabras, "se sentía emperador".

En el gran patio, rodeado de su doble columnata corintia, advirtieron gran bullicio de pajes, escuderos y soldados, y en la plaza, y en el espacio comprendido entre el edificio y Santiago de los Caballeros, vieron mucha gente baldía que aguardaba la salida de algún personaje palatino, divirtiéndose con el trajín y balumba de servidores y militares.

Fueron después hasta la puerta de Alcántara, pasaron el puente, donde se detuvieron un punto, pensativos, viendo correr la turbia linfa del Tajo, y ascendieron suavemente por la colina en que se asentaba, hosco y sombrío, el castillo de San Servando.

Ahí, sobre unas motas de césped, sentáronse a la sombra de los altos muros.

La gran Toledo extendíase frente a ellos con toda su

majestad imperial, radiando al sol la cruda viveza de sus varios colores, recortando en el divino azul su orgullosa silueta almenada y erizada de torres, entre las cuales se definía, precisa y soberbia, la mole del Alcázar.

San Servando, acariciado por el sol, era imponente sobre toda ponderación. Del carácter guerrero religioso que desde la reconquista de Toledo por Alfonso VI, en 1085, había adquirido la fortaleza, y que había mostrado por espacio de algunos siglos, hasta principios del decimocuarto, en que los templarios la abandonaron, apenas si quedaban vestigios. El castillo restaurado en la época de las terribles luchas entre don Pedro I y don Enrique de Trastámara, ahora estaba de nuevo en ruinas, pero mostrando aún cierta dignidad medieval en sus torres imperiosas.

Lope y Mencía contemplaron algunos instantes los descalabrados muros, y volvieron luego los ojos hacia la hermosa perspectiva cercana.

A sus pies corría el Tajo en su lecho de rocas, ciñendo casi por completo con sus brazos fluidos a la ciudad, como a una amada. Más allá, al otro lado del arrabal de Antequeruela, se adivinaba la vega apacible y florida.

El cielo era de una incontaminada pureza. Una suave frescura primaveral llegaba de los campos, de las peñas, del río.

Mencía apoyó su cabeza en el hombro de Lope. Pasole éste el brazo por el talle, y enamorados, mudos, felices, quedáronse contemplando el claro cristal de la tarde, la mansedumbre melancólica del paisaje, y escuchando el vago y complejo rumor que venía de Toledo, un rumor que parecía hecho de las voces de los vivos y de las voces de los muertos; de los carpetanos que fundaron la ciudad; de los romanos que la conquistaron; de los visigodos que en ella se convirtieron a Cristo; de los moros que la habitaron cuatro siglos y la hicieron próspera; de los castellanos que trajeron a ella su fe acorazada de acero. La voz de los padres antiguos que ahí celebraban sus concilios y de los cardenales opulentos que se llamaban los Mendoza, los Tenorio, los Fonseca, los Ximenes, los Tavera, y que hicieron de aquellos peñascos diademados de almenas un imperio de arte y de pensamiento.

Y parecíale a Lope que dentro de él mismo se escuchaban también los rumores de todas las épocas; que en él gritaba la voz de los que se habían callado para siempre; que era él como una continuación viva de los muertos; que siempre había vivido, que viviría siempre, juntando en su existencia los hilos de muchas existencias invisibles de ayer, de hoy, de mañana.

Contempló a Mencía. Ésta había separado la cabeza de su hombro y, sentada sobre la hierba, con los ojos muy grandes, muy luminosos, fijos en los suyos, parecía seguir el camino de sus pensamientos.

Y a ella, pensó Lope al verla, que siempre la quiso. ¡Desde quién sabe qué recodos misteriosos del pasado venía este amor!

¡Era la criatura por excelencia, hecha como de una alquimia divina!

Era la compañera ideal, casta, apacible, con un poco de hermana en su abandono, con un poco de madre en su ternura.

Era el alma cuyo vuelo debía periódicamente en los tiempos cruzarse con el suyo, cuya órbita debía con la suya tener forzosamente intersecciones.

¡Para él habíala Dios hecho, *tota pulchra*; como los más claros cristales, clara; incorruptible como el oro e inocente como la rosa!

—¿Verdad que siempre me has amado? —le preguntó de pronto con indecible ímpetu, atrayendo su cabecita oscura y buscando ávidamente el galardón de sus labios.

—¡Siempre! —respondió con simplicidad la voz de plata—. ¡Siempre!

VIII

¡NO TE DUERMAS!

Empezaba a oscurecer, envaguecíanse ya los perfiles ásperos de las murallas y las rocas, y algunas estrellas punteaban el profundo azul.

Lope y Mencía levantáronse silenciosamente y, cogidos del brazo, echaron a andar hacia la ciudad, donde, en el laberinto de callejuelas, parecía enredarse ya, como una víbora negra, la noche.

Aquí y allí las estrechas y escasas ventanas se encendían; comenzaba a llamear el pálido aceite de las lámparas que ardían en innumerables nichos y hornacinas ante los cristos, las vírgenes y las estatuas orantes de los santos. A veces tropezaban con tal o cual litera precedida de pajes con hachones, que luego se perdía fantásticamente en el declive de un callejón o llenaba de estruendo los ámbitos alguna carroza tirada por mulas de colleras. Tras las ventanas, sólidamente enrejadas, se adivinaban siluetas de mujeres pensativas…

Lope y Mencía caminaban lentamente.

Una gran tristeza caía sobre el alma de él, y un presentimiento poderoso decíale que ella también estaba triste.

Tristes los dos: ¿por qué?

Ella lo sintetizó más tarde en estas solas palabras: "¡Tengo miedo de que duermas!".

¡Ah, sí; él también tenía miedo de eso…!

A medida que llegaban las sombras, parecíale que todo: la ciudad, las gentes, su Mencía misma, tenían menos realidad... ¡Si iría el sueño a disolver aquello como a vano fantasma!

¡Si estaría aquello hecho de la misma sustancia de su ensueño!

¡Si al dormir perdería a su amada! ¡Qué desconsuelo, qué miedo, qué angustia!

Al fin subieron la empinada escalera, y ya en su bohardilla encendieron un velón. A su débil luz la custodia llameó vivamente. Allí estaba, enjoyada de amatistas y de topacios.

Su arquitectura de oro y plata se erguía misteriosa y santa... Representaba a la celeste Sión, "donde no hay muerte, ni llanto, ni clamor, ni angustia, ni dolor, ni culpa; adonde es saciado el hambriento, refrigerado el sediento y se cumple todo deseo; la ciudad mística de Jerusalén, que es como un vidrio purísimo, cuyos fundamentos están adornados de piedras preciosas; que no necesita luz, porque la claridad de Dios la ilumina, y su lucerna es el Cordero".[24]

Mientras él quedaba contemplando aquella obra admirable de sus geniales manos de orfebre, Mencía fue a preparar la humilde cena, y volvió a poco con un trasto que humeaba levemente, despidiendo gratos olores.

—Berenjenas con queso, de que tanto gustas —dijo.

Cenaron en una esquina de la mesa, muy juntos y muy silenciosos, mirándose casi de continuo y sintiendo él que sobre la frugal pitanza querían caer sus lágrimas.

Tras unos cuantos bocados retiró Lope la escudilla con desgano, e impulsado por un incontenible ímpetu de ter-

---

[24] Véase nota 1.

nura, ciñó suavemente a Mencía por el talle, llevola hacia la ventana, arrellanose allí en un viejo sitial de cuero, hízola a su vez sentarse sobre sus rodillas y empezó a acariciarla castamente, pasándole la diestra, temblorosa, como para bendecirla, sobre los negros y abundantes cabellos.

Ella quedósele mirando con una indecible expresión de amor y de angustia.

Un vago entorpecimiento parecía ya amargar a Lope.

¡Qué bien estaba allí! Por la ventana entraban los hálitos primaverales y la luz de las estrellas. Toledo empezaba a dormir; íbanse apagando todos aquellos rumores de los que Lope había creído discernir la voz de los vivos, mezclada con la voz de los muertos... Amaba con todas las fuerzas de su corazón, era amado serenamente por aquella santa y luminosa criatura... ¡Qué íntima sensación de seguridad y de paz lo invadía...! ¡Qué bueno era apoyar su cabeza entorpecida en la blanda y palpitante almohada de aquellos senos y... dormir... dormir...!

—¡No, no! —exclamó Mencía como si hubiese seguido los pensamientos de Lope—. ¡No te duermas! ¡No te duermas! ¡Lope mío, por Dios, no te duermas!

Lope hizo un esfuerzo y abrió aterrorizado, cuan grandes eran los ojos, que comenzaban a cerrarse.

—¿Por qué, mi amor, por qué?... —interrogó.

—¡Porque me perderás, porque al despertar... ya no habrás de encontrarme!

—¿Cómo? ¿Qué dices? ¡Luego tú no existes, luego esos ojos y esa boca, y esos cabellos y ese amor... no son más que un sueño!

—¡No son más que un sueño! —repitió Mencía fúnebremente.

—¡Pero, entonces —insinuó Lope con espanto—, tú…
tú no vives; tú, Mencía, la esposa de mi corazón, la elegida
de mi alma, la única a quien siento que he amado… desde
hace mucho, mucho, desde todos los siglos!, ¿no eras más
que una sombra?

—¡Más que una sombra! —repitió fúnebremente la voz
de plata.

Lope hizo un desesperado esfuerzo para contrarrestar el
entorpecimiento implacable que volvía de plomo sus párpados, y manteniendo los ojos bien abiertos y oprimiendo con
fuerza entre sus brazos a aquella amada de misterio, empezó
a besarla desesperadamente, y entre besos y lágrimas decíale:

—¡No te has de ir, no! ¡No he de perderte!, ¡señora mía!,
¡dueña mía!, ¡amada mía!, ¡no te has de ir! ¡No he de cerrar los
ojos, no he de sucumbir al sueño!… ¡No te arrancarán de mis
brazos, ni te devorarán las tinieblas! ¡Habré de amarte siempre… despierto, en un día… sin fin… en un… perenne dí… a!

Y ella, con una voz a cada instante más vaga, como si
viniera de más lejos, repetía moviendo tristemente la cabeza:

—No duermas, mi señor… no duermas… no… duer…
mas.

¡Y los ojos de Lope se cerraban dulcemente, dulcemente,
y las formas de Mencía íbanse desvaneciendo, desvaneciendo, desvaneciendo!

IX

Su majestad despierta

Cuando su majestad despertó, era ya muy tarde. La viva hebra vertical que fingía como una soldadura de luz entre las
dos maderas de la ventana, de aquella ventana de siempre,

decía asaz la hora a la habitual pericia de sus ojos, tan hechos a contemplarla.

Una angustia inmensa pesaba sobre el espíritu del monarca. De sus apagadas pupilas habían rodado en sueños lágrimas que humedecían aún la blancura de su barba.

Alargó la flaca diestra hacia el timbre eléctrico y lo oprimió con fuerza.

Aún no se extinguía la trémula vibración a lo lejos, cuando una puerta se entreabrió discretamente, y en la zona de luz destacose una silueta respetuosa.

El rey ordenó que se abriesen las ventanas, y una oleada de luz entró, bañando muebles, lienzos, tapices, y obligando a su majestad a esconder la cara entre las manos.

Hizo sus abluciones matinales, dejose vestir automáticamente y echose luego sobre un sillón, murmurando:

—Hoy no recibiré a nadie. Estoy un poco enfermo. Ved si mi hermana se halla en sus habitaciones —añadió.

Instantes después la misma silueta entreabría la puerta, y una voz obsequiosa decía:

—Su alteza vendrá a ver a su majestad en seguida.

Una princesa, pálida, alta, enlutada, con tocas de viuda que aprisionaban sus rizos nevados, llegó a poco a la presencia del soberano, y tras ella volvió a entornarse la puerta.

—Hermano mío —dijo con un casi imperceptible tono de ceremoniosa cordialidad—, ¿estáis enfermo?

Su majestad, por única respuesta, echole al cuello los brazos, y olvidando todo protocolo y aquel dominio y señorío de sí misma, que siempre la había caracterizado, púsose a llorar silenciosamente.

La austera princesa, sorprendida, mantenía sobre su hombro la cabeza de su hermano, y dejábalo aliviar una pena, al parecer tan honda, y que ella no podía adivinar, hasta que su majestad, desatando el afectuoso nudo, indicó a la dama un divancito rosa que se escondía en la penumbra de lejano rincón, y allí, sentado cerca de ella, le refirió melancólica, melancólicamente la historia de Lope y de Mencía.

—A nuestra edad, señor —dijo, cuando la hubo oído la princesa—, son muy dolorosos esos ensueños...

—¿Pero no pensáis, hermana, que doña Mencía ha existido, que me quiso... que la quise... en otro siglo, o cuando menos que amó a alguno de mis abuelos y él me legó misteriosa y calladamente con su sangre, este amor y este recuerdo?

—¡Quién sabe! —respondió la dama agitando con leve ritmo la pensativa cabeza—. ¡Quién sabe! Hay muchas cosas en los cielos y en la tierra "que no comprende nuestra filosofía";[25] pero en todo caso, señor, de esto hace más de tres siglos, y vuestra Mencía, de haber existido, no es ya sino un puñado de polvo en la humedad de una tumba lejana...

—Hermana mía, ¿no la veré, pues, nunca? ¿Nunca más he de verla? Yo la amé, sin embargo... Estoy loco, hermana mía. ¡La amé y anhelo recobrarla!...

—¡Señor —replicó la princesa con voz apagada—, sois rey, rey poderoso; pero todo el poder de vuestra majestad no basta para aprisionar una sombra ni para retener un ensueño!

Madrid, invierno de 1906

---

[25] Paráfrasis de "¡Hay algo más en el cielo y en la tierra, Horacio, de lo que ha soñado tu filosofía!", Shakespeare, *Hamlet*, p. 234. Palabras de Hamlet a Horacio, a quien hace jurar —junto con Marcelo— que no dirá nada sobre la visita de una sombra (el alma del padre de Hamlet), quien revela que fue asesinado por su hermano.

Cuentos

La última guerra[1]

I

Tres habían sido las grandes revoluciones de que se tenía noticia: la que pudiéramos llamar Revolución cristiana, que en modo tal modificó la sociedad y la vida en todo el haz del planeta; la Revolución francesa, que, eminentemente justiciera, vino, a cercén de guillotina, a igualar derechos y cabezas, y la Revolución socialista, la más reciente de todas, aunque remontaba al año 2030 de la era cristiana. Inútil sería insistir sobre el horror y la unanimidad de esta última revolución, que conmovió la tierra hasta en sus cimientos y que de una manera tan radical reformó ideas, condiciones, costumbres, partiendo en dos el tiempo, de suerte que en adelante ya no pudo decirse sino: "Antes de la Revolución social"; "Después de la Revolución social". Sólo haremos notar que hasta la propia fisonomía de la especie, merced a esta gran conmoción, se modificó en cierto modo. Cuéntase, en efecto, que antes de la Revolución había, sobre todo en los últimos años que la precedieron, ciertos signos muy visibles que distinguían físicamente a las clases llamadas entonces

---

[1] Nervo, *Almas que pasan*, pp. 27-43.

privilegiadas, de los proletarios, a saber: las manos de los individuos de las primeras, sobre todo de las mujeres, tenían dedos afilados, largos, de una delicadeza superior al pétalo de un jazmín, en tanto que las manos de los proletarios, fuera de su notable aspereza o del espesor exagerado de sus dedos, solían tener seis de éstos en la diestra, encontrándose el sexto (un poco rudimentario a decir verdad y más bien formado por una callosidad semiarticulada) entre el pulgar y el índice, generalmente. Otras muchas marcas delataban, a lo que se cuenta, la diferencia de las clases, y mucho temeríamos fatigar la paciencia del oyente enumerándolas. Sólo diremos que los gremios de conductores de vehículos y locomóviles de cualquier género, tales como aeroplanos, aeronaves, aerociclos, automóviles, expresos magnéticos, directísimos transetereolunares, etc., cuya característica en el trabajo era la perpetua inmovilidad de piernas, habían llegado a la atrofia absoluta de éstas, al grado de que, terminadas sus tareas, se dirigían a sus domicilios en pequeños carros eléctricos, especiales, usando de ellos para cualquier traslación personal. La Revolución social vino empero a cambiar de tal suerte la condición humana, que todas estas características fueron desapareciendo en el transcurso de los siglos, y en el año 3502 de la nueva era (o sea 5532 de la era cristiana), no quedaba ni un vestigio de tal desigualdad dolorosa entre los miembros de la humanidad.

La Revolución social se maduró, no hay niño de escuela que no lo sepa, con la anticipación de muchos siglos. En realidad la Revolución francesa la preparó; fue el segundo eslabón de la cadena de progresos y de libertades que empezó con la Revolución cristiana; pero hasta el siglo XIX de la vieja era no empezó a definirse el movimiento unánime de los hombres hacia la igualdad. El año de la era cristiana 1950 murió el último rey, un rey del Extremo Oriente, visto como una positiva curiosidad por las gentes de aquel tiempo. Europa, que, según la predicción de un gran capitán (a decir verdad, considerado hoy por muchos historiadores como un personaje mítico), en los comienzos del siglo XX (d. J. C.) "tendría que ser republicana o cosaca", se convirtió, en efecto, en el año de 1916, en los "Estados Unidos de Europa", federación creada a imagen y semejanza de los Estados Unidos de América (cuyo recuerdo en los anales de la humanidad ha sido tan brillante, y que en aquel entonces ejercían en los destinos del Viejo Continente una influencia omnímoda).

II

Pero no divaguemos: ya hemos usado más de tres cilindros de fonotelerradiógrafo en pensar estas reminiscencias,[2] y no llegamos aún al punto capital de nuestra narración.

Como decíamos al principio, tres habían sido las grandes revoluciones de que se tenía noticia; pero, después de ellas, la humanidad, acostumbrada a una paz y a una estabilidad inconmovibles, así en el terreno científico, merced a lo definitivo de los principios conquistados, como en el terreno social, gracias a la maravillosa sabiduría de las leyes y a la alta moralidad de las costumbres, había perdido hasta la noción de lo que era vigilancia y cautela, y a pesar de su aprendizaje de sangre, tan largo, no sospechaba los terribles acontecimientos que estaban a punto de producirse.

---

[2] Las vibraciones del cerebro al pensar se comunicaban directamente a un registrador especial que a su vez las transmitía a su destino. Hoy se ha reformado por completo este aparato (nota del autor).

La ignorancia del inmenso complot que se fraguaba en todas partes, se explica, por lo demás, perfectamente, por varias razones: en primer lugar, el lenguaje hablado por los animales, lenguaje primitivo, pero pintoresco y bello, era conocido de muy pocos hombres, y esto se comprende; los seres vivientes estaban divididos entonces en dos únicas porciones: los hombres, la clase superior, la *élite,* como si dijéramos, del planeta, iguales todos en derechos y casi, casi en intelectualidad, y los animales, humanidad inferior que iba progresando muy lentamente a través de los milenarios; pero que se encontraba en aquel entonces, por lo que ve a los mamíferos, sobre todo, en ciertas condiciones de perfectibilidad relativa muy apreciables. Ahora bien: la *élite,* el hombre, hubiera juzgado indecoroso para su dignidad aprender cualquiera de los dialectos animales llamados "inferiores".

En segundo lugar, la separación entre ambas porciones de la humanidad era completa, pues aun cuando cada familia de hombres alojaba en su habitación propia a dos o tres animales que ejecutaban todos los servicios, hasta los más pesados, como los de la cocina (preparación química de pastillas y de jugos para inyecciones), el aseo de la casa, el cultivo de la tierra, etc., no era común tratar con ellos, sino para darles órdenes en el idioma patricio, o sea el del hombre, que todos ellos aprendían.

En tercer lugar, la dulzura del yugo a que se les tenía sujetos, la holgura relativa de sus recreos, les daba tiempo de conspirar tranquilamente, sobre todo en sus centros de reunión, los días de descanso, centros a los que era raro que concurriese hombre alguno.

¿Cuáles fueron las causas determinantes de esta cuarta revolución, la última (así lo espero) de las que han ensangrentado el planeta? En tesis general, las mismas que ocasionaron la Revolución social, las mismas que han ocasionado, puede decirse, todas las revoluciones: viejas hambres, viejos odios hereditarios, la tendencia a la igualdad de prerrogativas y de derechos, y la aspiración a lo mejor, latente en el alma de todos los seres…

Los animales no podían quejarse por cierto: el hombre era para ellos paternal, muy más paternal de lo que lo fueron para el proletario los grandes señores después de la Revolución francesa. Obligábalos a desempeñar tareas relativamente rudas, es cierto; porque él, por lo excelente de su naturaleza, se dedicaba de preferencia a la contemplación; mas un intercambio noble, y aun magnánimo, recompensaba estos trabajos con relativas comodidades y placeres. Empero, por una parte el odio atávico de que hablamos, acumulado en tantos siglos de malos tratamientos, y por otra el anhelo, quizá justo ya, de reposo y de mando, determinaban aquella lucha que iba a hacer época en los anales del mundo.

Para que los que oyen esta historia puedan darse una cuenta más exacta y más gráfica, si vale la palabra, de los hechos que precedieron a la revolución, a la rebelión debiéramos decir, de los animales contra el hombre, vamos a hacerles asistir a una de tantas asambleas secretas que se convocaban para definir el programa de la tremenda pugna, asamblea efectuada en México, uno de los grandes focos directores y que, cumpliendo la profecía de un viejo sabio del siglo XIX, llamado Eliseo Reclus, se había convertido, por su posición geográfica en la medianía de América y entre los dos grandes océanos, en el centro del mundo.[3]

Había en la falda del Ajusco, adonde llegaban los últimos barrios de la ciudad, un gimnasio para mamíferos, en el que éstos se reunían los días de fiesta, y casi pegado al gimnasio un gran salón de conciertos, muy frecuentado por los mismos. En este salón, de condiciones acústicas perfectas y de amplitud considerable, se efectuó el domingo 3 de agosto de 5532 (de la nueva era) la asamblea en cuestión.

Presidía Equs Robertis, un caballo muy hermoso, por cierto, y el primer orador designado era un propagandista célebre en aquel entonces, Can Canis, perro de una inteligencia notable, aunque muy exaltado. Debo advertir que en todas partes del mundo repercutiría, como si dijéramos, el discurso en cuestión, merced a emisores especiales que registraban toda vibración y la transmitían sólo a aquellos que tenían los receptores correspondientes, utilizando ciertas corrientes magnéticas; aparatos estos ya hoy en desuso por poco prácticos.

Cuando Can Canis se puso en pie para dirigir la palabra al auditorio, oyéronse por todas partes rumores de aprobación.

IV

"Mis queridos hermanos —empezó Can Canis:

---

[3] Las obras del geógrafo y anarquista francés Élisée Reclus (1830-1905) gozaron de inmensa popularidad a finales del siglo XIX. Su enciclopedia en 19 tomos, la *Novísima geografía universal* (1875-1894) se tradujo al español en 1907. Para escribir el capítulo dedicado a México, Reclus leyó ampliamente a reconocidos geógrafos e historiadores nacionales, y se interesó en los principios educativos y en la organización comunitaria del trabajo entre los aztecas.

"La hora de nuestra definitiva liberación está próxima. A un signo nuestro, centenares de millares de hermanos se levantarán como una sola masa y caerán sobre los hombres, sobre los tiranos, con la rapidez de una centella. El hombre desaparecerá del haz del planeta, y hasta su huella se desvanecerá con él. Entonces seremos nosotros dueños de la tierra, volveremos a serlo, mejor dicho, pues que primero que nadie lo fuimos, en el albor de los milenarios, antes de que el antropoide apareciese en las florestas vírgenes y de que su aullido de terror repercutiese en las cavernas ancestrales. ¡Ah!, todos llevamos en los glóbulos de nuestra sangre el recuerdo orgánico, si la frase se me permite, de aquellos tiempos benditos en que fuimos los reyes del mundo. Entonces, el sol, enmarañado aún de llamas a la simple vista, enorme y tórrido, calentaba la tierra con amor en toda su superficie, y de los bosques, de los mares, de los barrancos, de los collados, se exhalaba un vaho espeso y tibio que convidaba a la pereza y a la beatitud. El mar divino fraguaba y desbarataba aún sus archipiélagos inconsistentes, tejidos de algas y de madréporas; la cordillera lejana humeaba por las mil bocas de sus volcanes, y en las noches una zona ardiente, de un rojo vivo, le prestaba una gloria extraña y temerosa. La luna, todavía joven y lozana, estremecida por el continuo bombardeo de sus cráteres, aparecía enorme y roja en el espacio, y a su luz misteriosa surgía formidable de su caverna el león saepelius, el uro erguía su testa poderosa entre las breñas, y el mastodonte contemplaba el perfil de las montañas que, según la expresión de un poeta árabe, le fingían la silueta de un abuelo gigantesco. Los saurios volantes de las primeras épocas, los iguanodontes de breves cabezas y cuerpos colosales, los megateriums torpes y lentos, no sentían turbado su reposo más que por el rumor sonoro del mar genésico que fraguaba en sus entrañas el porvenir del mundo.

"¡Cuán felices fueron nuestros padres en el nido caliente y piadoso de la tierra de entonces, envuelta en la suave cabellera de esmeralda de sus vegetaciones inmensas, como una virgen que sale del baño!… ¡Cuán felices!… A sus rugidos, a sus gritos inarticulados respondían sólo los ecos de las montañas… Pero un día vieron aparecer con curiosidad, entre las mil variedades de cuadrumanos que poblaban los bosques y los llenaban con sus chillidos desapacibles, una especie de monos rubios que, más frecuentemente que los otros, se enderezaban y mantenían en posición vertical, cuyo vello era menos áspero, cuyas mandíbulas eran menos toscas, cuyos movimientos eran más suaves, más cadenciosos, más ondulantes, y en cuyos ojos grandes y rizados ardía una chispa extraña y enigmática que nuestros padres no habían visto en otros ojos en la tierra. Aquellos monos eran débiles y miserables… ¡Cuán fácil hubiera sido para nuestros abuelos gigantescos exterminarlos para siempre!… Y de hecho, ¡cuántas veces, cuando la horda dormía en medio de la noche, protegida por el claror parpadeante de sus hogueras, una manada de mastodontes, espantada por algún cataclismo, rompía la débil valla de lumbre y pasaba de largo triturando huesos y aplastando vidas; o bien una turba de felinos que acechaba la extinción de las hogueras, una vez que su fuego custodio desaparecía, entraba al campamento y se ofrecía un festín de suculencia memorable… A pesar de tales catástrofes, aquellos cuadrumanos, aquellas bestezuelas frágiles, de ojos misteriosos, que sabían encender el fuego, se multiplicaban; y un día, día nefasto para nosotros, a un macho de la horda se le ocurrió, para defenderse, echar mano de una rama de árbol, como hacían los gorilas, y aguzarla con una piedra, como los gorilas nunca soñaron hacerlo. Desde aquel día nuestro destino quedó fijado en la existencia: el hombre había inventado la máquina, y aquella estaca puntiaguda fue su cetro, el cetro de rey que le daba la naturaleza...

"¿A qué recordar nuestros largos milenarios de esclavitud, de dolor y de muerte?... El hombre, no contento con destinarnos a las más rudas faenas, recompensadas con malos tratamientos, hacía de muchos de nosotros su manjar habitual, nos condenaba a la vivisección y a martirios análogos, y las hecatombes seguían a las hecatombes sin una protesta, sin un movimiento de piedad...[4] La naturaleza, empero, nos reservaba para más altos destinos que el de ser comidos a perpetuidad por nuestros tiranos. El progreso, que es la condición de todo lo que alienta, no nos exceptuaba de su ley, y a través de los siglos, algo divino que había en nuestros espíritus rudimentarios, un germen luminoso de intelectualidad, de humanidad futura, que a veces fulguraba dulcemente en los ojos de mi abuelo el perro, a quien un sabio llamaba en el siglo XVIII (d. J. C.) 'un candidato a la humanidad', en las pupilas del caballo, del elefante o del mono, se iba desarrollando en los senos más íntimos de nuestro ser, hasta que, pasados siglos y siglos, floreció en indecibles manifestaciones de vida cerebral... El idioma surgió monosilábico, rudo, tímido, imperfecto, de nuestros labios; el pensamiento se abrió como una celeste flor en nuestras cabezas, y un día pudo decirse que había ya nuevos dioses sobre la tierra; por segunda vez

---

[4] A la manera de H. G. Wells (1866-1946), en la novela *La isla del doctor Moreau* (1896), Nervo protesta contra el maltrato de los animales. Fue un defensor de distintas especies, como se aprecia en la crónica de 1911, "Una cruzada a favor de los pájaros". Nervo, *Obras* II, pp. 735-736.

en el curso de los tiempos el Creador pronunció un fiat, *et homo factus fuit.*[5]

"No vieron ellos con buenos ojos este paulatino surgimiento de humanidad; mas hubieron de aceptar los hechos consumados, y no pudiendo extinguirla, optaron por utilizarla... Nuestra esclavitud continuó, pues, y ha continuado bajo otra forma: ya no se nos come, se nos trata con aparente dulzura y consideración, se nos abriga, se nos aloja, se nos llama a participar, en una palabra, de todas las ventajas de la vida social; pero el hombre continúa siendo nuestro tutor, nos mide escrupulosamente nuestros derechos..., y deja para nosotros la parte más ruda y penosa de todas las labores de la vida. No somos libres, no somos amos, y queremos ser amos y libres... Por eso nos reunimos aquí hace mucho tiempo, por eso pensamos y maquinamos hace muchos siglos nuestra emancipación, y por eso muy pronto la última revolución del planeta, el grito de rebelión de los animales contra el hombre, estallará, llenando de pavor el universo y definiendo la igualdad de todos los mamíferos que pueblan la tierra..."

Así habló Can Canis, y éste fue, según todas las probabilidades, el último discurso pronunciado antes de la espantosa conflagración que relatamos.

V

El mundo, he dicho, había olvidado ya su historia de dolor y de muerte; sus armamentos se orinecían en los museos, se encontraba en la época luminosa de la serenidad y de la paz; pero aquella guerra que duró diez años como el sitio de

---

[5] "Creó, pues, Dios al ser humano", Génesis (1:27).

Troya, aquella guerra que no había tenido ni semejante ni paralelo por lo espantosa, aquella guerra en la que se emplearon máquinas terribles, comparadas con las cuales los proyectiles eléctricos, las granadas henchidas de gases, los espantosos efectos del *radium* utilizado de mil maneras para dar muerte, las corrientes formidables de aire, los dardos inyectores de microbios, los choques telepáticos... todos los factores de combate, en fin, de que la humanidad se servía en los antiguos tiempos, eran risibles juegos de niños; aquella guerra, decimos, constituyó un inopinado, nuevo, inenarrable aprendizaje de sangre...

Los hombres, a pesar de su astucia, fuimos sorprendidos en todos los ámbitos del orbe, y el movimiento de los agresores tuvo un carácter tan unánime, tan certero, tan hábil, tan formidable, que no hubo en ningún espíritu siquiera la posibilidad de prevenirlo...

Los animales manejaban las máquinas de todos géneros que proveían a las necesidades de los elegidos; la química era para ellos eminentemente familiar, pues que a diario utilizaban sus secretos; ellos poseían además y vigilaban todos los almacenes de provisiones, ellos dirigían y utilizaban todos los vehículos.... Imagínese, por lo tanto, lo que debió ser aquella pugna, que se libró en la tierra, en el mar y en el aire... La humanidad estuvo a punto de perecer por completo; su fin absoluto llegó a creerse seguro (seguro lo creemos aún)... y a la hora en que yo, uno de los pocos hombres que quedan en el mundo, pienso ante el fonotelerradiógrafo estas líneas, que no sé si concluiré; este relato incoherente, que quizá mañana constituirá un utilísimo pedazo de historia... para los humanizados del porvenir, apenas si moramos sobre el haz del planeta unos centenares de sobrevivientes, esclavos de nuestro destino, desposeídos ya de todo lo que fue nuestro prestigio, nuestra fuerza y nuestra gloria, incapaces por nuestro escaso número, y a pesar del incalculable poder de nuestro espíritu, de reconquistar el cetro perdido, y llenos del secreto instinto que confirma asaz la conducta cautelosa y enigmática de nuestros vencedores, de que estamos llamados a morir todos, hasta el último, de un modo misterioso, pues que ellos temen que un arbitrio propio de nuestros soberanos recursos mentales nos lleve otra vez, a pesar de nuestro escaso número, al trono de donde hemos sido despeñados… Estaba escrito así… Los autóctonos de Europa desaparecieron ante el vigor latino; desapareció el vigor latino ante el vigor sajón, que se enseñoreó del mundo… y el vigor sajón desapareció ante la invasión eslava; ésta, ante la invasión amarilla, que a su vez fue arrollada por la invasión negra, y así de raza en raza, de hegemonía en hegemonía, de preeminencia en preeminencia, de dominación en dominación, el hombre llegó perfecto y augusto a los límites de la historia… Su misión se cifraba en desaparecer, puesto que ya no era susceptible, por lo absoluto de su perfección, de perfeccionarse más… ¿Quién podía sustituirlo en el imperio del mundo? ¿Qué raza nueva y vigorosa podía reemplazarle en él? Los primeros animales humanizados, a los cuales tocaba su turno en el escenario de los tiempos… Vengan, pues, enhorabuena; a nosotros, llegados a la divina serenidad de los espíritus completos y definitivos, no nos queda más que morir dulcemente. Humanos son ellos y piadosos serán para matarnos. Después, a su vez, perfeccionados y serenos, morirán para dejar su puesto a nuevas razas que hoy fermentan en el seno oscuro aún de la animalidad inferior, en el misterio de un génesis activo e impenetrable… Todo ello hasta que la vieja llama del sol se extinga suavemente, hasta que su enorme globo, ya oscuro, girando alrededor de una estrella de la constelación de Hércules, sea fecundado por vez primera en el espacio y de su seno inmenso surjan nuevas humanidades... ¡para que todo recomience!

Los congelados[6]

Exclamó el joven sabio:

—¡La vida! ¡Y qué sabemos nosotros de lo que es la vida, amigo mío!… ¿Usted ha visto, sin duda, funcionar esos populares aparatos que se llaman ventiladores, y que se mueven en un perenne vértigo, refrescando el ambiente caliginoso de los cafés? ¡Quién no los conoce! Trátase de dos simples hélices cruzadas, que por medio de un sencillo mecanismo giran, agitando el aire. Para ponerlas en movimiento, basta meter la clavija (que está al cabo de un flexible metálico envuelto en hilo de algodón), en el enchufe. El fluido corre a través del flexible, y el aparato se echa a girar. Quita usted la clavija; cesa el fluido de comunicar movimiento a la pequeña máquina; las hélices se paran… y el aparato es como un cuerpo sin vida. Si lo dejamos allí indefinidamente, acabará por orinecerse. Después, será inútil comunicarle nuevo fluido. Pero mientras esto no suceda, cuantas veces se produzca el contacto de la clavija y el enchufe, el pequeño organismo funcionará…

"Pues bien, amigo mío, la vida no es ya para la ciencia más que algo semejante a ese fluido eléctrico, es decir,

---

[6] Nervo, "Los congelados", en *Mundial Magazine* (París), núm. 6, octubre de 1911, pp. 559-561.

una de las fuerzas constantes de la naturaleza. Por causas casi siempre conocidas, el fluido, la bienhechora corriente vital se suspende, y se para la máquina. Pero es posible, dentro de los modernos conocimientos, aplicarle de nuevo la corriente y hacerla moverse otra vez... Sólo que hasta hoy, era preciso intentar luego la resurrección, en vista de que el cuerpo humano se descompone con más rapidez que la máquina de que hablamos, y una vez descompuesto, es imposible todo tanteo. Felizmente, los últimos experimentos de Raoul Pictet, mi maestro muy querido, con el cual trabajo ahora aquí mismo, abren posibilidades sin límites a este respecto.

"¿Quizá habrá leído usted los milagros que mi maestro ha podido realizar con los peces? Imagínese usted una pecera que, por determinados procedimientos, se va paulatinamente helando, primero, a cero grados; después a temperaturas de 20° y aun 30°. A los primeros síntomas de frío los peces suspenden todo movimiento. ¡Luego, quedan presos en el hielo y acaban por morir!

"A esas temperaturas de 20° y 30°, el pez no es ya más que un bibelot cristalizado, que se quiebra con suma facilidad, pudiéndose reducirlo con los dedos a pequeños fragmentos...

"Pero, y aquí empieza lo maravilloso, después de un tiempo indefinido, durante el cual naturalmente se ha tenido la precaución de conservar la bajísima temperatura de la pecera, se deja a ésta paulatinamente licuarse; el agua, con suma lentitud, va deshelándose; vuelven los peces a flotar en ella y de pronto empiezan a moverse y a nadar como si tal cosa, agitando sus aletas con el elegante ritmo habitual..."

El joven sabio hizo una pausa, durante la cual buscaba en mi fisonomía el efecto de sus palabras.

—Pues bien —prosiguió después de algunos segundos—; ¿qué diría usted si yo le asegurase que, tras muchos ensayos (con ranas, que soportan temperaturas de 28°; con escolopendras, que la soportan de 50°; con caracoles, que las sufren hasta de 120°), qué diría usted si yo le asegurase haber logrado con mamíferos, con cuadrumanos de gran talla... con el complicado cuerpo del hombre por fin, lo que mi maestro Pictet obtuvo con los peces?

—¡Imposible!

—Se ha logrado, sí señor, y —añadió, acercándose a mi oído— en un subterráneo especial al que puedo conducir a usted cuando guste, yacen congelados en ataúdes diáfanos, que se hallan a temperaturas terriblemente bajas, varios hombres, sí señor, varios hombres que por su voluntad han querido dormir, dormir mucho tiempo, meses, años... para poner un paréntesis de hielo y de dulce y sosegada inconsciencia entre su dolorosa vida de ayer y la vida de mañana (que esperan superior a ésta), en una sociedad más sabia.

"Claro que han pagado muy caro tal paréntesis, pero como se trata de ricos... Al cabo de cierto tiempo, el procedimiento se abaratará, y entonces, hasta los más pobres podrán sustraerse cuanto tiempo quieran a su calvario cotidiano. A la vejez y a la muerte.

"Entre estos congelados de ahora hay dos o tres que están allí por pura curiosidad, porque imaginan que, cuando despierten, se encontrarán en un mundo mejor... Para mí creo que se equivocan, pero, en fin, allá ellos; y uno de los dormidos, el más peregrino de todos, ha pagado por veinte años de inconsciencia. ¿A que no sabe usted para qué? Pues para dar tiempo de que crezca una niña que ahora tiene dos años, y con la cual ha jurado casarse..."

—Debe ser un yanqui…

—Ha acertado usted. Es de Denver (Colorado). De tal manera que les ha cristalizado a todos el frío, que si les tocásemos podríamos quebrarles en no sé cuántos pedazos, como a los peces de marras; arrancarles una mano o un pie como si fuesen muñecos de azúcar candi…

"Llegado el momento en que, según convenio particular con cada uno, hay que deshelarlos, se les aplica idéntico procedimiento al de los peces, y una vez que el agua ya licuada adquiere la temperatura conveniente, cátalos dispuestos a vivir tonificados, alegres, como si saliesen de un baño… Debo advertir a usted, sin embargo, que los hombres no se mueven así como así, nada más porque se les licue y caliente el agua; hay que hacerles en seguida la respiración artificial, como a los faquires que desentierran en la India al cabo de algunos días de catalepsia provocada. Pero merced a las tracciones rítmicas de la lengua, a los movimientos del pecho, de los brazos y demás, algunos minutos después de licuarse el agua, ya andan nuestros sujetos por allí, vistiéndose, para asomarse de nuevo a la vida, de la que quisieron escapar por determinado tiempo.

"¿Quiere usted ver las urnas con sus respectivos congelados? Pues con venir mañana temprano a mi laboratorio, yo se los mostraré, a través de un cristal naturalmente, porque el sitio en que se hallan mantiénese a una temperatura tal, que se congelaría usted a su vez en dos minutos…"

¿Qué misterio solapadamente agresivo había en la sonrisa del doctor al decir esto? No lo sé; pero es lo cierto que, aunque le prometí volver al día siguiente, no me atreví a acudir a la cita… Quizás temí una superchería, una soflama; quizá algo peor: que me metiese a mí en una "pecera" de aquellas, y me mantuviese allí congelado durante algunos años... Estos experimentadores son terribles... ¡Yo tengo mujer, joven y bonita, de la cual aún no me desilusiono del todo; hijos, dinero, buen estómago... No me va mal en este mundo, y pienso dejar para los penosos días futuros el procedimiento de la congelación!

ELLOS[7]

A don Justo Sierra

Todos los días pasan frente a mi ventana, dos terneras.

Van al matadero, llevadas por sendos rapaces.

Tienen aún ese gracioso aturdimiento de las bestias jóvenes; se repegan la una a la otra, saltan, miran a todas partes con sus grandes y apacibles ojos glaucos y curiosos.

Llegarán a su destino; les ligarán las piernas, y con una gran maza, les darán un certero y terrible golpe en el testuz.

Luego… la nada.

Pero ellas no lo saben, y un minuto, un segundo antes de recibir ese golpe definitivo, su embrionario espíritu tranquilo se asomará a sus ojos para bañarse en luz, ajeno a toda inquietud.

¡Van a morir, pero no lo saben!

No lo saben, he aquí el celeste y misericordioso secreto.

No lo saben, en tanto que nosotros vivimos acosados sin piedad por el fantasma de la muerte.

Todas las noches, al acostarnos, nos preguntamos:

"¿Será hoy? ¿Me levantaré aún de este lecho?"

---

[7] Nervo, "Ellos", en *Ellos*, pp. 1-10.

Y por la mañana, al despertar, exclamamos con un suspiro:

"¡Un día más!"

En cuanto la enfermedad ase con su garra acerada nuestras entrañas y nos enciende en fiebre, murmuramos con inquietud:

"¿Será esta dolencia la última?"

Y en la convalecencia, al invadirnos la suave y tibia oleada de vida nueva, pensamos:

"Todavía…"

¡Oh terrible, oh espantoso privilegio de la vida consciente! ¿Qué hemos hecho para merecerlo?

Todos: ese que canta, aquel que baila, el otro que atesora, el de más allá que ama, el de más acá que se envanece, todos, estamos condenados a muerte… ¡Y lo sabemos!

Pero he ahí a las dos terneras que pasan: sus padres no las han engendrado sino para el matadero. Su vida ha sido breve como una mañana.

La especie a que pertenecen, al obedecer al poderoso instinto de perpetuarse, que es el más grande instinto de su alma colectiva, no hace sino dar al hombre individuos para que se los coma.

Todo su esfuerzo de siglos viene a parar en chuletas, solomillos y puchero.

La especie no vence, no ha vencido en los milenarios los obstáculos que se han opuesto a su vida, sino para que nos la engullamos.

—¿Y quién te dice —exclama Alguien dentro de mí, cierto Alguien que gusta mucho de discutir conmigo—, quién te dice que a la humanidad no se la comen también como a los bueyes, a las vacas y a las terneras?… Vamos a ver: ¡quién te asegura a ti que no se la comen!

—¡¡¡…!!!

—Sólo que tampoco ella lo sabe.

—¡¡¡…!!!

—¡Sí! Ya adivino lo que vas a preguntarme: ¿quiénes se la comen: no es eso?

—¡¡¡…!!!

—Pues se la comen unos seres diáfanos, y, por lo tanto, invisibles para nosotros los hombres; unos seres translúcidos, que viven en el aire, que han nacido en el aire, cuyo mundo es la vasta capa atmosférica que recubre el globo. Unos seres más viejos que vosotros, más perfectos, más sabios, más duraderos; que realizarán un día, que empiezan a realizar ya, el tipo definitivo de la humanidad. ¿Has leído *El Horla* de Maupassant?[8] Pues algo por el estilo.

—Bueno, ¿pero y la muerte?

—La muerte es una apariencia, tal como vosotros la concebís. No hay enfermedades; cuando creéis, que enfermáis, es que Ellos empiezan a comeros, o bien que os preparan, que os adoban, que os maceran, para el diario festín. Hecho esto, os matan, a menos que no estéis aún a punto, en cuyo caso os dejarán para más tarde: ¡entonces sanaréis!

—Una vez muertos, Ellos van convirtiendo vuestro cuerpo en sustancias asimilables para sus organismos casi inmateriales. Lo disgregan sabiamente, hasta que os aspiran, como si

---

[8] Con el formato de un diario, la novela corta *El Horla* (1886) de Guy de Maupassant (1850-1893) describe la angustia de un personaje que, paulatinamente, enloquece al sentirse perseguido por un espíritu maligno.

dijéramos, en forma de emanaciones. Vosotros, estúpidos, pensáis que os pudrís en vuestro ataúd, hasta quedaros en huesos, hasta desvaneceros en polvo... ¡Mentira!

"¡Es que Ellos os van comiendo poco a poco!

"No son los gusanos lo que os devoran. La carne que no es profanada por las moscas que en ella depositan sus gérmenes no cría gusanos. Y, sin embargo, ¡se descompone, se pudre, se acaba!

"¿A dónde ha ido?

" 'Ha restituido todos y cada uno de sus elementos al gran laboratorio de la naturaleza', dicen los sabios pedantes.

"¡Mentira! Ha ido a nutrir los organismos esos, misteriosos, del aire, en la forma idónea para que ellos se la asimilen."

—¡¡¡...!!!

—¡La vejez no existe! Es otra engañifa, otra apariencia. Son Ellos quienes os van poniendo así.

"Se trata de una simple preparación culinaria... de un *civet*; a algunos de esos seres, les gustáis frescos; otros, más *gourmets*, os prefieren añejos... ¡como el queso!"

—¡¡¡...!!!

—¡Claro! ¡No me lo crees! ¡Cómo habías de creérmelo! Necesitarías un esfuerzo mental superior a tus aptitudes. Tu pobre y ridículo sentido común se subleva...

"¡Tampoco la ternera cree que nos la comemos! Si pudiéramos decírselo, movería burlona la cabeza. El golpe de maza, en su oscuro cerebro, de asumir alguna forma, sería la de una enfermedad fulminante, de una especie de ataque apopléjico; no de otra suerte que vosotros llamáis muerte repentina, proveniente de la aorta, del aneurisma, de la congestión, a lo que no es, en suma, ¡sino el golpe de maza que os asestan Ellos en este matadero de la vida!"

—¡¡¡…!!!

—Sí, repito que ya sé que no puedes creerme. Ni falta que me hace. Un día de estos te comerán a ti como a los otros, y en paz…

EL PAÍS EN QUE LA LLUVIA ERA LUMINOSA[9]

Después de lentas jornadas a caballo por espacio de medio mes y por caminos desconocidos y veredas sesgas, llegamos al país de la lluvia luminosa.

La capital de este país, ignorado ahora, aunque en un tiempo fue escenario de claros hechos, era una ciudad gótica, de callejas retorcidas, llenas de sorpresas románticas, de recodos de misterio, de ángulos de piedra tallada, en que los siglos acumularon su pátina señoril, de venerables matices de acero.

Estaba la ciudad situada a la orilla de un mar poco frecuentado; de un mar cuyas aguas, infinitamente más fosforescentes que las del Océano Pacífico, producían con su evaporación ese fenómeno de la lluvia luminosa.

Como es sabido, la fosforescencia de ciertas aguas se debe a bacterias que viven en la superficie de los mares, a animálculos microscópicos que poseen un gran poder fotogénico, semejante en sus propiedades al de los cocuyos, luciérnagas y gusanos de luz.[10]

---

[9] Nervo, "El país en que la lluvia era luminosa", en *Caras y Caretas*, núm. 744, 4 de enero de 1913, s. p.

[10] Justamente, un trabajo de vulgarización que tengo a la vista, aparecido en un *magazine* (después de escrito este cuento) y que se refiere a la

Estos microorganismos, en virtud de su pequeñez, cuando el agua se evapora ascienden con ella, sin dificultad alguna. Más aún: como sus colonias innumerables son superficiales, la evaporación las arrebata por miríadas, y después, cuando los vapores se condensan y viene la lluvia, en cada gota palpitan incontables animálculos, pródigos de luz, que producen el bello fenómeno a que se hace referencia.

A decir verdad, el mar a cuyas orillas se alzaba la ciudad término de mi viaje, no siempre había sido fosforescente. El fenómeno se remontaba a dos o tres generaciones. Provenía, si ello puede decirse, de la aclimatación, en sus aguas, de colonias fotogénicas (más bien propias de los mares tropicales), en virtud de causas térmicas debidas a una desviación del *Gulf Stream*, y a otras determinantes que los sabios, en su oportunidad, explicaron de sobra. Algunos ancianos del vecindario recordaban haber visto caer, en sus mocedades, la lluvia oscura y monótona de las ciudades del norte, madre del *spleen* y de la melancolía.

Desde antes de llegar a la ciudad, al pardear la tarde de un asoleado y esplendoroso día de julio, gruesas nubes, muy bajas, navegaban en la atmósfera torva y electrizada.

El guía, al observarlas, me dijo:

—Su merced va a tener la fortuna de que llueva esta noche. Y será un aguacero formidable.

---

luminosidad de ciertas faunas marinas, dice que al "noctiloco" miliario, animálculo luminoso, se debe en gran parte la fosforescencia de los mares. "Flota en la superficie de las aguas, en vastas extensiones, en las noches de estío." Los noctilocos son a veces tan numerosos, que el mar forma, merced a ellos, como una crema gelatinosa de varios milímetros de espesor. Un solo centímetro cúbico puede contener de 1 000 a 1 500 individuos (nota del autor).

Yo me regocijé en mi ánima, ante la perspectiva de aquel diluvio de luz...

Los caballos, al aspirar el hálito de la tormenta, apresuraban el paso monorrítmico.

Cuando aún no transponíamos las puertas de la ciudad, el aguacero se desencadenó.

Y el espectáculo que vieron nuestros ojos fue tal, que refrenamos los corceles, y a riesgo de empaparnos como una esponja, nos detuvimos a contemplarlo.

Parecía como si el caserío hubiese sido envuelto de pronto en la terrible y luminosa nube del Sinaí...

Todo en contorno era luz, luz azulada que se desflecaba de las nubes en abalorios maravillosos; luz que chorreaba de los techos y era vomitada por las gárgolas, como pálido oro fundido; luz que, azotada por el viento, se estrellaba en enjambres de chispas contra los muros; luz que con ruido ensordecedor se despeñaba por las calles desiguales, formando arroyos de un zafiro o de un nácar trémulo y cambiante.

Parecía como si la luna llena se hubiese licuado y cayese a borbotones sobre la ciudad...

Pronto cesó el aguacero y transpusimos las puertas. La atmósfera iba serenándose.

A los chorros centelleantes había sustituido una llovizna diamantina de un efecto prodigioso.

A poco cesó también ésta y aparecieron las estrellas, y entonces el espectáculo fue más sorprendente aún: estrellas arriba, estrellas abajo, estrellas por todas partes.

De las mil gárgolas de la catedral caían todavía tenues hilos lechosos. En los encajes seculares de las torres, brillaban prendidas millares de gotas temblonas, como si los gnomos hubiesen enjoyado la selva de piedra. En los plintos, en los capiteles, en las estatuas posadas sobre las columnas; en las cornisas, en el calado de las ojivas, en todas las salientes de los edificios, anidaban glóbulos de luz mate. Los monstruos medievales, acurrucados en actitudes grotescas, parecían llorar lágrimas estelares.

Y por las calles inclinadas y retorcidas, como un dragón de ópalo fundido, la linfa brillante huía desenfrenada, saltando aquí en cascadas de llamas lívidas, bifurcándose allá, formando acullá remansos aperlados en que se copiaban las eminentes siluetas de los edificios, como en espejos de metal antiguo...

Los habitantes de la ciudad (las mujeres, sobre todo), que empezaban a transitar por las aceras de viejas baldosas ahora brillantes, llevaban los cabellos enjoyados por la lluvia cintiladora.

Y un fulgor misterioso, una claridad suave y enigmática se desparramaba por todas partes.

Parecía como si millares de luciérnagas caídas del cielo batiesen sus alas impalpables.

Absorto por el espectáculo nunca soñado, llegué sin darme cuenta, y precedido siempre de mi guía, al albergue principal de la ciudad.

En la gran puerta, un hostelero obeso y cordial me veía sonriendo y avanzó complaciente para ayudarme a descender de mi cabalgadura, a tiempo que una doncella rubia y luminosa como todo lo que la rodeaba, me decía desde el ferrado balcón que coronaba la fachada:

—Bienvenida sea su merced a la ciudad de la lluvia luminosa.

Y su voz era más armoniosa que el oro cuando choca con el cristal.

LAS NUBES[11]

A Francisco A. de Icaza

Un día llegará para la Tierra, dentro de muchos años, dentro de muchos siglos, en que ya no habrá nubes.

Esas apariciones blancas o grises, inconsistentes y fantasmagóricas, que se sonrosan con el alba y se doran a fuego con el crepúsculo, no más, incansables peregrinas, bogarán por los aires.

Los grandes océanos palpitantes, que hoy ciñen y arrullan o azotan a los continentes, se habrán reducido a mezquinos mediterráneos y en sus cuencas enormes, que semejarán espantosas cicatrices, morará el hombre entre híbridas faunas y floras.

Debido a incesantes filtraciones, el agua en las honduras de la tierra, amalgamada con otras sustancias, tendrá otras propiedades y se llamará de otro modo.

El Sol, padre de la vida, llegado a un ciclo más avanzado de su evolución, alumbrará y calentará menos. Su luz, que en épocas prehistóricas pasó del blanco al amarillo, habrá pasado ya del amarillo al rojo, como Antares y Aldebarán.

---

[11] Nervo, "Las nubes", en *Ellos*, pp. 51-58.

Por efecto del menor calor y del menor caudal de las aguas, la evaporación habrá de ser muy menos considerable que ahora y una gran sequedad reinará en la atmósfera.

¡Ni nubes, ni lluvias!

El cielo, de un incontaminado azul, se combará serenamente sobre la Tierra.

Por las mañanas, un leve tinte rojo, en el orto, anunciará la aurora; por las tardes, un decrecimiento brusco de la luz presidirá a las tinieblas.

¡No más volcanes ignívomos; no más prodigiosas cordilleras de oro; no más inmensos abanicos de fuego con varillajes nacarados; no más piélagos de llamas; no más entonaciones malva, lila y heliotropo, entre las cuales brille la estrella de la tarde!

Los poetas experimentarían una suprema tristeza, pero ya no existirán los poetas. El último se habrá extinguido hará muchos siglos.

La humanidad de entonces, sabrá empero, porque se lo han enseñado, que hubo aguaceros y tormentas sobre la Tierra, como hoy sabemos que hubo ictiosaurios y plesiosaurios; sabrá que masas de vapores, fingiendo monstruos de plomizo vientre, rodaban amenazantes, preñadas de electricidad, y que ya fecundaban la Tierra con el jugo vital de su seno, ya la inundaban y desolaban.

Sabrá que en algunos climas, días y hasta meses enteros, un velo gris impedía la vista del Sol; que había metrópolis donde el azul del cielo era casi un milagro…

Sabrá estas cosas y acaso también, por las descripciones literarias y por los lienzos, muy raros, que hayan podido conservarse, tendrá una idea de lo que eran las nubes.

Cosa portentosa debían ser, sobre todo en las transfiguraciones de la aurora y del crepúsculo, ya que encantaron las meditaciones de los artistas y de los sabios y extendieron su telón de magia y de ensueño sobre el idilio de los amantes; ya que crearon todo un género pictórico y todo un género literario. Cosa maravillosa debieron ser, cuando había hombres que, no amando ni a la patria ni a la gloria, como aquel extranjero de Baudelaire, podían exclamar sin embargo:

"J'aime les nuages, les nuages qui passent, là-bas... les merveilleux nuages..."[12]

Cosa imponente debieron ser cuando el Hijo del Hombre amenazaba con venir a juzgar a la humanidad sobre las nubes del cielo...

Cosa debieron ser por todo extremo fugitiva, cuando el idumeo Job afirmaba que la vida humana pasa ligera como ellas... *sicut nubes.*[13]

Y los hombres de entonces, pensativos a veces, querrán evocar la imagen de un estrato, de un cúmulo, de un cirro, de un nimbo; querrán figurarse la gracia alada e imprecisa de un celaje... y no lo lograrán.

Sin embargo, muy de tarde en tarde, casi de siglo en siglo, tal como ahora vienen esos enigmáticos viajeros del éter que arrastran cauda como los viejos reyes, aparecerá en el tenue azul el prodigio de una nubecilla...

---

[12] "Amo las nubes... las nubes que pasan... allá lejos... ¡Las maravillosas nubes!". Pasaje del poema en prosa "El extranjero" de *Le Spleen de Paris* (1869) de Charles Baudelaire (1821-1867). Baudelaire, *Poesía*, p. 553.

[13] "Sicut nubes, quasi naves, velut umbra" ("Como las nubes, como las naves, como las sombras"): este tópico procede del Libro de Job (9:26, 14:2, 30:15). En su poema "A Kempis", de *Místicas* (1898), esta cita es el punto de partida para una reflexión sobre la fugacidad de la vida.

Será más leve que el alma de una pluma...

A través de ella, como a través de la tenuidad gaseosa de los cometas, podrán mirarse hasta las pequeñitas estrellas.

Leve, ágil, ideal, nacarada, incomparable; verdadera visión de ensueño, cruzará por el aire...

Todos los hombres saldrán entonces de sus casas para contemplarla. Extáticos permanecerán mirándola y remirándola... y las ondas hertzianas llevarán este mensaje por el haz de la Tierra:

"Hoy... en tal región... en tal instante, ha aparecido una nube... ¡Una blanca y maravillosa nube!"

El ángel caído[14]

Cuento de Navidad,
dedicado a mi sobrina
María de los Ángeles [Padilla Nervo]

Érase un ángel que, por retozar más de la cuenta sobre una nube crepuscular, teñida de violetas, perdió pie y cayó lastimosamente a la tierra.

Su mala suerte quiso que, en vez de dar sobre el fresco césped, diese contra bronca piedra, de modo y manera que el cuitado se estropeó un ala, el ala derecha por más señas.

Allí quedó despatarrado, sangrando, y aunque daba voces de socorro, como no es usual que en la tierra se comprenda el idioma de los ángeles, nadie acudía en su auxilio.

En esto acertó a pasar, no lejos, un niño que volvía de la escuela, y aquí empezó la buena suerte del caído, porque como los niños sí suelen comprender la lengua angélica (en el siglo XX muchos menos, pero en fin…) el chico allegose al mísero, y sorprendido primero y compadecido después, tendiole la mano y le ayudó a levantarse.

---

[14] Nervo, "El ángel caído", en *El Mundo Ilustrado,* año XX, vol. II, núm. 26, 28 de diciembre de 1913, s. p.

Su salvador ofreciole el brazo y viose entonces el más raro espectáculo: un niño conduciendo a un ángel por los senderos de este mundo.

Cojeaba el ángel lastimosamente, ¡es claro! Acontecíale lo que acontece a los que nunca andan descalzos: el menor guijarro le pinchaba de un modo atroz.

Su aspecto era lamentable: con el ala rota dolorosamente plegada, manchando de sangre y lodo el plumaje resplandeciente, el ángel estaba de dar compasión.

Cada paso le arrancaba un grito: los maravillosos pies de nieve empezaban a sangrar también.

—No puedo más —dijo al niño.

Y éste, que tenía su miaja de sentido práctico, respondiole:

—A ti (porque desde un principio se tutearon), a ti, lo que te falta es un par de zapatos. Vamos a casa, diré a mamá que te los compre.

—¿Y qué es eso de zapatos? —preguntó el ángel.

—Pues mira —contestó el niño mostrándole los suyos—, algo que yo rompo mucho y que me cuesta muchos regaños.

—Y yo he de ponerme eso tan feo…

—Claro, ¡o no andas! Vamos a casa. Allí, mamá te frotará con árnica y te dará calzado.

—Pero si ya no me es posible andar… ¡cárgame!

—¿Podré contigo?

—¡Ya lo creo!

Y el niño alzó en vilo a su compañero, sentándolo en su hombro como lo hubiera hecho un diminuto san Cristóbal.

—¡Gracias! —suspiró el herido—, qué bien estoy así… ¿Verdad que no peso?

—¡Es que yo tengo fuerzas! —respondió el niño con cierto orgullo, y no queriendo confesar que su celeste fardo era más ligero que uno de pluma.

Cuando llegaron a la casa, sólo unos cuantos chicuelos curiosos les seguían. Un poeta que divagaba por aquellos contornos, asombrado, clavó en ellos los ojos y sonriendo beatamente los siguió durante buen espacio de tiempo con la mirada... Después se alejó pensativo...

Grande fue la piedad de la madre del niño, cuando éste le mostró a su alirroto compañero.

—¡Pobrecillo! —exclamó la buena señora—, ¿le dolerá mucho el ala, eh?

El ángel, al sentir que le hurgaban la herida, dejó oír un lamento armonioso. Como nunca había conocido el dolor, era más sensible a él que los mortales, forjados para la pena.

Pronto la caritativa dama le vendó el ala, a decir verdad con trabajo, porque era tan grande que no bastaban los trapos, y más aliviado, y lejos ya de las piedras del camino, el ángel pudo ponerse en pie y enderezar su esbelta estatura.

Era maravilloso de belleza. Su piel traslúcida parecía iluminada por suave luz interior y sus ojos, de un hondo azul, de incomparable diafanidad, miraban de manera que cada mirada producía un éxtasis.

—Los zapatos, mamá, eso es lo que le hace falta. Mientras no tenga zapatos, ni María ni yo (María era su hermana) podremos jugar con él —dijo el niño.

Y esto era lo que le interesaba sobre todo: jugar con el ángel.

A María, que acababa de llegar también de la escuela y que no se hartaba de contemplar al visitante, lo que le interesaba más eran las plumas; aquellas plumas gigantescas, nunca vistas, de ave del paraíso, de quetzal heráldico... de quimera, que cubrían las alas del ángel. Tanto que no pudo contenerse, y acercándose al celeste herido, sinuosa y zalamera, cuchicheole estas palabras:

—Di, ¿te dolería que te arrancara yo una pluma? La deseo para mi sombrero...

—¡Niña! —exclamó la madre indignada, aunque no comprendía del todo aquel lenguaje.

Pero el ángel, con la más bella de sus sonrisas, le respondió extendiéndole el ala sana:

—¿Cuál te gusta?

—Esta tornasolada...

—¡Pues tómala!

Y se la arrancó resuelto, con movimiento lleno de gracia, extendiéndola a su nueva amiga, quien se puso a contemplarla embelesada.

No hubo manera de que ningún calzado le viniese al ángel. Tenía el pie muy chico y alargado en una forma deliciosamente aristocrática, incapaz de adaptarse a las botas americanas (únicas que había en el pueblo), las cuales le hacían un daño tremendo, de suerte que claudicaba peor que descalzo.

La niña fue quien sugirió al fin la buena idea:

—Que traigan —dijo— unas sandalias. Yo he visto a san Rafael con ellas, en las estampas en que lo pintaban de viaje, con el joven Tobías, y no parecen molestarle en lo más mínimo.

El ángel dijo que, en efecto, algunos de sus compañeros las usaban para viajar por la tierra; pero que eran de un material finísimo, más rico que el oro, y estaban cuajadas de piedras preciosas. San Crispín, el bueno de san Crispín, fabricábalas.

—Pues aquí —observó la niña— tendrás que contentarte con unas menos lujosas, ¡y date de santos si las encuentras!

Por fin, el ángel, calzado con sus sandalias y bastante restablecido de su mal, pudo ir y venir por toda la casa.

Era adorable escena verle jugar con los niños. Parecía un gran pájaro azul, con algo de mujer y mucho de paloma, y hasta en lo zurdo de su andar había gracia y señorío.

Podía ya mover el ala enferma y abría y cerraba las dos con un movimiento suave y con un gran rumor de seda, abanicando a sus amigos.

Cantaba de un modo admirable, y refería a sus oyentes historias más bellas que todas las inventadas por los hijos de los hombres.

No se enfadaba jamás. Sonreía casi siempre, y de cuando en cuando se ponía triste.

Y su faz, que era muy bella cuando sonreía, era incomparablemente más bella cuando se ponía pensativa y melancólica.

Esta expresión de tristeza augusta fue quizá lo único que se llevó el ángel de su paso por la tierra...

¿Cuántos días transcurrieron así? Los niños no hubieran podido contarlos; la sociedad con los ángeles, la familiaridad con el ensueño, tienen el don de elevarnos a planos superiores, donde nos sustraemos a las leyes del tiempo.

El ángel, enteramente bueno ya, podía volar, en sus juegos maravillaba a los niños lanzándose al espacio con una majestad suprema; cortaba para ellos la fruta de los más altos árboles, y a veces los cogía a los dos en sus brazos y volaba de esta suerte.

Tales vuelos, que constituían el deleite mayor para los chicos, alarmaban profundamente a la madre.

—No vayáis a dejarlos caer por inadvertencia, señor Ángel —gritaba la buena mujer—. Os confieso que no me gustan juegos tan peligrosos…

Pero el ángel reía y reían los niños, y la madre acababa por reír también al ver la agilidad y la fuerza con que aquél los cogía en sus brazos, y la dulzura infinita con que los depositaba sobre el césped del jardín… ¡Se hubiera dicho que hacía su aprendizaje de ángel custodio!

—Sois muy fuerte, señor Ángel —decía la madre, llena de pasmo.

Y el ángel, con cierta inocente suficiencia infantil, respondía:

—Tan fuerte, que podría zafar de su órbita a una estrella.

Una tarde, los niños encontraron al ángel sentado en un poyo de piedra, cerca del muro del huerto, en actitud de tristeza más honda que cuando estaba enfermo.

—¿Qué tienes? —le preguntaron al unísono.

—Tengo —respondió—que ya estoy bueno, que no hay ya pretexto para que permanezca con vosotros… ¡que me llaman de allá arriba, y que es fuerza que me vaya!

—¿Que te vayas? ¡Eso nunca! —replicó la niña.

—¡Eso nunca! —repitió el niño.

—¿Y qué he de hacer si me llaman?…

—Pues no ir…

—¡Imposible!

Hubo una larga pausa llena de angustia.

Los niños y el ángel lloraban.

De pronto, la chica, más fértil en expresión, como mujer, dijo:

—Hay un medio de que no nos separemos…

—¿Cuál? —preguntó el ángel, ansioso.

—Que nos lleves contigo.

—¡Muy bien! —afirmó el niño palmoteando.

Y con divino aturdimiento los tres pusiéronse a bailar como unos locos.

Pasados, empero, estos primeros transportes, la niña quedose pensativa.

—Pero ¿y nuestra madre? —murmuró.

—¡Eso es! —corroboró el ángel—, ¿y vuestra madre?

—Nuestra madre —sugirió el niño— no sabrá nada… Nos iremos sin decírselo… y cuando esté triste, vendremos a consolarla.

—Mejor sería llevarla con nosotros —dijo la niña.

—¡Me parece bien! —afirmó el ángel—. Yo volveré por ella.

—¡Magnífico!

—¿Estáis, pues, resueltos?

—Resueltos estamos.

Caía la tarde fantásticamente, entre niágaras de oro.

El ángel cogió a los niños en sus brazos y de un solo ímpetu se lanzó con ellos al azul ignoto.

La madre en eso llegaba al jardín, y toda trémula violes alejarse.

El ángel, a pesar de la distancia, parecía crecer. Era tan diáfano, que a través de sus alas se veía el sol.

La madre, ante el milagroso espectáculo, no pudo ni gritar.

Cuando, más tarde, el ángel volvió al jardín por ella, la buena mujer estaba aún en éxtasis.

LA NOVIA DE CORINTO[15]

Había en Grecia, en Corinto, cierta familia compuesta del padre, la madre y una hija de dieciocho años.

La hija murió. Pasaron los meses y habían transcurrido ya seis, cuando un mancebo, amigo de los padres, fue a habitar por breves días la casa de éstos.

Diósele una habitación relativamente separada de las otras, y cierta noche llamó con discreción a su puerta una joven de rara belleza.

El mancebo no la conocía; pero seducido por la hermosura de la doncella, se guardó muy bien de hacerle impertinentes preguntas.

Un amor delicioso nació de aquella primera entrevista, un amor en que el mancebo saboreaba no sé qué sensación de extrañeza, de hondura, de misterio, mezclados con un poco de angustia...

La joven le ofreció la sortija que llevaba en uno de sus marfileños y largos dedos.

Él la correspondió con otra...

---

[15] Nervo, "La novia de Corinto", en *Caras y Caretas,* vol. XIV, núm. 682, 28 de octubre de 1911, s. p.

Muchas cosas ingenuas y suaves brotaron de los labios de los dos.

En la amada había un tenue resplandor de melancolía y una como seriedad prematura.

En sus ternuras ponía ella no sé qué de definitivo.

A veces parecía distraída, absorta, y de una frialdad repentina.

En sus facciones, aun con el amor, alternaban serenidades marmóreas.

Pasaron bastante tiempo juntos.

Ella consintió en compartir algunos manjares de que él gustaba.

Por fin se despidió, prometiendo volver la noche siguiente, y fuese con cierto ritmo lento y augusto en el andar...

Pero alguien se había percatado, con infinito asombro, de su presencia en la habitación del huésped: este alguien era la nodriza de la joven; la nodriza que hacía seis meses había ido a enterrarla en el cercano cementerio.

Conmovida hasta los huesos, echó a correr en busca de los padres y les reveló que su hija había vuelto a la vida.

—¡Yo la he visto! —exclamó.

Los padres de la muerta no quisieron dar crédito a la nodriza; mas, para tranquilizar a la pobre vieja, la madre prometió acompañarla a fin de ver la aparición.

Sólo que aún no amanecía. El mancebo, a cuya puerta se asomaron de puntillas, parecía dormir.

Interrogado al día siguiente, confesó que, en efecto, había recibido la visita de una joven, y mostró el anillo que ella le había dado en cambio del suyo.

Este anillo fue reconocido por los padres. Era el mismo

que la muerta se había llevado en su dedo glacial. Con él la habían enterrado hacía seis meses.

—Seguramente —dijeron— el cadáver de nuestra hija ha sido despojado por los ladrones.

Mas como ella había prometido volver a la siguiente noche, resolvieron aguardarla y presenciar la escena.

La joven volvió, en efecto... volvió con su extraño ambiente de enigma...

El padre y la madre fueron prevenidos secretamente, y al acudir, reconocieron a su hija fenecida.

Ella, no obstante, permanecía fría ante sus caricias.

Más aún, les hizo reproches por haber ido a turbar su idilio.

—Me han sido concedidos —les dijo— tres días solamente para pasarlos con el joven extranjero, en esta casa donde nací... Ahora tendré que dirigirme al sitio que me está designado.

Dicho esto, cayó rígida, y su cuerpo quedó allí, visible para todos.

Fue abierta la tumba de la doncella, y en medio del mayor desconcierto de los espíritus... se la encontró vacía de cadáver; sólo la sortija ofrecida al mancebo reposaba sobre el ataúd.

El cuerpo, dice la historia, fue trasladado como el de un vampiro, y enterrado fuera de los muros de la ciudad, con toda clase de ceremonias y sacrificios.

Esta narración es muy vieja y ha corrido de boca en boca entre gentes de las cuales ya no queda ni el polvo.

La señora Croide la recogió, como una florecilla de misterio, en su libro *The Night Side of Nature*.[16]

---

[16] Nervo escribe así el apellido de Catherine Crowe (1803-1876), espiritista inglesa y autora de *The Night Side of Nature* (1882), obra que reúne

Confieso que a mí me deja un perfume de penetrante poesía en el alma.

Vampirismo… ¡no! Suprimamos esta palabra fúnebremente agresiva, e inclinémonos ante el arcano, ante lo incomprensible de una vida de doncella que no se sentía completa más allá de la tumba.

Pensemos con cierta íntima ternura en esa virgen que vino de las riberas astrales a buscar a un hombre elegido y a cambiar con él el anillo de bodas…

---

historias de apariciones y fantasmas, basadas en acontecimientos reales, como la *Grecian Bride* (la novia griega).

Las Casas[17]

La respetable Academia de la Historia, a la cual debemos tantas nobles celebraciones, había decidido conmemorar el cuarto centenario de la llegada a América del padre Las Casas, apóstol de las Indias, y el Estado, queriendo pagar una deuda de gratitud al amoroso y humilde salvador de la raza vencida, resolvió asociarse a aquella manifestación, primera en su género y digna de la más grande solemnidad. Figuraba en parte muy visible del programa una pieza oratoria del célebre tribuno Solís, gloria por entonces del buen hablar patrio, y se deseaba ardientemente oírlo, porque unía a una facilidad sorprendente y pomposa de palabra una instrucción vastísima, especialmente en historia, materia de la que era profesor en la Universidad. Solís aceptó la comisión que se le confiaba, con particular complacencia: "Siempre he amado a Las Casas y le he admirado siempre —dijo—; para mí es más santo que muchos que andan por ahí en el calendario, y hago por completo mías aquellas palabras de Justo Sierra: '¿Por qué este cristiano sin mancha no tiene altares en las iglesias de América? No importa: tiene un altar en el corazón de

---

[17] Nervo, "Las Casas", en *Almas que pasan*, pp. 95-102.

cada mexicano'.[18] Escribiré con amor —añadió— su panegírico". Y en efecto, con amor empezó a escribirlo, un amor
que le hacía fácil y amable la tarea, prendiéndole flores en la
aspereza del erudito investigar y de la tediosa consulta de los
libros todos de nuestra historia.

Hasta se excedió quizás una miaja en las dimensiones de
la pieza oratoria; pero se consoló de ello pensando: "¡Bah,
mis numerosos oyentes no se fastidiarán; el asunto es tan bello! Y, dicho sea sin vanidad, lo he tratado con acierto y aun
afirmaría que con mucha más elocuencia que de ordinario.
¿Por qué? No sabría explicarlo; además del entusiasmo que
me ha inspirado siempre el apóstol de las Indias, paréceme
como que ahora adivino muchas cosas de su vida que no
refieren las historias. Me siento como sugerido, con una lucidez nada común…".

El palacio de Minas fue el elegido para la velada, y la noche
en que ésta debía efectuarse el aspecto del secular y nobilísimo edificio era indescriptible. El patio, maravilla de majestad, las escaleras, dignas de un emperador, estaban realzados
aún por un adorno que, *rara avis*, era del mejor gusto. El
presidente de la República asistía, acompañado de sus mi-
nistros, y, naturalmente, cuanto en México priva le había
seguido, y la concurrencia era de lo más granado que verse
pueda. El pensamiento del país, en todas sus manifestaciones
y actividades estaba representado ahí.

Si hemos de decir verdad, y aunque todos los números
del programa, escogidos con acierto y después de maduro

---

[18] Sierra expresó su admiración por el misionero y cronista dominico
fray Bartolomé de las Casas (1484-1566). El pasaje citado proviene de
Historia patria, p. 50.

reflexionar, eran bellos, la expectativa y la curiosidad del público estaban especialísimamente concentradas en aquellas breves líneas que decían: "El eminente orador Crisóstomo Solís hará el panegírico del padre Las Casas". Y, cuando, llegado el solemne momento, Solís, con la actitud serena que le era peculiar, se adelantó lentamente hacia la tribuna, el entusiasmo unánime estalló en un largo y ruidoso aplauso previo, pequeño abono a cuenta de las muchas ovaciones que se le prevenían. Aquel aplauso decía a las claras: "Te saludamos, conciudadano, y te felicitamos, desde luego, porque estamos seguros de que hablarás bellamente. Te conocemos ya, sabemos quién eres y hasta dónde llegas y no tememos una decepción. Antes bien: aguardamos indecibles sorpresas...".

Solís respondió con una inclinación de cabeza y una sonrisa, llenas ambas de dignidad y de gracia austera, a aquella galantería del público, y, apoyando las manos en el borde de la tribuna, con voz suave aún y casi familiar, dijo el reglamentario: "Señor presidente, señoras, señores...".

Fue enseguida su voz ascendiendo en un *crescendo* suave y melodioso, hasta llegar al tono medio, rica como nunca de inflexiones y de matices, opulenta de tonos, de esos tonos, de esas inflexiones, de esos matices que solían levantar al público en masa, que eran, si puede decirse, notas fisiológicas de un poder incontrarrestable.

Empezó por describir el mundo de entonces, esperezándose aún del largo sueño de la Edad Media; los albores vivaces y alegres del Renacimiento, el impulso colectivo de los pueblos hacia la acción, su ansia de desentrañar lo desconocido y la impaciencia de los navegantes por arar todas las reconditeces del océano con las frágiles quillas de sus naves. Ponderó la vitalidad, el poder y la fe de los españoles de acero que nos conquistaron, hechos de la misma sustancia que los Áyax, los Héctor, los Agamenón y los Aquiles. Subyugó al auditorio hablándole de las empresas de estos hombres, empresas increíbles a no estar escritas todavía en las frentes mismas, abatidas ¡ay!, como un doliente bronce de la raza indígena, y en la estela vigorosa del idioma, de las costumbres y de la vida toda nuestra.

Luego pintó la existencia del azteca libre, inclinado ante sus misteriosos monolitos de tezontle, y llevando oculto en su mirada de obsidiana el enigma de su origen...

Pero su elocuencia y su entusiasmo llegaron a inusitadas alturas al hablar de la casta, ya irredenta, destrozada, exhausta, y de la piedad de aquel fraile sevillano que midió con su báculo todas las zonas y extendió su misericordia sobre todos los indios. Habló del valor de este humilde dominico, que se encaraba con los reyes y con los grandes para decirles que la conquista era un atentado, y que el solo derecho de los españoles había sido convertir a los naturales. Habló del inmenso amor de Las Casas a sus protegidos, amor que le volvía suaves todos los trabajos y dulces todos los sacrificios; del abandono conmovedor con que los indios iban hacia él y se acogían al amparo de su sayal de jerga...

Y, súbitamente, presa de una alucinación inexplicable, el orador empezó a "ver" lo que describía, con una precisión tal cual si lo recordase: vio las opulentas selvas vírgenes, los malezales y los montes, los valles y las ciénagas de Chiapas, de las Antillas y de México, por donde el misionero había pasado; sintió el calor de los soles inclementes; oyó los clamores de los indios, que buscaban en él refugio y que en su dulce idioma de *shes*, de *tes* y de *eles*, dábanle nombres de divinidad. Vio al encomendero brutal haciendo silbar el castellano en sus injurias y el aire en su látigo de nervio de toro; sintió la ira santa en que debió arder el clarísimo varón ante las injusticias de los conquistadores para con los esclavos, y su voz tronó con apóstrofes vigorosos. Se había apartado por completo del hilo de su peroración, había olvidado por completo su panegírico. Lo que decía no lo había escrito él, Solís: era de otro. No era ya Solís quien hablaba de Las Casas: era Las Casas el que hablaba de su propia vida de apóstol. Hasta su voz se modificaba, adquiriendo inflexiones que él jamás "se había oído"; inflexiones misteriosas, sacerdotales, llenas de unción, tiernas y lejanas, muy lejanas, como si vinieran de las riberas de cuatro siglos... desde los limbos de la eternidad. [19]

El auditorio, conmovido hasta el llanto, arrobado hasta el éxtasis, seguía con la imaginación, con el corazón, con el alma toda, a través de su evocación portentosa, a aquel hombre transfigurado, y, en cuanto a él, se hubiera dicho que una parte de su persona se asombraba de la videncia de la otra, de lo que la otra, la que hablaba en aquel momento, sentía, veía y pensaba, experimentando no sé qué raro malestar ante el ser intruso que parecía venir del pasado a narrar su existencia a los humanos...

Al descender Solís de la tribuna, entre las enloquecedoras aclamaciones de sus oyentes, el primer magistrado de la nación, con las lágrimas en los ojos, tendiole los brazos, olvidando todo protocolo y toda ceremonia, y las damas, con

---

[19] Probable alusión al cronista español Antonio de Solís y Rivadeneyra (1610-1686), autor de la *Historia de la conquista de México, población y progresos de la América septentrional, conocida con el nombre de Nueva España* (1684).

movimiento irresistible, enviáronle besos a dos manos, sin reflexión y sin sonrojo.

Solís se retiró a su casa, seguido de admiradores innumerables, y cuando, al cabo de algún tiempo, ya solo en su estudio, se reposaba pensativo, los codos sobre su mesa de trabajo y la cabeza entre las manos, una voz, quizá más bien una sensación vigorosa, algo íntimo, claro, insinuante, invencible, le dijo:

"¡Tú fuiste el padre Las Casas!"

Y al imponerse a su cerebro tal convicción, de un modo más definido, más perfecto y diáfano aún que en la tribuna, se desarrolló súbitamente en su memoria, como una escena luminosa tras un telón que se descorre, como un relámpago que todo lo alumbra, el panorama de aquella su existencia anterior.

EL OBSTÁCULO[20]

Por el sendero misterioso, recamado en sus bordes de exquisitas plantas en flor y alumbrado blandamente por los fulgores de la tarde, iba ella, vestida de verde pálido, verde caña, con suaves reflejos de plata, que sentaba incomparablemente a su delicada y extraña belleza rubia.

Volvió los ojos, me miró larga y hondamente y me hizo con la diestra signo de que la siguiera.

Eché a andar con paso anheloso; pero de entre los árboles de un soto espeso surgió un hombre joven, de facciones duras, de ojos acerados, de labios imperiosos.

—No pasarás —me dijo, y puesto en medio del sendero abrió los brazos en cruz.

—Sí pasaré —respondile resueltamente, y avancé, pero al llegar a él vi que permanecía inmóvil y torvo.

—¡Abre camino! —exclamé.

No respondió.

Entonces, impaciente, le empujé con fuerza.

No se movió.

Lleno de cólera al pensar que la amada se alejaba, aga-

---

[20] Nervo, "El obstáculo", en *Cuentos misteriosos*, pp. 179-180.

chando la cabeza embestí a aquel hombre con vigor acrecido por la desesperación; mas él se puso en guardia y, con un golpe certero, me echó a rodar a tres metros de distancia.

Me levanté maltrecho y con más furia aún volví al ataque dos, tres, cuatro veces; pero el hombre aquel, cuya apariencia no era de Hércules, pero cuya fuerza sí era brutal, arrojome siempre por tierra, hasta que al fin, molido, deshecho, no pude levantarme…

¡Ella, en tanto, se perdía para siempre!

De muy lejos me envió una postrer mirada de reproche.

—¿Me dejas partir? —parecía decirme.

Aquella mirada reanimó mi esfuerzo e intenté aún agredir a aquel hombre obstinado e impasible de ojos de acero; pero él me miró a su vez de tal suerte, que me sentí desarmado e impotente.

Entonces una voz interior me dijo:

—¡Todo es inútil; nunca podrás vencerle!

Y comprendí que aquel hombre era mi destino.

FOTOGRAFÍA ESPÍRITA[21]

Los espíritus tienen coqueterías de mujer; cosa que yo no hubiera creído si no me lo revelan ellos mismos, o mejor dicho, si no "revela" esas coqueterías un buen fotógrafo, artista macabro que fija en su cámara oscura fisonomías ultraterrestres.

Este digno hijo de Daguerre, seguro de que los espíritus, como los microbios, pululan en todas partes, se dijo: "Hay que atraparlos", y los atrapa por un medio muy sencillo.

Va usted a retratarse, lo coloca a usted frente a la cámara, y le dice:

—Evoque usted a algún espíritu.

Y usted evoca a su madre (conste que esta frase no es un insulto).

—Reconcentre usted su imaginación —añade el fotógrafo— para que la imagen no se borre un punto. ¡A la una!, ¡a las dos!, ¡a las tres!

Ya está usted retratado con todo y madre.

A los tres o cuatro días va usted por sus retratos, los observa: la fisonomía de usted se destaca perfectamente y, aquí

21 Nervo, "Fotografía espírita", en *El Nacional*, 2 de septiembre de 1895, p. 12.

entra lo maravilloso; sobre la cabeza de usted, en el lienzo que sirve de fondo, hay unos trazos vagos esfumados casi, se advierte un rostro; lo considera usted bien y acaba por distinguir sus facciones.

—¿Son las de su madre?

—No —responde usted— serán las de la suya.

—Las de la mía tampoco. Se trata de otro espíritu que andaba por ahí. Apenas tuvo tiempo de alisarse el pelo para no salir con la cabeza desgreñada. Si hubiera tenido tiempo, de seguro se pone una flor en la cabeza y sonríe.

¿Evoca usted a su padre?

Pues resulta un caballero anciano con patillas luengas y ceño fruncido.

No es tampoco el papá de usted, es otro espíritu a quien atrapó el fotógrafo al pasar, en la cámara oscura.

En el lienzo del fondo de que he hablado, hay asimismo algunas manchas: ésos son los espíritus que usted evocó; andaban lejos, entretenidos, y no alcanzaron a salir, pero se adivina que son ellos; para eso sirven las intuiciones del cariño…

Paga usted un peso por cada retrato y se va tan contento a su casa, que si al fin y al cabo no salió su madre ni salió su padre, salieron otros y lo mismo da; ¡qué sabe usted si aquel anciano de patillas fue algún tío suyo, y si aquella buena señora que apenas se alcanzó a rizar el pelo, es su suegra, la suegra a quien tuvo usted la dicha de no conocer!

La fotografía, por lo demás, es mala; las figuras se destacan de un fondo oscuro con tonos amarillentos, pero hay que advertir que esos tonos se deben a la luz de los nimbos que "usan" los espíritus. Y hay que perdonar los otros defectos. ¿Qué, quería usted salir bien, en fotografía bonita y con espíritus?

¡Vamos, no pida usted gollerías!

Mi hermanito en Allan Kardec no se preocupa mucho del arte; no es ésa su misión. Artista sobrenatural, se limita a atrapar espíritus. Hay que avisarles a éstos para que no los cojan en *déshabillé*.

EL TRANSMISOR[22]

Cuando el empleado, con solicitud no desmentida, había recorrido ya con los turistas la mayor parte de los departamentos de la negociación, ponderando la importancia de ésta en México, la suma de esfuerzos y de gastos que suponía, el número de brazos que ocupaba y la difusión de bienestar que determinaba en la comarca, detúvose ante una puerta en cuyo dintel se leía: "Transmisor", y dando a su voz inflexiones de confidencia, dijo, a tiempo que introducía una pequeña llave en la cerradura y empujaba las maderas:

—En esta reducida pieza tienen ustedes a la fuerza bajo uno de sus aspectos más formidables y más disimulados. Nada parece indicarlo, ¿verdad? Un aparato de madera barnizada, fijo a la pared, muy semejante a la caja de un teléfono, y en cuyo centro hay un botón de cobre —y lo señalaba—, y sin embargo, ese botón, con el cual conectan innumerables hilos de alambre, vibra el rayo, un haz de rayos; ese botón distribuye la potencia eléctrica y la regula, y la potencia eléctrica significa en este caso... ¡diez mil voltios! ¿Saben ustedes lo que son diez mil voltios? —los turistas

[22] Nervo, "El transmisor", en *El Mundo. Semanario Ilustrado,* t. II, núm. 2, 11 de agosto de 1897, p. 27.

hicieron un signo de cabeza afirmativo—. Bastaría estar al tanto de que el máximum de vigor eléctrico necesario para la electroejecución, hoy aplicada a los reos de pena capital en Nueva York, es de mil voltios: el más excepcional organismo quedaría fulminado ante factor de tal energía; imagínense, pues, lo que serán diez mil voltios… y a qué se reduciría el hombre que tocase el botón…

Los turistas —quién más, quién menos— sintieron correr por la médula espinal un estremecimiento helado.

—¿Y cómo manejan ustedes tan horrible aparato?

—Con eficaces aisladores —respondió el empleado, quien satisfecho de la impresión que causaba, añadió—: y ya lo ven ustedes, no lo resguarda ni una débil cubierta de cristal; está a la mano… Cierto es que no permitimos la entrada aquí sino a los electricistas y a tales o cuales personas de cuya prudencia estamos seguros… Pero el tiempo vuela; ¿desean ustedes que continuemos nuestra visita?

—Con mucho gusto.

—Pasaremos de nuevo por la pieza dentro de breve rato para ver la dirección, y acaso presencien ustedes el funcionamiento del "transmisor".

—Yo los aguardo aquí —dijo uno de los visitantes, joven de pálida fisonomía y de grandes ojos, profundamente negros—, me siento fatigado y este sillón —un amplio sillón de escritorio, acojinado— es muy cómodo…

—¿Intentaría usted, por ventura suicidarse? —interrogó el empleado en son de broma.

El joven dejó ver una franca sonrisa, que habría disipado, de existir, la menor duda, y el empleado, después de un "cuidado" dicho con indiferente jovialidad, continuó con los demás turistas la visita.

Ya solo, el joven, como atraído por invencible imán, clavó sus ojos en el botón de cobre que brillaba siniestramente en medio de la madera, y se dijo:

—Si yo lo tocase con el índice, nada más que con el extremo del índice…

Pero, apenas formulada esta idea, se sobrecogió de espanto…

Habríase visto ocurrencia más insensata… Lo mejor era salir de ahí… E hizo un impulso para levantarse. Pero continuó sentado.

En verdad, una fuerza desconocida le retenía, y no era la primera vez que experimentaba la fascinación del peligro.

Extraordinariamente nervioso y sugestionable, en varias ocasiones sintió en las alturas el vivo deseo de arrojarse al abismo, y momento hubo en que, dominando el instinto de conservación, sus manos se aferrasen, frías, a los hierros de un barandal o a la saliente de una cornisa, en tanto que recorría su cuerpo un calosfrío muy semejante al que se experimenta cuando se va a saltar de una eminencia cualquiera, en los recreos del colegio.

Pero entonces la tentación era más fuerte; el disimulo, la hipocresía de una fuerza incalculable, tremenda, aplastante, que radicaba en un botón de cobre de inofensiva apariencia, le enloquecían.

Quiso analizar fríamente el impulso interno y misterioso que le dominaba.

¿Era hijo de la obsesión del suicidio? No, sin duda. Jamás había deseado la muerte. Su exquisita sensibilidad de nervioso, y de nervioso finamente educado, vibraba a todas las influencias externas, aun a las más leves versatilidades climatéricas, dándole malos ratos, es cierto; pero, en cambio, le producía sensaciones cada vez más refinadas y hermosas. Su posición holgada de estudiante rico era envidiable; su libertad, ilimitada; su salud, perfecta… Ahora disfrutaba de divertidas vacaciones semestrales, recorriendo una hermosa comarca de la provincia, con camaradas alegres, y pronto regresaría a México a reanudar sus estudios y sus placeres fáciles de *boulevard*. ¿Por qué, pues, había de querer suicidarse? No, no era el deseo preciso y determinado de morir el que le asaltaba ante ciertos peligros, sino la avidez de meterse en ellos, el vértigo de abrazarlos, una atracción arcana que nacía de todo su ser, tendido entonces hacia el abismo, hacia la vorágine, hacia el riesgo… Recordaba el esfuerzo prodigioso que en cierta ocasión tuvo que emplear para no arrojarse de la canastilla de un globo cautivo que ascendía periódicamente en la Alameda, y su fiebre por deslizarse en el plano inclinado de la montaña rusa.

El vértigo, eso era, un vértigo inexplicable.

Y el botón de cobre seguía brillando siniestramente…

¿Qué sentiría si lo tocara con el índice, nada más que con el extremo del índice?…

Un golpe, solo un golpe… acaso nada; tan instantánea sería la disolución de su organismo… ¿Qué se siente con un rayo? Nada, puesto que todas las funciones cerebrales cesan con brusquedad.

¡Si lo tocara con el índice, nada más que con el extremo del índice!…

Se estremeció de nuevo y púsose en pie.

Pronto estarían de vuelta los compañeros, y él ya no podría saciar su avidez, su horrible avidez…

Tornó a mirar el botón: un simple disco metálico muy semejante a un tornillo. ¡Si parecía mentira que aquello encerrase la muerte... el rayo... un haz de rayos... diez mil voltios!

Qué pavorosa es a veces la fuerza; no cuando se exhibe con todo el aparato de sus calderas, de sus engranes, de sus poleas... sino cuando se oculta en el hilo forrado de seda, en la bobina verde que semeja un carrete de bordador, en el botón de cobre o de porcelana...

¡Si lo tocara con el índice, nada más que con el extremo del índice!...

Se había acercado maquinalmente al transmisor, y palidecía en exceso...

Oyéronse voces en la pieza inmediata.

Los compañeros volvían.

El joven, como hipnotizado por el brillo del botón, no apartaba de él sus ojos dilatados.

El tiempo urgía... Si lo tocara con el índice... nada más que con el extremo del índice...

Las voces oíanse distintamente.

¿Qué hacer? Sacudiolo un postrer estremecimiento, y con ademán resuelto, alargó la mano.

El automóvil de la muerte[23]

A Enrique Díez-Canedo

Los campesinos estaban indignados, con esa indignación que atropella por todo, que no mide ya el alcance ni las consecuencias de los actos.

Por la mañana, como a las diez, una enorme máquina, poderosísima: 130 *horse power*, venía con velocidad loca por la gran carretera.

Una banda de gansos, gordos y lucios, atravesaba a la sazón. El *chauffeur* hizo cuanto pudo para evitarla; pero los volátiles, gansos al fin, en lugar de escapar, agrupáronse en medio del camino.

No había ya posibilidad de detener la máquina. Intentarlo era ir al *panache*, es decir a la muerte.

El *chauffeur* tomó una súbita resolución y pasó sobre los gansos.

—¡Clac! ¡Clac!

Un ruido como de vejiga que se revienta, como de grasa que se aplasta, y un torbellino de plumas blancas…

La equidad pedía que la máquina se detuviese más allá,

---

[23] Nervo, "El automóvil de la muerte", en *Ellos*, 163-170.

que volviera sobre sus pasos y que el automovilista pagase los daños causados: cinco gansos muertos, a veinte francos por cabeza, cuando menos.

Pero el automovilista, que ya se había visto —en su larga carrera deportiva— enredado en otras reclamaciones, temió las cóleras de los campesinos, las dificultades para un arreglo con el pastor, las molestias del Juzgado de Paz... y siguió a todo vuelo, a ciento y pico a la hora, dejando detrás un reguero de plumas y de indignaciones impotentes...

Por la tarde, como si aquello no bastara, otra máquina chocó violentamente con una vaca plácida, que no hizo caso de la trompa, sumida como estaba en su quieto budismo de rumiante.

La bestia no murió, pero quedó maltrecha, patas arriba, en la cuneta.

Como estaba embarazada, el propietario, un pobre diablo que no poseía más en el mundo, se entregó a la desesperación, seguro de que el terrible golpe tendría consecuencias fatales.

Al anochecer, el estado de ánimo de aquellas míseras gentes, era verdaderamente lastimoso.

Las dos máquinas agresoras, que los arruinaban con tan repentina y formidable injusticia, se habían desvanecido como sombras.

Cuando ellos llegaron, así el de los gansos como el de la vaca, al lugar de la tragedia, de los automóviles no quedaba más rastro que un poco de polvo, y un olor de bencina... imposible ver ni el número ni la procedencia de ninguno de ellos. Habían hecho el mal con escandalosa impunidad, con la aplastante indiferencia de sus ciento y tantos caballos, y habían desparecido luego por el camino polvoso lleno de huellas.

—¡Mis mejores gansos! —gemía el uno—. ¡Más de cien francos, el pan de tres meses!

—¡Mi vaca! —exclamaba el otro—. ¡Mi hermosa vaca que vale doscientos!

Pronto un grupo compacto de labriegos, huertanos y pastores, rodeaba a los quejosos. Una ira sorda primero, ruidosa después, se iba exhalando de aquellos pechos rugosos y velludos, contra la máquina implacable, soberbia, brutal, que siega vidas y pulveriza haciendas con una indiferencia de Jaganath indo; ¡que nunca tiene piedad, que lo menos que hace es arrojar su polvo a la cara de los pobres, de los que no poseen para sus peregrinaciones más que la elasticidad de sus pies o la mansedumbre de su borrico!…

¿Cuál de los campesinos sugirió la mala idea? ¡Quién sabe! Pero en aquellos espíritus alterados prendió instantáneamente.

¡Eso era! ¡Había que vengarse! Ya volverían los automóviles y el que primero pasara se llevaría el castigo. ¡El tremendo castigo!

De un cercado cortaron un largo alambre y lo tendieron a través del camino, atándolo fuertemente a dos árboles, a altura bien estudiada.

Luego, refugiáronse en un rincón de verdura y de sombra, y silenciosos y fatales como el destino, mudas ya sus cóleras ante la proximidad de la ansiada represalia, esperaron…

No esperaron mucho:

La noche había caído y en el lejano recodo de la carretera apareció palpitando y resoplando, encendidos sus enormes ojos encandiladores cuyos haces barrían las tinieblas, un gran automóvil descubierto, lleno de risas, de perfumes y de flotar de velos blancos, azules y rosas.

Venía el *chauffeur*, cuatro damas, elegantes y lindas, y el marido de una de ellas; cierto título *sportman*, harto conocido en París, Biarritz y Madrid.

Los aldeanos, agazapados, no respiraban.

De pronto algo indecible, espantoso, se produjo.

El alambre tendido y rígido, cercenó, con la misma facilidad con que un hilo secciona un bloque de mantequilla, primero dos cabezas; luego tres…

El *chauffeur*, debido a su inclinación accidental sobre el "gobierno", se salvó, y en medio del estruendo y la velocidad ni se dio cuenta de aquellos ruidos breves y extraños, como de desgarramiento, de aquel silencio que siguió a las risas…

¡Oh el automóvil de decapitados, el espantoso automóvil de la muerte, con sus cinco troncos, echados un poco hacia atrás y desangrándose lentamente!

¡Oh el horrible automóvil de guillotinados, que seguía en medio de la noche, por la gran carretera…!

Dentro, dos cabezas habían caído. Las otras habían rodado al camino, con sus sombreros vistosos, con sus grandes velos flotantes… ¡Oh el infame automóvil de la morgue!, la odiosa máquina encharcada de sangre, que seguía con su velocidad loca a través de la gran cinta blanca bordada de árboles…

¡Y qué visión de pesadilla cuando el coche se detuvo en el *garage*, lleno de gente, iluminado por grandes focos, y *todos vieron*, vieron por fin *aquello*!

Aquello indescriptible que había allí dentro, sobre la fina piel de los cojines…

LA LOCOMOTORA[24]

Entre la pradera por donde paseaban y el coqueto caserío, atrayente y risueño a fuerza de color y de claridad, estaba la punta oscura y enorme de los rieles, que se prolongaban, hasta perderse de vista, en un cercano recodo, la acerada rapidez de sus paralelas.

El matrimonio y los dos niños tuvieron la misma idea: ir allá entre las coquetas casitas rojas y azules que eran la seducción por excelencia del paisaje.

¿Pero y los rieles?, ¿el peligro de atravesar los rieles?

Antes de que el marido reconociese esta objeción, la señora, con el mayor de los niños, que la acompañaba, echó a correr, saltando durmientes y hierros y en tres minutos se mostró triunfante al otro lado, sobre el talud mullido del césped.

Siguiola el esposo con el niño más pequeño de la mano. El chico brincaba riel a riel y pretendía, en algunos, caminar, haciendo equilibro sobre la angosta superficie, sostenido siempre por la mano de su padre.

De pronto, un ronco silbido los paralizó a los dos de sorpresa. Del recodo surgía poderosa, violenta, empenachada de

[24] Nervo, "La locomotora", en *El Abogado Cristiano,* vol. XXXIV, núm. 43, 27 de octubre de 1910, p. 686.

fuego, una locomotora; detrás asomaban los primeros coches de un gran expreso.

La madre, allá en el talud, lanzó un grito desesperado.

El padre, con esa lucidez de los inevitables momentos de peligro y la loca premura de su pensamiento angustiado, se dijo:

"Es imposible llegar hasta el talud antes que pase el tren."

Luego, siguió pensando, siguió pensando, con la concatenación de imágenes y de ideas que se producen vertiginosamente y fuera del tiempo, en los trances supremos:

"Hay muchos rieles, y por tanto muchas probabilidades de que la máquina no recorra la misma vía en que estoy en estos momentos: si echo a correr, el peligro es mayor. Si espero en firme aquí, quizá nos salvemos."

No vaciló. Apretó fuertemente entre sus brazos al niño y cerró los ojos…

El estruendo del tren se hacía mayor por instantes. Parecía que la tierra toda era presa de una convulsión y se poblaba de rumores.

"Viene hacia nosotros", pensó: "Va a aplastarnos".

Y apretó más al niño contra su corazón.

Su pensamiento desbocado siguió agitando imágenes en la fiebre de aquel instante definitivo…

Entre tanto, sobreponiéndose a aquel como quebrantamiento, como machacamiento formidable de fierro con que se aproximaba la locomotora, sobresaliendo entre el ruido desconcertador, seguían oyéndose los chillidos de la madre, allá en el talud…

Y él imaginaba su muerte: la máquina iba a aplastarlos, a triturarlos, a untarlos materialmente en los rieles. Todas sus lecturas de catástrofes le vinieron a la mente. Vio su cerebro salpicando los postes del telégrafo, sus miembros despedazados, dispersos; segada la cabeza como a cercén por los filos de las ruedas, y los ojos saltando horriblemente de las órbitas como para mirar el espanto de la escena...

El niño, que hasta entonces había permanecido en un silencio trágico, preguntó:

—Papá, qué, ¿va a dolernos...?

En ese mismo instante el estruendo llegaba a su máximum y la gigantesca máquina, con su rosario de coches, pasaba zumbando por los rieles inmediatos.

Una sensación de bochorno, de calor intenso... Luego, al abrir los ojos, el último coche que huía casi rozándolos.

A lo lejos el amenazador penacho que se desmenuzaba en el aire. Estaban salvados.

El miedo a la muerte[25]

"No podría yo decir cuándo experimenté la primera manifestación de este miedo, de este horror, debiera decir, a la muerte, que me tiene sin vida. Tal pánico debe arrancar de los primeros años de mi niñez, o nació acaso conmigo, para ya no dejarme nunca jamás. Sólo recuerdo, sí, una de las veces en que se revolvió en mi espíritu con más fuerza. Fue con motivo del fallecimiento del cura de mi pueblo, que produjo una emoción muy dolorosa en todo el vecindario. Tendiéronle en la parroquia, revestido de sus sagradas vestiduras, y teniendo entre sus manos, enclavijadas sobre el pecho, el cáliz donde consagró tantas veces. Mi madre nos llevó a mis hermanos y a mí a verle, y aquella noche no pegué los ojos un instante. La espantosa ley que pesa con garra de plomo sobre la humanidad, la odiosa e inexorable ley de la muerte, se me revelaba produciéndome palpitaciones y sudores helados.

" '¡Mamá, tengo miedo!', gritaba a cada momento, y fue en vano que mi madre velara a mi lado; entre su cariño y yo

---

[25] Nervo, "El miedo a la muerte", en *Almas que pasan*, pp. 17-26.

estaba el pavor, estaba el fantasma, estaba 'aquello' indefinible, que ya no había de desligarse de mí…

"Más tarde murió en mi casa una tía mía, después de cuarenta horas de una agonía que erizaba los cabellos. Murió de una enfermedad del corazón y fue preciso que la implacable Vieja que nos ha de llevar a todos, la dominara por completo… No quería morir; se rebelaba con energías supremas contra la ley común… 'No me dejen morir —clamaba—; no quiero morirme…'

"Y la asquerosa Muerte estranguló en su garganta uno de esos gritos de protesta.

"Después, cada muerto me dejó la angustia de su partida, de tal suerte, que pudo decirse que mi alma quedó impregnada de todas las angustias de todos los muertos; que ellos, al irse, me legaban esa espantosa herencia de miedo… En el colegio, donde anualmente los padres jesuitas nos daban algunos días de ejercicios espirituales, mi pavor, durante los frecuentes sermones sobre 'el fin del hombre', llegó a lo inefable de la pena. Salía yo de esas pláticas macabras (en las cuales con un no envidiable lujo de detalles se nos pintaban las escenas de la última enfermedad, del último trance, de la desintegración de nuestro cuerpo), salía yo, digo, presa del pánico, y mis noches eran tormentosas hasta el martirio.

"Recordaba con frecuencia los conocidos versos de santa Teresa:

> ¡Vivo sin vivir en mí,
> y tan alta vida espero,
> que muero porque no muero![26]

---

[26] Versos iniciales de "Vivo sin vivir en mí" de la escritora mística española Teresa de Jesús (1515-1582).

y envidiaba rabiosamente a aquella mujer que amó de tal manera la muerte y la ansió de tal manera, que pasó su vida esperándola como una novia a su prometido…

"Yo, en cambio, a cada paso temblaba y me estremecía (tiemblo y me estremezco) a su solo pensamiento.

"Murió de ahí a poco en mis brazos un hermano mío, a los dieciocho años de edad, fuerte, bello, inteligente, generoso, amado… y murió con la serenidad de una hermosa tarde de mis trópicos.

" 'Siempre temí la muerte —me decía—; mas ahora que se acerca, ya no la temo: su proximidad misma parece que me la ha empequeñecido… No es tan malo morir… ¡Casi diría que es bueno!'

"Y envidié rabiosamente también a mi hermano, que se iba así, con la frente sin sombras y la tranquila mirada puesta en el crepúsculo, que se desvanecía como él…

"Mi lectura predilecta era la que refiere los últimos instantes de los hombres célebres. Leía yo y releía, analizaba y tornaba a analizar sus palabras postreras, para ver si encontraba escondido en ellas el miedo, 'mi miedo', el implacable miedo que me come el alma…

" 'Now I must sleep', decía Byron, y había en estas palabras cierta noble y tranquila resignación que me placía.[27]

" 'Creí que era más difícil morir…', decía el feliz y mimado Luis XV, y esta frase me llenaba de consuelo… Ése, pues, no había tenido miedo ni había sentido rebeliones…

" 'Dejar todas estas bellas cosas…', clamaba Mazarino acariciando en su agonía con la mirada los primores de arte

---

[27] Nervo recoge esta versión de las últimas palabras del poeta británico Lord Byron (1788-1824), quien expiró enunciando: "Now I shall go to sleep", *Letters*, p. 492.

que llenaban su habitación, y este grito de pena no me desconcertaba, porque yo a la muerte no le he temido jamás porque me quita lo que es mío… El amor a las cosas es demasiado miserable para atormentarme.

" '¡Todo lo que poseo por un momento de vida!', gemía, agonizante, Isabel de Inglaterra, y este gemido me congelaba el ánima.

" '¡Mi deseo es apresurar todo lo posible mi partida!', exclamaba Cromwell, y yo creía sorprender en esa frase la impaciencia angustiosa que se tiene de salir cuanto antes de un martirio insufrible.

" '¡Vaya una cuenta que vamos a dar a Dios de nuestro reinado!', murmuraba Felipe III de España, y estas palabras me acobardaban más de la medida.

" '¡Ah! ¡Cuánto mal he hecho!', sollozaba Carlos IX de Francia, recordando la Saint Barthélemy, y este sollozo me pavorizaba el corazón.

"Agradábame sobremanera la desdeñosa frase del poeta Malherbe, ya saben ustedes, el autor de aquella estrofa que hizo célebre (envaneceos alguna vez legítimamente, señores cajistas) una errata de imprenta:

> Mais elle était du monde, où les plus belles choses
> Ont le pire destin,
> Et rose elle a vécu ce que vivent les roses,
> L'espace d'un matin…[28]

---

[28] Estrofa de "*Consolation à Monsieur du Périer*" del poeta francés François de Malherbe (1555-1628). Este poema de 1598 es una reescritura de otro de Malherbe, fechado seis años antes: "*Consolation funèbre à un de ses amis sur la mort de sa fille*". Malherbe, *Poésies*, pp. 41-43 y 25-28. Una versión de los versos citados por Nervo sería: "Pero ella era del mundo en el que las cosas más bellas / tienen el peor destino, / y rosa ha vivido lo que

"Al padre que le hablaba de eternidad y le encarecía que se confesara, Malherbe respondió:

"'He vivido como los demás, muero como los demás y quiero ir... adonde vayan los demás...'

"En cambio, las palabras de Alfonso XII: '¡Qué conflicto!, ¡qué conflicto!', me aterrorizaban hasta lo absurdo.

"Y a medida que iba creciendo, este miedo a la muerte adquiría (y sigue adquiriendo) proporciones fuera de toda ponderación. Es raro, por ejemplo, que se pase una noche sin que yo me despierte, súbitamente, bañadas las sienes en sudor y atenaceado, así de pronto, por el pensamiento de mi fin, que se me clava en el alma como una puñalada invisible.

"'¡Yo he de morir —me digo—, yo he de morir!' Y experimento entonces con una vivacidad espantosa toda la realidad que hay en estas palabras."

"¡Morir!, ¡ah Dios mío! ¡Los animales, cuando sienten que se aproxima su término, van a tumbarse en un rincón, tranquilos y resignados, y expiran sin una queja, en una divina inconsciencia, en una santa y piadosa inconsciencia, devolviendo al gran laboratorio de la naturaleza la misteriosa porcioncita de su alma colectiva! Las flores se pliegan silenciosas y se marchitan sin advertirlo (¡o quién sabe!) y sin angustia alguna (¡o quién sabe!). Todos los seres mueren sin pena... menos el hombre.

"Ninguno de los animales sabe que ha de morir y vive cada uno su furtiva existencia en paz... Sólo el hombre va

---

viven las rosas, / nada más una mañana". Nervo refiere la leyenda de una supuesta errata entre el primer y el segundo poema, confusión derivada del nombre de la hija de Cléophon, Rosette, aludida en los versos de 1592.

perseguido por los fantasmas de la muerte, como Orestes por su séquito de Euménides… ¡horror!, ¡horror![29]

"Dos maneras sólo hay de morir: se muere, o por síncope o por asfixia. Poco me espanta la primera de estas muertes… Un desmayo… y nada más; un desmayo del que ya no se vuelve: la generosa entraña cesa de latir y nos dormimos dulcemente para siempre; pero la asfixia, ¡Dios mío!, la asfixia que nos va sofocando sin piedad, que nos atormenta hasta el paroxismo… y unido a ella el terror de lo que viene… de lo desconocido en que vamos a caer, de ese pozo negro que abre su bocaza insaciable… de lo 'único serio' que hay en la vida.

"A más de cien médicos he preguntado:

"—¿Qué, se sufre al morir?

"Y casi todos me han respondido:

"—No; se muere dentro de una perfecta inconsciencia…

"¡Ah!, sí; esto es lo natural, lo bueno, lo misericordioso: la santa madre, la noble madre naturaleza debe envolvernos en un suave entorpecimiento; debe adormecernos en sus brazos benditos durante esa transición de la vida a la muerte. Sin duda que morimos como nacemos… en una misteriosa ignorancia… Pero ¿y si no es así?… ¿si no es así?, me preguntaba yo temblando."

"¡Morir!, seguía pensando (y sigo aún por mi desgracia). He de morir, pues, y todo seguirá lo mismo que si yo viviera. ¡Esta multitud que inunda las aceras continuará su activo y

---

[29] Alusión a la tercera parte de *La Orestíada* de Esquilo (525-456 a. C.). Una serie de asesinatos se concatenan en esta trilogía dramática integrada por *Agamenón*, *Las Coéforas* y *Las Euménides*. Las euménides o furias, diosas de la venganza, persiguen a Orestes y representan su remordimiento en la última parte del drama.

alegre tráfago, bajo el mismo azul del cielo, calentada por el mismo oro tibio del sol! En los bosques los nidos seguirán piando y los amantes seguirán buscándose en las bocas la furtiva miel de la vida. Las mismas preocupaciones atormentarán a las almas… Los mismos placeres, sin cesar renovados, deleitarán a las generaciones… La Tierra continuará girando como una inmensa mariposa alrededor de la llama del Sol… y yo ya no existiré, ya no veré nada, ya no sentiré nada… Me pudriré silenciosamente en un cajón de madera que se desmoronará conmigo…

"Pasarán las parejas de aves sobre la tierra que me cubre, sin conmover mis cenizas… El sol despertará germinaciones nuevas en derredor mío, sin que mis pobres huesos se calienten con su fuego bendito.

"Mi memoria habrá pasado entre los hombres, mi huella se habrá perdido, mi nombre nadie habrá de pronunciarlo. El hueco que dejé estará lleno…

"Y si al menos fuese así, si la muerte se redujese a un eterno e inconmovible sueño… pero las palabras de Hamlet nos torturan el pensamiento: 'Morir… dormir… soñar… ¡soñar acaso!'."[30]

"No, no es posible ya padecer más; la resistencia humana tiene sus límites, y la mía está agotada. Esta obsesión de la muerte, en los últimos tiempos se ha enseñoreado de mí en modo tal, que ya no puedo hablar más que de ella, ni pensar más que en ella… Mis noches son de agonía lenta y odiosa… mis días tristes hasta opacar mi tristeza la luz del sol… Mi tormento llega al heroísmo de los tormentos… Ya

---

[30] Shakespeare, *Hamlet*, pp. 74-75. La cita forma parte del soliloquio de Hamlet "To be or not to be", en donde éste considera el suicidio.

no puedo con mi mal, y voy a acudir al más absurdo... al más extraño... al más ilógico, pero también al más efectivo de los remedios... ¡Voy a matarme! Sí, a matarme; ¿concebís esto? A matarme... ¡por miedo a la muerte!"

Sobre el pecho del suicida se encontraron, a guisa de carta, las páginas que copio. Los periódicos han publicado ya parte de ellas. Yo he creído piadoso reproducirlas todas...

LOS MUDOS[31]

Aquella tarde, en el paseo, llamó mi atención un grupo original.

Formábalo una mujer, joven aún, como de treinta y cinco años, en cuyas sienes ensortijábanse raros hilos de plata, y dos hombres como de treinta, altos, esbeltos, elegantes los tres.

La dama o señorita parecíaseles en extremo. Hubiera sido ocioso preguntar si eran hermanos y hermana.

Marchaban, ella entre los dos, silenciosamente, tanto que, según pude observar durante largo rato, no cruzaron una sola palabra.

Sus rostros impasibles tenían no sé qué rigidez en ellos, y en ella no sé qué expresión lejana y como nostálgica.

Ellos eran rubios, ella morena, con ojazos negros, luminosos y tristes.

El extraño grupo no se apartó de mi imaginación durante buena parte de la noche.

No creo exagerar si digo que a costa suya, y con ellos como esenciales personajes, forjé dos o tres novelas misteriosas y complicadas…

---

[31] Nervo, "Los mudos", en *Cuentos misteriosos*, pp. 62-65.

La realidad era, sin embargo, sencilla, como todas las realidades, y la supe pocos días después, en el salón de la marquesa de…, donde en calidad de compatriota fui presentado a la mujer enigmática y estreché la diestra de sus hermanos silenciosos.

Sencilla era la realidad, sí, y conmovedora: aquella mujer, hermana, en efecto, de los dos jóvenes (gemelos éstos y sordomudos), pertenecía a una opulenta familia de la provincia mexicana. Era la mayor de la casa y, huérfana de madre desde temprana edad, hacía sus veces con los dos hermanos impedidos.

Cuando su padre estuvo en trance de morir, llamola a su lecho y díjole:

"Hija mía, voy a hacerte una súplica, a pedirte un sacrificio, acaso muy grande. Tú sabes cuánto quiero a Pedro y a Juan y cómo me inquieta su suerte. ¿Qué va a ser de ellos con su enfermedad, con ese muro impenetrable que los separa de la sociedad de sus semejantes y los deja inermes ante la lucha por la vida? No te cases, hija mía, hasta que estés segura de que no necesitan de ti. ¿Quieres darme esta prueba de cariño, mi María, a fin de que yo muera en paz?"

Ella, rodeando suavemente con sus brazos la cabeza del moribundo, juró que así lo haría; aceptó, con ese espíritu de sacrificio innato en nuestras mujeres hispanoamericanas, la maternidad espiritual que se le confiaba.

Pasaron los años. La mamita era adorada por los hermanos mudos, celosos de su nunca desmentida solicitud, a un punto tal, que ni un instante se separaban de ella en las horas hábiles, e iban a su lado, como dos graves custodios, en los paseos y reuniones…

Pero un día, el amor llamó al corazón de aquella mujer.

El pretendiente era bueno, rico, gallardo, y la adoraba desde hacía tiempo, de lejos.

La mamita vaciló... Cierto que sus hermanos aún no habían cumplido la mayor edad y apenas podían valerse... pero aquel cariño era imperioso.

Él, viéndola dudar, insistió. La pobre muchacha, ante las súplicas del hombre amado, debatíase penosamente. Al fin resolvió consultar con los mudos, recabar su consentimiento, pedirles que le devolviesen su derecho a ser feliz...

Mas apenas la hermosa mano alargada, la fina y noble mano figuró las primeras letras del usual alfabeto del abate de l'Épée, por medio del cual se entendían, los mudos palidecieron hasta la muerte, cayeron de rodillas a sus pies, asiéronse a sus ropas, y, con inarticulados y discordantes gritos de guturales rispideces y con ojos enormemente abiertos en que se leían la ira, el espanto, los celos, imploraron de la vestal que siguiese siéndolo hasta el fin...

Sus almas enfermas, medrosas y pueriles, temblaban convulsivamente en cada uno de los miembros de sus cuerpos.

María tuvo piedad... Cerró los ojos; irguió la cabeza; apretó con sus manos frías de angustia las manos convulsas y febriles de los gemelos... y éstos comprendieron con regocijado egoísmo de seres débiles, que estaban salvados, que el sacrificio se consumaba definitivamente...

Siguió el tiempo devanando su hilo misterioso, y aquella trinidad peregrina continuó en aparente calma por el sendero de la vida... no sin que en los ojos de ellos brillase el recelo a la menor mirada curiosa o tierna dirigida a María, no sin que los tristes y radiosos ojos de ella se clavasen de vez en cuando en una vaga e inaccesible lontananza, como para columbrar el ideal perdido…

El del espejo[32]

Así como las mujeres se sonríen a través del espejo,[33] Gabriel había caído, yo no sé cómo, en la manía de verse en el cristal cuando dialogaba consigo mismo.

¡Qué hombre no habla solo!

Todo el mundo habla solo. Pero a Gabriel no le bastaba hablar solo, sino que lo hacía frente al espejo.

Parecíale que de otra manera el diálogo no era completo.

Necesitaba un interlocutor, y ese interlocutor era la imagen que el espejo le devolvía; tanto más cuanto que gesticulaba al par que él, y como hacía con los labios los mismos movimientos que Gabriel, hasta le parecía a éste que hablaba la imagen.

Tuvo, pues, al cabo de poco tiempo, dos yoes, no internos, sino externos, sustantivos, individualizados: el suyo propio y el de la imagen que le devolvía el espejo.

Cada uno de esos yoes mostraba su índole, su carácter, personalísimos.

---

[32] Nervo, "El del espejo", en *Ellos*, pp. 197-204.

[33] Para Nervo, los espejos simbolizan la identidad escindida de algunos personajes. Este tratamiento también se aprecia en sus novelas cortas *El donador de almas* (1905) y *Amnesia* (1918).

El *alter ego* que en lo íntimo de nuestro espíritu departe con nosotros, que generalmente alardea de una opinión contraria a la nuestra, que nos sume en frecuentes perplejidades, para Gabriel estaba personificado en la imagen del espejo, de tal modo, que acabó por ver en ella a un sosias antagonista, con quien, si hemos de ser francos, le complacía discutir, porque así, desahogaba sus iras, vaciaba sus problemas, se desembarazaba de sus objeciones.

Ésta, como todas las costumbres, llegó a ser en Gabriel una segunda naturaleza.

Le hubiera sido imposible examinar, analizar una cosa "a solas". Necesitaba departir con su "otro yo", con su "doble", con "el caballero aquel" del espejo... que siempre le llevaba la contraria.

Y así, cuando en la noche oprimía el botón de la incandescente y se quedaba a oscuras para dormir, era cuando se sentía solo. "El del espejo" no estaba allí, puesto que no había luz.

Debía dormir también allá en el fondo misterioso del biselado cristal, con un sueño levísimo de fantasma...

Pero si antes de que Gabriel se durmiese le tumultuaba en el cerebro alguna idea, alguna preocupación de las que nos trae el insomnio, incapaz de soportarla solo, saltaba de la cama, encendía la luz y se iba al espejo, a despertar al "otro", a discutir con él los "porqué" de su inquietud y de su angustia.

—¿Crees tú —porque lo tuteaba—, crees tú —decíale a cada paso, en estas discusiones—, crees tú que tengo la razón?

Y el espejo devolvía a Gabriel un encogimiento de hombros... "El otro" se encogía de hombros.

—¡Eso no es responder! —solía replicar Gabriel, exaltándose poco a poco, y el del espejo iba también exaltándose, hasta que ambos manoteaban desesperadamente y gritaban, o cuando menos gritaba uno de ellos, hasta desgañitarse.

La cólera del individuo del espejo, sus ademanes trágicos, su rostro congestionado, encendían más y más las iras de Gabriel, y el que esto escribe no se explica cómo pudieron en tanto tiempo no venir a las manos y abofetearse concienzudamente.

Pero que no lo hicieran lo testificó la integridad del espejo, tranquilo, brillante, profundo, que no mostraba ni la más mínima lesión... ¡hasta el día en que sucedió la gran desgracia!

Los criados sabían que el señorito Gabriel hablaba solo y como esto nada tiene de raro, dejábanlo en paz. Apenas si muy de vez en cuando alguno de ellos se asomaba al ojo de la cerradura.

Pero aquella mañana no dejó de inquietarles el diapasón de la voz.

Gabriel decía quién sabe cuántas cosas con estentóreo acento.

La discusión allá, dentro de la pieza, había llegado a extremos deplorables.

El caballero del espejo empezó como de costumbre por encogerse de hombros, luego manoteó, luego... (¡quién lo creyera!) le enseñó los puños a Gabriel.

Éste no pudo más, y en el paroxismo de la rabia, corrió hacia un *secrétaire* y de un cajón sacó su revólver.

Debo advertir que la discusión no tenía importancia. A lo que parece, "el otro" le reprochaba interiormente a Gabriel ciertas palabras nada corteses que había dirigido a un individuo antipático. Pero Gabriel, aquel día, estaba más nervioso que de costumbre y a las primeras réplicas se exaltó.

Ya con el revólver en la mano, volvió de nuevo al espejo.

—Miserable —dijo al sosias—, ya no puedo soportarte. Me estás amargando la vida. Eres un canalla, un… *esto*, un… *lo otro*… ¡vas a ver!

Al "vas a ver", el del espejo se encogió de hombros (así lo creemos cuando menos, pues no tenemos más indicios de lo que debió acontecer), y Gabriel, ciego de ira, le apuntó a la cabeza y disparó.

Al oír la detonación, la servidumbre, ya inquieta por la extraordinaria violencia de los gritos, se precipitó en la pieza y se quedó consternada.

El espejo había sido estrellado por el proyectil y Gabriel yacía exánime a los pies del cristal, con un balazo en la frente.

Un cuento[34]

Cuando comprendí que era indispensable escribir un cuento, que me había comprometido solemnemente con el editor, al cual debía muchos favores y que de fijo no me perdonaría ni en esta vida ni en la otra mi falta de formalidad, púseme angustiadísimo. Yo soy el hombre de menos imaginación que hay en el mundo, y, naturalmente, la simple aprensión de estar obligado a escribir algo, por un fenómeno nervioso muy común había acabado con todas mis ideas, como si se las hubiese tragado la tierra.

"¿En dónde están mis ideas?", me preguntaba yo como el infortunado y gran Maupassant, y mis ideas no aparecían por parte alguna.[35]

Es cierto que para escribir un cuento suele no necesitarse de la imaginación: se ve correr la vida, se sorprende una escena, un rasgo; se toman de aquí y de ahí los elementos reales y palpitantes que ofrecen los seres y las cosas que

---

[34] Nervo, "Un cuento", en *Almas que pasan*, 131-144.

[35] En la crónica "Las ideas. Presagios de un baile", Nervo alude al narrador francés: "Frente a frente de algunas cuartillas de papel y con la pluma en ristre, me he preguntado como Guy de Maupassant: '¿Dónde están mis ideas?' Y las he buscado en vano". Nervo, *Lunes de Mazatlán*, p. 176.

pasan, y ya se tiene lo esencial. Lo demás es cosa de poquísimo asunto: coordinar aquellos datos y ensamblar con ellos una historia; algo que acaso no es cierto actualmente, pero que lo ha sido; algo que tal vez en aquel instante no existe, pero que es posible y ha existido sin duda. Hacer que cada uno de los personajes viva, respire, ande, que la sangre corra por sus venas, que, por último, haga exclamar a todos los que lo vean en las páginas del libro: "¡Pero si yo conozco a esta gente!".[36]

¡Muy bien! Por receta no quedaba… Pero es el caso que esas escenas, esos rasgos, esa vida que pasa, entonces no me decían nada. Todo lo exterior parecíame inexpresivo, inadecuado, sin brillo… Y además, yo no tenía en mí mismo el poder de asirlo, de comprenderlo… Pasaban ante mí todas las escenas del mundo externo como si yo fuera un espejo, un espejo con vislumbres de crítica, pero sin la menor aptitud para retener aquello…

Tan dolorosa condición amenazaba prolongarse indefinidamente, y, convencido al fin de que todos mis esfuerzos eran vanos, resolví recurrir a Ovidio Valenzuela en demanda de un argumento.

Ovidio Valenzuela, mi compañero de colegio, se distinguía especialmente por una imaginación fertilísima en inventiva.

Naturalmente, esta cualidad habíalo hecho mentiroso, y mentía más que el protagonista de *La verdad sospechosa*, de

---

[36] Alusión a la poética del naturalismo de la española Emilia Pardo Bazán (1851-1921), quien expone en su ensayo *La cuestión palpitante* (1882) las teorías originadas en las obras de los hermanos Edmond (1830-1870) y Jules de Goncourt (1822-1896) y de Émile Zola (1840-1902).

nuestro Alarcón; pero mentía con buena memoria, cualidad rara en el mentiroso, y era difícil, casi imposible, argüirlo de falsedad, hacerlo "quedar mal".

En el colegio habíamosle bautizado con el alias de la Nodriza, porque era el cuentista obligado de nuestras lentas noches de invierno. Terminada la comida, a las siete de la noche, se nos dejaba en libertad hasta las nueve, aunque directamente vigilados por los prefectos. Algunos de los compañeros jugaban, otros dormitaban, éste o aquél leía. Los más nos reuníamos (y así aconteció por espacio de cerca de dos años) en rededor de Valenzuela, el cual, sin repetirse una sola vez, nos refería noche a noche uno o dos cuentos. Al principio, en nuestra ingenuidad, creímos lo que él nos decía con sonrisilla maliciosa: "Tengo un libro que ni a Dios se lo enseño, en el que aprendo todas mis historias" (y nos describía sus maravillosas estampas iluminadas). Pero acabamos por convencernos de que el libro en cuestión era el de su fantasía de catorce años, por cuyas páginas innumerables, envueltos en una gloria de colores, pasaban emperadores y reyes, príncipes e infantes, ogros y gnomos, elefantes cargados de torres, galeras de plata tiradas por cisnes, unicornios con cuerno de oro, gitanos, juglares, perillanes bandidos con chambergos ornados de plumas, brujas esqueletosas de nariz enorme, sierpes, dragones, nahuales, mágicos prodigiosos, y muros almenados, y puentes levadizos, y atalayas, y barbacanas, y fosos, y bastiones, y varitas de virtud hechas de marfil, cristal y ébano, y ungüentos resucitamuertos, y polvos de la madre Celestina... y...

Con la edad, la imaginación de Valenzuela había cambiado de estilo, si vale la frase; sus inventos eran de una extravagancia menos colorida, menos de relumbrón, pero no por eso menos dominadora y peregrina. Desentrañaba en sus asuntos problemillas psicológicos, y la originalidad era frecuente en ellos, si no constante, porque ¡ay!, fuerza es repetir el clisé, "no hay nada nuevo bajo el sol"… Ovidio observaba, cuando llegué a su casa, en un microscopio, no sé qué microorganismo. He de advertir a ustedes que así como el estilo es el hombre, la pieza en que me recibía Valenzuela era la mejor caricatura de Valenzuela mismo.

Junto al barómetro aneroide, unas castañuelas; al lado de un libro de versos un sextante con los reflectores rotos; un teodolito codeándose con unos cuernos de ciervo; un telescopio asomando su ojo inmóvil entre unas draperías turcas de color desvaído, pegadas a las cuales con alfileres, gesticulaban tres o cuatro muñecas japonesas; un bibelot de marfil dentro de la campana de una máquina neumática; un estuche de pirograbar sobre el atril del piano; etcétera.

—Mi querido Ovidio —le dije—, estoy en grave apuro —y le referí cuál era—, necesito que me des un bonito argumento para una historia.

—Nada más fácil —respondió Ovidio—. Siéntate; voy a preparar el café y en seguida te referiré varios argumentos de diversos géneros: tú escogerás. ¿Sabes que estoy pensando en abrir un expendio de argumentos al por menor? Pondré un gran letrero que diga: "Argumentos para novelistas sin inventiva; asuntos para editorialistas sin imaginación…". ¿Qué opinas?

La cafetera estaba en un estante, entre una *Astronomía popular*, de Flammarion, "coronada por la Academia Francesa" y un tratado de ajedrez de don Andrés Clemente Vázquez.[37] La tomó y fue a recoger la lámpara de alcohol que

---

[37] Andrés Clemente Vázquez (1844-1901) fue el fundador de la revista de ajedrez *La Estrategia Mexicana* (1876-1877). Sobre el ambiente ajedre-

estaba sobre un devocionario viejo; el café en polvo, de una vitrina donde había un loro disecado. Preparó el café con toda parsimonia, me alargó una taza, encendió un cigarro, y acomodándose en una silla, en la postura más cómoda posible, empezó así:

—Voy a referirte un argumento desde luego, del género romántico-cursilón; pero que no deja de tener su "veneno".

"Condensaré:

"Una mujer, bella y joven aún, abandonada por su marido y con su hijita enferma y hambrienta, resuelve en último extremo pedir limosna; pero nadie le da. Desesperada, viendo que su hija agoniza sin una medicina, sin un alimento, recuerda que, a pesar de las fatigas y de las angustias, conserva aún vestigios de hermosura, tiene *des beaux restes*, como dicen los franceses; sale a la calle, resuelta (¡con qué terrible sacrificio!) a ofrecer al primero que pase su cuerpo por una moneda.

"Acecha en una esquina (describir la noche, el barrio). Pasa un trasnochador… pasan dos… El tercero acepta y la acompaña a un hotelillo de mala nota.

"Cuando salen de ahí, ella se aleja roja de vergüenza; pero radiante al propio tiempo: le han dado un peso, ¡un peso!; ya tiene pan y medicinas para su hija. Llega a la primera tienda abierta, pide algo: arroja el peso sobre el mostrador… El español lo recibe, lo observa, coge el hacha del azúcar y lo parte en dos. Era de plomo."

Valenzuela sirvió un poco de café, mirome de soslayo con una miradita ambigua, y continuó así:

---

cístico y la relación con la literatura de la época puede consultarse el artículo de González Pérez, "Indicios del ajedrez en José Martí". *Opus Habana,* vol. X, núm. 3, febrero-junio de 2007, pp. 45-63.

—Ahí va el segundo; éste es de otro género: mucha psicología y poca acción:

"Un poeta latinoamericano, después de lentas noches de esfuerzo, ha compuesto un poema, un bello, un nobilísimo poema, en el cual ha vaciado todas sus celdillas y cuya originalidad le parece incuestionable. Se llama *El poema del oro*. Canta en maravillosos alejandrinos al oro, rey del universo. Pero no al oro maléfico solamente, no dentro de la vieja concepción aquella de que el oro hace abdicar a todas las conciencias, abre todas las alcobas, arma de puñales todas las manos, vuelve al hijo contra el padre y al hermano contra el hermano, etcétera, sino al oro benéfico; al oro autor de todas las venturas; al oro génesis de hechos grandes; al oro que cae como una lluvia de luz en el cuchitril en que la mujer agoniza, el marido blasfema, el niño llora de hambre, y cambia la agonía en salud, la blasfemia en plegaria, el hambre en risa; al oro que da al inventor los medios de sorprender los secretos de la naturaleza; que en forma de premio Nobel, por ejemplo, estimula todas las grandes actividades intelectuales, provee de recursos a los esposos Curie para continuar sus costosas investigaciones sobre el *radium* y recompensa a Henry Dunan su santa idea de la Cruz Roja; que funda escuelas, hospitales, bibliotecas; que lleva por donde quiera la actividad y el progreso; que levanta ciudades allí donde sólo se extendían las arenas movedizas del desierto; al oro, en fin, que ha hecho la suavidad de la seda, la flor de luz de los diamantes, sin el cual las artes no embellecerían la vida, sin el cual ni pensarían los sabios ni cantarían los poetas…

"Cuando el autor acababa de corregir su poema, que, en honor de la verdad, era de una incomparable belleza, un día, al abrir al azar una importante revista de París, se encontró, calzado por una firma célebre, un poema igual al suyo: *La canción del oro.* La misma idea, multitud de apóstrofes, de enumeraciones, de imágenes análogas… Hasta el mismo metro…

"Él, pues, el desconocido muchacho de América, al publicar su poema, resultaba plagiario. Nadie creería la verdad… Cogió con rabia el manuscrito y lo arrojó al fuego…"

Y Valenzuela, al decir esto, poseído de su argumento, arrojó a su vez la colilla de su cigarro dentro de un almirez cercano.

Hizo una pausa, aspiró una buena ración de aire, estiró los pies, bostezó y siguió así:

—Había un hombre víctima de la enfermedad más extraña de la tierra: todo sonido o ruido exterior vibraba horriblemente en su cerebro, al grado de que los médicos le pronosticaron la muerte irremediable… y repentina. Bastaría un *tutti* de banda de música, un disparo de revólver, un repique a vuelo, para matarlo instantáneamente. Desahuciado en México, fuese a Europa y vio a los principales especialistas sin resultado, hasta que uno de ellos, creo que en Berlín, le aconsejó un casco de cierta sustancia especial, aisladora, el cual amortiguaba las vibraciones exteriores a un grado tal, que nuestro enfermo el mismo día que se lo aplicó se sintió aliviadísimo; tanto que hasta pudo ir al teatro imperial de la Ópera. Ahí se cantaba no sé cuál de las piezas de la tetralogía de Wagner… Oía nuestro hombre embelesado aquella maravilla, cuando, en un *tutti* en que vibraban todos los latones con resonancias divinas, estalló el casco, y el enfermo se desplomó como herido de rayo…

"Pero no —interrumpió Valenzuela—; es mejor que te cuente la historia de cierta pobre muchacha novia de un idealista consumado… La noche de las bodas, el idealista, hombre de una fantasía privilegiada, púsose a decirle, a sus pies, mano entre mano, los ojos en los ojos, todo lo que 'ella era' (según él naturalmente), y la describió con un lujo tal de perfecciones y de encantos, y había en él una ingenuidad tal, una fe tal en que ella era 'así', debía ser 'así', que la infeliz, que tenía dos o tres miserias físicas de esas que se esconden mientras se puede; que lo adoraba con toda el alma, y que se aterraba a la sola idea de que dentro de unos instantes aquel edificio de ilusión iba a desplomarse sin remedio, apareciendo ella ante él tal cual era, desnuda de todos los encantos, pretextó algo, salió de la pieza, buscó un puñal y sobre la propia cama nupcial, en la noche de bodas, se dio la muerte…"

Valenzuela encendió otro cigarro, se acomodó mejor en su silla, y agregó:

—Pero voy a referirte algo más peregrino:

"Existía un infeliz que, a consecuencia de un desengaño amoroso, empezó a sufrir ataques de catalepsia. La menor contrariedad hacíale caer rígido, inmóvil…, y era en vano todo recurso. Había que esperar a veces hasta tres o cuatro días para que volviese a la vida normal. En repetidas ocasiones estuvo a punto de ser desgarrado en un anfiteatro o, lo que es peor, enterrado vivo, y su médico, viendo esto, le aconsejó un expediente tan ingenioso como original: 'Tatúese usted en el pecho, con letras demasiado visibles, estas palabras: «Soy cataléptico, favor de no hacerme la autopsia ni enterrarme»'.

"Así lo hizo nuestro hombre, y no parece sino que la tranquilidad de ánimo que le dio este recurso acabó por curarle, pues los ataques se le retiraron por completo. Envalentonado con tal éxito, resolvió hacer un viaje de recreo.

Ahí le aguardaba la mala ventura... porque el tren descarriló y nuestro hombre, del susto, cayó en catalepsia. Lleváronle a un hospital, ya tarde. El médico le declaró bien muerto, y el infeliz, cuyo cuerpo nadie reclamaba, pasó al anfiteatro, donde, a la noche siguiente, un estudiante aplicado que aprovechaba bien su tiempo, le hundió el escalpelo... El 'muerto' dio un grito, se enderezó, increpó al estudiante, diciéndole: '¿No ve usted el letrero que tengo tatuado en el pecho... animal?' Y expiró.

"El estudiante acercó su linterna y entre el vello bravío y abundante del pecho, leyó:

" 'Soy cataléptico: favor, etcétera....'

"—¡Haberlo sabido antes!... —murmuró, y siguió destazando el cadáver..."

Empezaba yo a dar signos de impaciencia, y advirtiéndolo Valenzuela, insinuó amablemente:

—Pero voy a contarte un asunto que te agradará sin duda; cuestión de un instante, ¡ya verás!:

"Has de saber que a un amigo mío le dio hace tiempo por experimentar su fuerza psíquica, sus fluidos, su *od* o como se llame a eso; empezó por ejercitar la acción de su voluntad a distancia, y produjo la hipnosis a innumerables gentes, más aún, a innumerables animales. Dormía vacas, toros, perros, asnos... Y un día, no contento con esto, quiso proyectar su voluntad, ya no sobre los seres animados, sino sobre las cosas inanimadas; el experimento capital que quiso llevar a acabo... fue... ¿a que no lo adivinas?"

—No —contesté secamente.

—Fue apagar una vela... no con el soplo, naturalmente, sino con la voluntad.

"Encendía noche a noche la vela, colocábala sobre una

mesa. Sentábase a cierta distancia y formulaba interiormente, con la mayor energía de que era capaz, esta orden:

"—¡Vela, apágate!

"¡Pero ni por ésas! La vela continuaba ardiendo como si tal cosa; no sólo sino que allá para su alma negra de pabilo, alrededor de la cual danzaba como un puñal misterioso su flama, parecía decir:

"—Sabio estúpido… vas a ver…

"—Apágate, vela. Apágate, vela… —seguía diciendo el sabio— hasta que una noche…"

—¿Qué sucedió? —exclamé malhumorado—: ¿apagó el sabio la vela?

—No… —respondió Ovidio tranquilamente—: la vela apagó al sabio…

—¡Cómo!

—Sí; éste, a fuerza de mirarla con fijeza, se hipnotizó, quedándose profundamente dormido…

Tomó Valenzuela el último sorbo de café, se rascó la cabeza con un movimiento nervioso, que le era peculiar, y añadió:

—Pero ¡qué diablo! No te he referido lo mejor.

—No, Ovidio —le dije levantándome—; no me refieras ya nada. Decidamente hoy tus argumentos me disgustan.

Y haciendo una profunda reverencia, salí de la pieza…

EL VIEJECITO[38]

Cada vez que esta rueda del año, más erizada de púas que la de santa Catalina (a juzgar por las penas que nos trae), ha dado una vuelta completa y que el apacible y triste valle de México se cubre con el manto cristalino de las primeras heladas, me acuerdo de una relación de Donaciana, mi vieja nodriza, hecha, diciembre por diciembre, en los últimos días del mes, en un rincón de la cocina humosa y cordial. En mi país no hay tradiciones poéticas. El viejo Noel francés, cuya sonrisa bonachona ilumina la selva virgen de una barba en la que han nevado tantos inviernos, jamás ha sido mentado por aquellas comarcas; Santa Claus, a pesar de la vecindad yanqui, no ha aparecido tampoco nunca por mis valles, con su cargamento de regalos. La poesía íntima y suave de la chimenea en que un tronco arde crepitando, es ajena por completo a aquellos modestos hogares. Ningún niño pone, por lo tanto, sus zapatitos y con ellos su ilusión a la vera del fuego amable, y ninguno se despierta rodeado de juguetes. Unos cuantos alemanes, expatriados definitivamente, que de luengos años atrás comercian en aquellos rumbos y que han

---

[38] Nervo, "El viejecito", en *Almas que pasan*, pp. 87-93.

llevado consigo sus prestigiosas tradiciones, velan el 24 de diciembre, rodeados de sus hijos, alrededor del árbol maravilloso, pero la bella costumbre ni por ésas se aclimata en mi costa. El árbol que da juguetes no prende en mis trópicos: es árbol del norte, árbol del frío, árbol de perfumes boreales, árbol de las montañas desconocidas en cuya cima duerme siempre la nieve…

Así, pues, lo único que individualizaba en aquella sazón e individualiza aún en mis recuerdos el fin del año eran: las letanías de los santos, que se rezaban en la parroquia, y a los cuales nos llevaba mi madre de la mano; la escarcha de los collados olorosos…, y el relato de mi nana.

Allá como por el 28 de diciembre, mi nana empezaba a contarnos de un viejecito, muy viejecito, que se estaba muriendo. El 29, el viejecito estaba más viejecito aún; el 30, no pudiendo tenerse en pie, se metía en cama…

El 31, el interés del relato subía de punto para nosotros. A las oraciones rodeábamos ya a mi nana, muy abiertos los ojos, nidos de inefables curiosidades, muy atento el oído, en el rincón humoso de la cocina, y mientras la olla cantaba en la hornilla y el gato barcino y enorme "hilaba" cerca del fuego, preguntábamos hasta la saciedad a cada minuto:

—¿Y el viejecito, nana, y el viejecito?

—Muy viejecito y muy enfermo —respondía Donaciana misteriosamente—; se está muriendo, en una cama llena de escarcha… Pronto vendrá el padre a confesarlo. Ya fueron por él.

—¿Y cómo es el viejecito, nana?

—¡Ah!, es tan flaco que parece un manojito de huesos… Tiene los ojos muy azules, pero ya muy empañados.

—¿Como mi abuelita?

—Como tu abuelita… Las arrugas aran su rostro y recuerdan los surcos en las tierras de labor que ahora cubre la helada. Es muy bajito y tiene un báculo para apoyarse; ¡pero ya no se levantará de la cama!

—¿Y no tiene hijos el viejecito?

—Tiene uno, uno solo, que va a nacer hoy a las doce en punto de la noche; uno muy colorado y muy guapo, que va a nacer…

Aquello nos satisfacía plenamente, porque ya sabíamos, hasta de vicio, que el viejecito era el año que acababa, y su hijo, el año que iba a llegar.

A medida que se aproximaba la noche, el viejecito se ponía más malo; empezaba a agonizar… le ayudaban a bien morir… Pero nunca asistimos ni a su muerte ni al nacimiento de su hijo, por una sencilla razón: nos acostaban temprano…

Durante muchos años, el monótono relato se repitió invariablemente cada diciembre… Yo iba creciendo, y a pesar de mis libros elementales, martajados en la escuela particular, donde dos buenas señoras nos hacían deletrear las primeras nociones de geografía y cosmografía, seguí viendo al año que se iba como un viejecito moribundo de ojos azules y cabellos de lino, y al año nuevo como un bebé rollizo y endiablado, hijo del anterior…

Después aprendí muchas cosas: aprendí que la Tierra es el tercero de los planetas de nuestro sistema, una estrella tan luminosa como Venus; que gira alrededor del Sol en un periodo casi idéntico al que constituye nuestro año civil; que su juventud es eterna con relación a nuestra existencia de relámpagos; que el hielo del invierno cobija bajo su manto la escondida germinación de la primavera próxima; que todo renace incesantemente; que un día nosotros seremos viejos y nos acostaremos para siempre en una negra cuna, alargada y triste, para ya no ver más ni el rubor de las mañanas, ni las mies de oro de los mediodías, ni la austeridad melancólica de los crepúsculos. Pero que no por eso la fuerza reproductora cesará en el mundo, y volverán las primaveras año por año, y las gentes seguirán confiando sus esperanzas a los eneros, para recoger la cosecha de tristezas de los diciembres, y los niños reirán como siempre, aunque ya no podamos oírlos, y las parejas adolescentes se buscarán las bocas para besarse y los ojos para mirarse mucho, aunque ya no podamos verlas, y los perfumes, y el calor suave del día y el enigma argentado de las noches, seguirán sucediéndose, aunque ya no podamos sentirlos...

Aprendí que el tiempo no es más que uno de tantos subjetivismos, como el espacio; que el latido del universo continuará *in eternum*; que el Sol, enfriado, se convierte en planeta; el planeta viejo se disgrega y cae en la hornaza de otro Sol, y que de la nebulosa que se condensa al mundo que acaba hay un eterno y divino sendero de fuerza y de resurrección y de amor; que la vida del hombre más larga de que haya memoria no dura lo que una estrella, la más rápida, tarda en desplazarse, aparentemente, un centímetro en el cielo... Aprendí, en fin, que no es el tiempo el que pasa, sino nosotros los que pasamos...

Mas no he olvidado al viejecito de marras, al viejecito de ojos tan azules como los de mi novia, que besé tantas veces; de cabellos tan blancos como la piel sedosa de mi novia, cuyo calor invadía mi corazón cuando, mano entre mano, íbamos por los caminos, queriendo sorprender en la frente de los ocasos el último pensamiento de la tarde… No he olvidado al viejecito, más rugoso que las labores trabajadas para la siembra por el arado y en diciembre cubiertas de hielo…

No, no he olvidado al viejecito moribundo, y ahora que torna a meterse en cama, ahora que le ayudan a bien morir, ahora que puedo asistir a su último suspiro —¡porque ya no me acuestan temprano!— le pregunto con triste sonrisa:

—Dime, viejecito: ¿qué me traerá tu hijo, el bebé rollizo que va a nacer?

Y el viejecito me responde:

—¡Esperanzas!

—¿Y qué me dejará cuando agonice como tú, buen viejecito de los ojos azules?

Y el viejecito me responde dulcemente:

—Esperanzas… también esperanzas…

Las varitas de virtud[39]

A Federico Gamboa

Cuando niño, vivía yo en un caserón desgarbado, sólido y viejo, que era como la casa solariega de la familia.

¡Oh!, mi caserón desgarbado, sólido y viejo, vendido después a vil precio, a no sé qué advenedizos, que fueron a turbar el silencioso ir y venir de los queridos fantasmas.

En su patio lamoso, crecían bellos árboles del trópico, y en un rincón, el viejo pozo de brocal agrietado y rechinante carril servía de guarida a una tortuga, que desde el fondo y a través del tranquilo cristal del agua, nos miraba, estirando, cuando nos asomábamos, su cabeza de serpiente, como un dios asiático.

Moraban en esa casa, con mis padres y mis hermanos, mi abuelita materna, y una tía soltera, bella, apacible, retraída y mística, que murió a poco, en flor, y a quien tendieron en la gran sala, en un lecho blanco, nevado de azahares.

Esta mi tía, muy amada, soñó una noche que se le aparecía cierto caballero de fines del siglo XVIII. Llevaba media de seda blanca, calzón y casaca bordados, espumosa corbata de encaje cayendo sobre la camisa de batista, y empolvada peluca.

---

[39] Nervo, "Las varitas de virtud", en *Ellos*, pp. 29-39.

Saludola, con grave y gentil cortesía, y díjole que en un ángulo del salón había enterrado un tesoro: un gran cofre de áureas peluconas.[40]

Mi tía, que soñaba poco en las cosas de este mundo, porque le faltaba tiempo para soñar en las del cielo, despertose preocupada, sin embargo, de la vivacidad de su visión y la refirió a mis padres y a mi abuela.

Esta última creía en los tesoros como toda la gente de su tiempo. Había nacido en la época febril de las luchas por nuestra independencia, en La Barca, donde su tío era alcalde.

Cuando el padre Hidalgo entró a la ciudad solemnemente, ella le contemplaba, según nos contó muchas veces, "pegada a la capa de su tío el alcalde".

Más tarde, mucho más tarde, asistió a la jura del emperador Iturbide, y recordaba las luchas del pueblo por recoger las buenas onzas de oro y de plata que para solemnizar el acontecimiento se le arrojaban en grandes y cinceladas bandejas.

In illo tempore, los entierros eran cosa común y corriente. Los españoles, perseguidos o no, reputaban como el mejor escondite la tierra silenciosa que sabe guardar todos los secretos… No pasaba año sin que se cuchicheara de esta o de aquella familia de la ciudad, que había encontrado un herrumbroso cofre repleto de onzas.

Y se daban detalles peregrinos:

La tierra defiende celosamente, a lo que parece, el bien que se le ha confiado.

---

[40] Monedas españolas de oro, acuñadas a partir de 1725. En el anverso tienen el perfil del monarca que ordenaba su fabricación y, en el reverso, el escudo de la corona española. Popularmente se les llamó "peluconas" por la peluca ostentosa de los reyes, imitando la moda impuesta por Luis XIV de Francia.

Cuando la barreta empieza a removerla, se ha dado justo en el sitio donde yace el oro o la plata, óyese un estruendo, como de paladines armados de todas armas, que libran descomunal batalla.

Chocan las filosas espadas contra las firmes corazas, óyense confusas voces que ponen espanto en el ánimo…

Los buscadores vacilan, tiemblan, y si no tienen el corazón blindado contra el pánico, recubren el hoyo y se alejan.

Si continúan, invariablemente, a cierta profundidad, topan con un esqueleto.

Cuando aparece el esqueleto, el tesoro está cerca. Ello se explica.

Quien enterraba su oro mataba casi siempre al excavador del pozo, a fin de que no contara del escondite. Nuestros abuelos sólo tenían fe en el silencio de los muertos…

A veces, estos muertos eran dos: según la magnitud del hoyo y, por ende, del entierro.

Por fin, a unos cuantos pies más abajo, estaba el cofre… que generalmente costaba un trabajo endemoniado abrir y que pesaba horriblemente.

Existían dos procedimientos infalibles para hallar un tesoro. Y esto también lo sabía mi abuela a maravilla: el primero, hablar al muerto.

Donde había un tesoro, había un alma en pena. Ello era elemental.

No se ha sabido aún de fantasma ninguno que se resigne a dejar ignorado un entierro.

En las noches enlunadas, rondan alrededor del sitio en que se ennegrecen lentamente los viejos pesos de a ocho reales y las onzas amarillentas con la efigie del rey don Carlos IV.

Hay que aprovechar tales apariciones y si uno tiene el alma en su "almario", dirigirse derechamente al fantasma y hacerle la consabida pregunta:

—De parte de Dios te pido que me digas si eres de esta vida o de la otra.

A lo que generalmente, el interfecto (imaginamos que se trata del espíritu del excavador asesinado) responde:

—Soy de la otra.

Esto basta para "romper el hielo".

El muerto entra en palique con vosotros, y os explica bien dónde está el dinero y cómo habrá de procederse para sacarlo.

Después, cumplida su misión, desaparece…

Pero no se va, no lo creáis, se queda acechando en no sé qué pliegue de la sombra, a fin de ver si dais por fin con el tesoro. Si dais con él, se marcha resueltamente a la eternidad. Si no, permanece allí, retenido por invisible grillete, hasta que el cofre sea desenterrado y a los restos humanos se dé cristiana sepultura.

El segundo procedimiento es el de las varitas mágicas; a él sugirió mi abuela que se recurriese, en virtud de que el caballero de casacón y peluca se limitó a una aparición en sueños…

Desgraciadamente, mi padre no creía en las varitas. Había nacido en la medianía del siglo XIX o, por mejor decir, "decimonono", y entonces ya no se creía en las varitas.

Además, el caballero de marras había designado justamente un sitio en que se asentaban los sillares de la pared madre de la casa. Escarbar allí era exponerse a un derrumbamiento.

Mi abuela hizo, sin embargo, traer las varitas, a furto de mi padre, y, cosa estupenda, señalaron el mismo sitio designado por el caballero de la peluca.

Cierto que señalaron también otros sitios; pero en aquél, coincidieron con el fantasma...

Mi abuela estaba desolada.

¡Qué lástima que mi padre no creyera en las varitas mágicas de madera de acebo con regatón de hierro, que se tallan en una rama joven, en la noche del Viernes Santo!

¿Quién tuvo razón, mi abuela o mi padre?

Mi abuela tuvo razón: las varitas mágicas dicen verdad. La ciencia, en esto, como en otras muchas cosas, ha venido a corroborar las ingenuas ideas de nuestros antepasados y a probarnos una vez más que el mito no es sino la envoltura luminosa, un poco fantástica, de la verdad.

Las varitas mágicas eran simplemente varitas imantadas, que ahora están en pleno favor en Europa. Los ingenieros las usan para descubrir manantiales, corrientes subterráneas, y, con especialidad, yacimientos de metal...

Nunca marran estas varitas, cuando se sabe emplearlas. ¡Nunca marran, abuelita mía, nunca marran!

CRONOLOGÍA

AÑO	AMADO NERVO VIDA Y OBRA	MÉXICO ARTES Y CULTURA	AMÉRICA LATINA Y ESPAÑA ARTES Y CULTURA
1870	El 27 de agosto nace José Amado en Tepic, Nayarit. Hijo de Amado Nervo Maldonado y Juana Ordaz Núñez.	Riva Palacio y Payno: *El libro rojo.* Nacen Enrique González Martínez y Heriberto Frías.	En Buenos Aires, se edita *La Nación.* Fallece Gustavo Adolfo Bécquer.
1884-1891	Ingresa al Colegio San Luis Gonzaga de Jacona, Michoacán. Estudia las facultades menores en el Seminario de Zamora, Michoacán; obtiene el grado de bachiller (1888). Dos años antes, comienza a escribir poemas, cuentos y páginas autobiográficas que se recogerán en *Mañana del poeta* (1938) y *Ecos de una Arpa* (2003). En la misma institución zamorana, estudia Leyes y Teología (1890-1891).	Se inaugura la Biblioteca Nacional. Se funda *El Hijo del Ahuizote.* Prieto: *Romancero nacional.* Altamirano: *El Zarco.* Gamboa: *Del natural.* Nace Ramón López Velarde. Payno: *Los bandidos de Río Frío.* Nace Alfonso Reyes. Se inauguran *El Demócrata* y *El Diario del Hogar.*	Nace Rómulo Gallegos. Martí: *Amistad funesta.* Nace Ricardo Güiraldes. Darío: *Azul.* Fallece Domingo F. Sarmiento. Nacen Gabriela Mistral y Delmira Agustini. Clarín: *La Regenta.* Exposición Universal de Barcelona. *Antología de poetas líricos* de Menéndez y Pelayo.
1892-1894	Escribe *Pascual Aguilera,* su primera novela. En septiembre de 1892, ingresa a la redacción de *El Correo de la Tarde* (Mazatlán, Sinaloa), durante dos años publica un centenar de crónicas, cuentos y poemas (*Lunes de Mazatlán,* 2006). El 27 de junio de 1894 viaja a la Ciudad de México.	Frías: *Tomóchic.* Fallecen Ignacio Manuel Altamirano y Francisco Pimentel. *El Mundo Ilustrado* se edita en Ciudad de México y Puebla. *Revista Azul* (1894-1896).	Aparece la revista *El Cojo Ilustrado* en Caracas (1892-1915). Darío y Ricardo Jaimes Freyre fundan la *Revista de América* (1894). Darío viaja a España; su presencia impulsa el interés por el modernismo.

	Colabora en la *Revista Azul.*		Nacen César Vallejo y Vicente Huidobro. Fallece Julián del Casal. Nace Joan Miró.
1895-1899	Columnista de *El Nacional, El Mundo* y *El Mundo Ilustrado;* se publican *El bachiller* (1895) y los poemarios *Perlas negras* y *Místicas* (1898). *El donador de almas* aparece por entregas en *Cómico* (1889); en octubre se estrena *Consuelo,* zarzuela de su autoría.	Fallece Manuel Gutiérrez Nájera. Nace Manuel Rodríguez Lozano. *Revista Moderna* (1898-1903). Nacen Antonieta Rivas Mercado y David Alfaro Siqueiros. Tablada: *El florilegio.* Nacen Rufino Tamayo, Carlos Pellicer y Bernardo Ortíz de Montellano.	Fallece Martí. Darío: *Prosas profanas* y *Los raros.* Lugones: *Las montañas del oro.* Nace Jorge Luis Borges y Miguel Ángel Asturias. Pérez Galdós: *Nazarín.* Nace Federico García Lorca.
1900-1902	Llega a París para reseñar la Exposición Universal. Viaja por Suiza y Alemania. Escribe *La hermana Agua* y publica *Poemas* (1901). *El bachiller* se traduce al francés. En París, el 31 de agosto, conoce a Cécile Louise Dailliez Largillier (la Amada Inmóvil). Regresa a México durante el primer trimestre de 1902. Este año se publican *El éxodo y las flores del camino* y *Lira heroica.*	Ricardo y Jesús Flores Magón fundan *Regeneración.* Sierra: *México: su evolución social.* Se inicia la construcción del Monumento a la Independencia. Díaz Mirón: *Lascas.* Nace Jaime Torres Bodet.	Rodó: *Ariel.* Darío: *España contemporánea, Peregrinaciones* y *Prosas profanas.* En Barcelona, Picasso realiza su primera muestra de dibujos.
1903-1905	Codirige con Jesús E. Valenzuela la *Revista Moderna de México* (1903-1911). Regresa a *El Mundo* con la columna "La Semana". *Cantos escolares* (1903). El 1º de julio de 1905 es nombrado segundo secretario de la Legación de México en España y Portugal. Con dibujos de Ruelas y Montenegro publica *Los jardines interiores* (1905). En Barcelona, se edita la trilogía novelística *Otras vidas* (1905).	González Martínez: *Preludios.* Gamboa: *Santa.* Nacen Jorge Cuesta, Xavier Villaurrutia y Salvador Novo. Justo Sierra es ministro de la Secretaría de Instrucción Pública (1905). Nace Gilberto Owen. Se funda la revista *Savia Moderna* (1906). Fallece Manuel José Othón; se publica su poema "Idilio salvaje".	Nacen Nicolás Guillén y Felisberto Hernández. Ramón del Valle-Inclán: *Sonatas.* Vicente Pérez Petit: *Los modernistas.* Nacen César Moro y Pablo Neruda. Herrera y Reissig: *Los éxtasis de la montaña.* Nace Alejo Carpentier. Pedro Henríquez Ureña: *Ensayos críticos.* Nace Salvador Dalí.

1906-1909	Se instala con Cécile Louise Dailliez en Bailén 15 (Madrid). Publica *Almas que pasan* y *Lecturas mexicanas graduadas* (1906). Publica en abril de 1907 *Un sueño (Mencía)* en la colección "El Cuento Semanal". En 1909 aparece *En voz baja* y el libro de relatos y ensayos *Ellos*.	Fallece Julio Ruelas. Se funda el Ateneo de la Juventud (1909). Azuela: *Mala yerba*.	Santos Chocano: *Alma América*. Unamuno: *Vida de Don Quijote y Sancho*. Se fundan las revistas *Nosotros* en Buenos Aires (1907-1943) y *Contemporánea* en Lima (1907). Fallece Machado de Assis. Nace Juan Carlos Onetti. Se inaugura el Palau de la Música Catalana. Manuel Machado: *El mal poema*. Nace Vicente Aleixandre.
1910-1914	Publica el ensayo biográfico *Juana de Asbaje* (1910). El 18 de diciembre de 1911, enferma gravemente de fiebre tifoidea Cécile Louise; fallece el 6 de enero de 1912. Comienza a escribir *La amada inmóvil*, editado póstumamente. *Mis filosofías* (1912). Este año padece molestias crónicas por un cálculo renal. En agosto de 1914, Venustiano Carranza cesa al Servicio Exterior; Nervo deja el puesto de primer secretario de la Legación de Madrid. *Serenidad*.	Se inauguran la Escuela Normal Superior y la Universidad Nacional de México. Urbina: *Puestas de sol*. Vasconcelos: *Gabino Barreda y las ideas contemporáneas*. González Martínez: *Los senderos ocultos*. Alfonso Reyes: *Cuestiones estéticas*. Azuela: *Andrés Pérez maderista*.	Nace José Lezama Lima. Darío: *Poemas de otoño*. Fallece Herrera y Reissig. *Mundial Magazine* de Darío, editada en París. Nacen Jorge Amado y Ernesto Sábato. José Ingenieros: *El hombre mediocre*. Agustini: *Los cálices vacíos*. Antonio Machado: *Campos de Castilla*. Manuel Machado: *Cante hondo*. Fallecen Menéndez y Pelayo y Agustini. Nacen Adolfo Bioy Casares y Julio Cortázar. Unamuno: *Niebla*. Ortega y Gasset: *Meditaciones del Quijote*. Juan Ramón Jiménez: *Platero y yo*.
1916	El 22 de julio Venustiano Carranza lo nombra primer secretario de la Legación de México en Madrid. *El diablo desinteresado*. A partir de este año y hasta 1918 envía a *La Nación* de Buenos Aires poemas de los futuros volúmenes *Elevación, El estanque de los lotos* y *El arquero divino*.	López Velarde: *La sangre devota*.	Fallece Rubén Darío. Quiroga: *Cuentos de amor, de locura y de muerte*. Lugones: *El payador*. Fallecen José Echegaray y Enrique Granados. Se suicida Felipe Trigo.

1917	*Elevación. El diamante de la inquietud* y *Una mentira* en la colección "La Novela Corta" de Madrid.	Azuela: *Los caciques.* Reyes: *Visión de Anáhuac.* Nace Juan Rulfo.	Exposición de Arte Moderno en Brasil. Nace en Paraguay Augusto Roa Bastos. Fallece Rodó.
1918	En México, el 13 de agosto recibe el nombramiento de ministro plenipotenciario en Argentina, Uruguay y Paraguay. En Madrid publica *Amnesia* y *Plenitud.*	Vasconcelos: *El monismo estético.* Azuela: *Las moscas.* Nace Juan José Arreola.	Huidobro: *Poemas árticos.* Vallejo: *Los heraldos negros.* Quiroga: *Cuentos de la selva.*
1919	El 13 de marzo llega a Buenos Aires. En Montevideo preside el Congreso Americano del Niño. Escribe *La última luna.* Publica *El estanque de los lotos.* El 24 de mayo Amado Nervo fallece en el Parque Hotel de Montevideo a causa de una crisis de uremia. El 14 de noviembre es sepultado en la Rotonda de las Personas Ilustres de la ciudad de México.	Caso: *La existencia como economía, como desinterés y caridad.* Vasconcelos: *Divagaciones literarias.* López Portillo y Rojas: *Fuertes y débiles.*	Fallece Ricardo Palma. Alcides Arguedas: *Raza de bronce.* Juana de Ibarbourou: *Las lenguas de diamante.* Inauguración del Palacio de Comunicaciones y del Círculo de Bellas Artes de Madrid.

Bibliografía

—Alas, Leopoldo (Clarín), *Cuentos completos*, 2 tt. Introducción, bibliografía y apéndices de Carolyn Richmond. Madrid, Alfaguara, 2000.

—*Anuario Estadístico de la República Mexicana 1895*. Edición de Antonio Peñafiel. México, Oficina Tipográfica de la Secretaría de Fomento, 1895.

—Baudelaire, Charles, *Poesía completa. Escritos autobiográficos. Los paraísos artificiales. Crítica artística, literaria y musical.* Prólogo, traducción y notas de Javier del Prado y José A. Millán Alba. Madrid, Espasa Calpe, 2000.

—Bécquer, Gustavo Adolfo, *Leyendas*. Edición de Joan Estruch, estudio preliminar de Russell P. Sebold. Barcelona, Crítica, 1994.

—Byron, George Gordon (Lord), *Letters and Journals of Lord Byron: with Notices of His Life*. Edición de Thomas Moore. París, Galignani, 1830.

—Hermes Trismegisto, *Obras completas*, vol. I (edición bilingüe). Traducción, prólogo y notas de Miguel Ángel Muñoz Moya. Barcelona, Muñoz Moya y Montraveta, 1985.

—HOFFMAN, E. T. A., *Vampirismo, seguido de El magnetizador y La aventura de la noche de san Silvestre*. Prólogo y traducción de Carmen Bravo-Villasante. Barcelona, J. J. de Olañeta, 1988.

—MALHERBE, François, *Poésies complètes*. Prólogo y notas de M. Pierre Jannet. París, E. Picard, 1867.

—MALLARMÉ, Stéphane, *Obra poética I* (edición bilingüe). Traducción de Ricardo Silva Santiesteban. Madrid, Hiperión, 1994.

—MONSIVÁIS, Carlos, *Yo te bendigo vida. Amado Nervo: crónica de vida y obra*. México, Gobierno del Estado de Nayarit, 2002.

—NERVO, Amado, *Almas que pasan*. Madrid, Revista de Archivos, 1906.

————, *Ellos*. París, Ollendorff, 1909.

————, *Cuentos misteriosos*. Edición de Alfonso Reyes. Madrid, Biblioteca Nueva, 1921.

————, *Discursos. Conferencias*. Edición de Alfonso Reyes. Madrid, Biblioteca Nueva, 1928.

————, *Obras completas*, 2 vols. Recopilación, prólogo y notas de Francisco González Guerrero y Alfonso Méndez Plancarte. México, Aguilar, 1991.

————, *El ángel caído y otros cuentos de Amado Nervo*. Selección y prólogo de Vicente Leñero. México, EMU, 2005.

————, *El libro que la vida no me dejó escribir. Una antología general*. Selección y estudio preliminar de Gustavo Jiménez Aguirre. México, FCE-f,l,m-UNAM, 2006.

————, *Lunes de Mazatlán (crónicas: 1892-1894)*, Obras 1. Edición, estudios y notas de Gustavo Jiménez Aguirre. México, UNAM-Conaculta, 2006.

————, *Poesía reunida*, 2 tt., Obras 3. Edición y estudios de Gustavo Jiménez Aguirre y Eliff Lara Astorga. México, UNAM-Conaculta, 2010.

—*Nueva Biblia de Jerusalén*. Bilbao, Desclée de Brouwer, 1999.

—REYES, Alfonso, "Prólogo", en *Antología de Amado Nervo. Poesía y prosa*. Seleccón y prólogo de Alfonso Reyes. México, Conaculta, 1990, 9-24.

—ROSSETTI, Dante Gabriel, *Poems and translations 1850-1870*. London, Oxford University Press, 1913.

—SCHWEIZER, Frank,*Wie Philosophen sterben*. Munich, Bachmeier, 2003.

—SHAKESPEARE, William, *Hamlet, príncipe de Dinamarca*, *Obras completas*, t. II. Estudio preliminar, traducción y notas de Luis Astrana Marín. Madrid, Aguilar, 1978.

————, *Ricardo III*. Traducción, prólogo y notas de Eusebio Lázaro. Madrid, Valdemar, 1997.

—SIERRA, Justo, *Historia patria*. México, SEP, 1922.

—VALERA, Juan, *Novelas, cuentos, teatro, poesía. Obras completas*, t. I. Traducción y estudio preliminar de Luis Araujo. Madrid, Aguilar, 1958.

—VIQUEIRA, José M., *Camões y su hispanismo*. Coimbra, Coimbra Editora, 1972.

—Zahar Vergara, Juana, *Historia de las librerías de la Ciudad de México. Una evocación.* México, CUIB-UNAM, 1995.

—Zaid, Gabriel, *Ómnibus de poesía mexicana.* México, Siglo XXI, 1982.

—Zolla, Elémire, *Androginia. La fusión de los sexos.* Traducción de Elena Amorós Arriero. Madrid, Debate, 1994.

El bachiller, el donador de almas, Mencía y sus mejores cuentos de Amado Nervo
se terminó de imprimir en julio de 2023
en los talleres de
Litográfica Ingramex, S.A de C.V.,
Centeno 162-1, Granjas Esmeralda, Iztapalapa,
C.P. 09810, Ciudad de México, México.